쿵 2

2

초판 1쇄 찍은 날 2008년 12월 10일
초판 1쇄 펴낸 날 2008년 12월 17일

지 은 이 | 박희철
펴 낸 이 | 서경석

편 집 장 | 문혜영
책임편집 | 정은경

펴 낸 곳 | 도서출판 청어람
등록번호 | 제1081-1-89호
등록일자 | 1999. 5. 31
어람번호 | 제 9-0004호

주소 | 경기도 부천시 원미구 심곡동 163-2 서경B/D 3F (우) 420-010
전화 | 032-656-4452 팩스 | 032-656-4453
http://www.chungeoram.com
E-mail | eoram99@chollian.net

ⓒ 박희철, 2008

ISBN 978-89-251-1576-4 (SET)
ISBN 978-89-251-1578-8 04810

※ 파본은 구입하신 서점에서 교환하여 드립니다.
※ 저자와 협의하여 인지를 붙이지 않습니다.
※ 이 책은 도서출판 청어람과 저작자의 계약에 의해 출판된 것이므로 무단 전재 및 유포·공유를 금합니다.

박희철 역사 소설

2

제27장	불꽃	7
제28장	암수	18
제29장	떠나고 싶은 마음	32
제30장	대결	48
제31장	부름	65
제32장	불퇴전	80
제33장	조율	96
제34장	피를 부르는 밤	108
제35장	불타는 궁성	119
제36장	운명	135
제37장	연결	148
제38장	척사	165
제39장	귀환	184
제40장	격돌	197
제41장	다른 하늘	208

제42장	천인술법	222
제43장	이상한 밤	237
제44장	왕	251
제45장	윤언이	264
제46장	제나라	277
제47장	소망	291
제48장	그물	302
제49장	팔성당	313
제50장	고백	327
제51장	파국	337
제52장	만남	347

27 불꽃

　어둠이 유독 무겁고 깊었다. 사방을 눌러 깔고 앉은 듯한 칠흑의 어둠 아래서도 강물은 도도하고 유유했다. 잔뜩 웅크린 채 어둠과 강물을 견디는 강둑엔 이따금씩 시퍼런 불꽃이 튀다가 사라졌다. 반딧불이도 아닌 그것을 남포 사람들은 귀화(鬼火)라고 불렀다.
　지상은 강둑 어딘가에 앉았을 것이다. 아무도 지상에게 말을 걸지 못했다.
　지상의 모친상을 치른 닷새 동안 서경의 모든 사람이 거의 다 왔다 갔다 해도 과언이 아니었다. 남포는 미어 터졌고, 남포 사람들 모두가 나서서 조문객들을 위해 쉴 새 없이 음식을 만들고 날랐다. 명경이 남포 사람들과 닷새 내내 함께 손발을 맞췄고, 오 주사는 봉심과 함께 일일이 조문객의 이름과 인사를 받았다.

　장례 나흘째 되던 날, 봉심은 시전의 왈짜들을 시켜 작은 나룻배와 참나무 장작을 구해오게 했다. 왈짜들은 지상의 집 한편까지 배를 끌어올려 놓고 그날 저녁 내내 배 위에 장작을 토굴 형상으로 쌓았다. 가운데를 비워놓고 장작을 쌓아 올리는 일은 어려웠으나 왈짜들은 봉심이 지켜보는 가운데 인내심있게 잘해냈다.

　닷새째 아침이 되면서 지상의 이웃의 곡이 유달리 높은 가운데 노모의 시신은 지상의 집에서 배 안으로 옮겨졌다. 배가 상여가 되었고, 남포의 장정들이 달라붙어 강까지 운구했다.

　지상의 노모를 실은 배가 대동강에 떴다. 백수한이 축문을 읊었고 묘청이 고인의 극락행을 비는 게송을 염불했다. 상주 지상이 봉심이 붙여온 불을 배에 옮겼다. 불이 붙자 장정들이 힘을 합쳐 배를 강심으로 밀었다. 묘청의 목탁 소리와 게송이 높아졌다. 남포 사람들의 눈물이 대동강의 강물에 보태졌고, 대동강은 고인의 상여를 싣고 유유히 흘렀다. 묘청이 고인의 위패를 금수산 영명사에 모시는 것으로 닷새간의 장례는 끝났다.

　지상은 그동안 꼼짝없이 앉아서 고인의 옆을 지키면서 눕지도 않았고 먹지도 않았으며 마시지도 않았다. 그리고 이젠 강둑에 나가 앉아 있었다.

　"원래 우리 신동이 아기 때부터 저 강둑을 좋아했었습지요."

　"이런 제길, 아직도 신동인가? 이젠 나라의 모든 일을 가장 앞에서 만들어내는 대중서문하성의 대급사랑님이시라고."

　"무슨 놈의 대 자를 체신없이 남발하는가. 그런데 원래 상서성이 앞이 아니던가?"

"이 늙은이의 무식은 나이를 처먹어도 도무지 개선이 안 되는군. 문하성이 머리고 상서성은 손발인 게야. 육부가 뭔가. 이, 호, 예, 병, 형, 공을 줄줄이 달고 움직이는 게 상서성 아닌가. 그러니까 손발이지. 내 말이 틀렸소, 개경 양반?"

남포의 노인들은 자주 이야기의 방향을 틀었다. 오 주사는 웃으면서 맞다고 고개를 끄덕였다.

명경과 지상의 이웃 아낙들이 남포 사람들과 어울려 남은 음식을 나누고 있었고, 오 주사는 남포의 노인들과 남은 술을 비우는 중이었다.

"그러고 보니 우리 급사랑의 모친이 마지막으로 좋은 일 하고 갔구먼 그래. 덕분에 이번에 서경삼절이 다 모인 것 아닌가. 셋이 함께 모인 건 아마 처음이지?"

"이번에 우리 급사랑이 개경에 돌아갈 때 수한이와 묘청 스님도 함께 데려갔으면 좋겠구먼. 그럼 개경이 발칵 뒤집어질 텐데 말이야."

"아무렴이나. 우리 급사랑 혼자서도 몇 년 만에 왕을 서경에 행차하시게 했는데 셋이 힘을 합치면 아주 난리 날걸."

오 주사는 묘청과 백수한이 그 정도로 대단한가 싶었다.

밤의 끝이 보이지 않았다. 오 주사는 지상이 걱정되어 노인들을 더 챙길 수 없었다. 받아온 날이 열흘이었으므로 내일은 돌아가야 할 것이다. 늦어도 모레 아침 일찍이라도 출발해야 했다. 대엿새를 먹고 마시지 않고 잠도 안 자게 하고 갈 수는 없을 것 같았다. 지상을 불러 우선 재우고 싶은 마음이 굴뚝같았다.

　오 주사가 강 쪽을 보며 일어나자 노인들이 붙잡았다.

　"어디 가실려고?"

　"아무래도 급사랑님을 그만 모셔와 재워야 할 것 같습니다."

　"강둑에 앉은 우리 신동을 누가 건드려? 아무도 못 건드려. 건드리면 큰일 나요."

　오 주사는 무슨 말인가 싶어 눈만 끔뻑거렸다.

　"가면 귀신들이 다 몰려와요, 귀신들이. 저 강둑이 귀신들 집이라고."

　"저 강둑이 사람들의 시체로 쌓은 둑이라오, 원래부터. 우리 신동이 어릴 때부터 앉아서 지키지 않았다면 벌써 귀신들이 떼로 쏟아져 나와 이 남포를 사람 없는 마을로 만들어 버렸을걸."

　오 주사는 왠지 소름이 돋았다. 이웃 아낙들과 음식을 나누던 명경도 놀란 얼굴로 이쪽을 쳐다보고 있었다.

　노인들의 말은 그랬다. 고구려가 멸망하고 난 이후 신라와 당나라 연합군이 서경에 들어와서 작정한 듯 서경 사람들을 떼몰살시켰고, 때마침 대동강 물이 미친 듯 범람하자 사람들의 시체로 산을 쌓아 강물을 막았다는 것이다. 한 노인은 강둑을 조금만 파도 금방 사람 뼈가 나올 것이니 못 믿겠으면 당장 가서 파보라고도 했다.

　오 주사는 으스스해졌다. 문득 소스라치게 떠오르는 무엇이 있었다.

雨歇長堤草色多

送君南浦動悲歌

大洞江水何時盡

別淚年年添綠波

비 개인 강둑 풀빛 짙푸른데

님 떠나보낸 남포에 슬픈 노래 흐르네.

대동강 물이 언제나 마를 손가.

해마다 이별의 눈물들 더하는 것을.

비로소 지상의 시가 오롯이 이해되는 듯한 느낌이었다. 지상의 시를 처음 접했을 때 단순히 이별의 서정과 정한을 노래한 것만은 아니라는 느낌이 있었으나 그 너머가 막연하고 아득하기만 했다. 지상이 깔고 앉은 긴 강둑에 대한 이해가 전혀 없었던 탓이었을까, 발 디딘 위치를 대수롭지 않게 흘려넘겼으니 나머지도 그저 막연하고 아득했던 듯 싶었다.

오주사는 지상이 바라봤을 대동강 너머로 떠나가고 사라져 간 지난날의 영광과 역사가 눈앞에 아스라이 펼쳐지는 듯해서 한참을 망연했다. 아무도 강둑에 앉은 지상을 불러 내리지 못할 것이란 노인들의 말은 틀림이 없을 것이다.

아낙들이 그릇과 음식 짐을 나눠 들고 하나둘씩 돌아갔다.

"아버님, 이제 그만 가셔야죠."

아낙들과 함께 노인들도 하나둘씩 사라졌다. 곧 지상의 집엔 오 주사와 명경만 남게 되었다.

"아버님."

오 주사는 명경이 몇 번을 불렀을 때에야 문득 제정신으로 돌아왔다.

"네가 수고 많았다. 괜히 따라왔단 생각 많이 했지?"

"아뇨. 그런 생각 한 번도 안 했어요."

명경은 다소 피곤한 기색이긴 했어도 아직 지친 것 같진 않았다. 오 주사는 딸이 안쓰러웠다.

"자잘한 건 내일 치우고 이제 그만 자거라. 내일이면 돌아가야 할 거다."

명경이 하얀 이를 드러내고 웃었다.

"아버님이 빨리 주무셔야겠어요. 며칠 사이에 십 년은 늙어버리신 것 같아요."

"그러자. 자자."

다 끝냈다고 생각하니 새삼 견디기 힘든 피로가 몰려옴을 느낀 오 주사는 십 년의 세월을 함부로 얹어버리는 딸을 호통 쳐 줄 마음도 없었다.

지상의 집엔 방이 두 칸이었다. 명경은 얼마 전까지 지상의 노모가 썼을 방에 들었고, 오 주사는 오래전에 지상이 썼을 방으로 들었다.

누우면 금방 곯아떨어질 줄 알았는데 막상 자리를 펴고 눕자 잠이 오지 않았다. 오 주사는 문득 명경이 아예 지상을 걱정하는 말을 한마디도 안 하고 자겠다고 들어간 게 걸렸다. 저게 무슨 생각을 하는가 싶었다.

잠도 안 오고 멀뚱멀뚱하길 얼마나 됐을까. 삐걱거리며 방문이 열리는 소리가 난 것 같았다. 오 주사는 살짝 문을 열어 문지방 틈으로 밖을 내다보았다. 명경이 싸릿문 밖을 나서고 있었다. 어딜 가려는 건지 묻지 않아도 알 수 있었다. 오 주사는 불러 세울까 하다가 말았다.

칠흑 같은 어둠 속에 웅크린 강둑 위를 시퍼런 불길이 춤추듯 날아다니는 것 같았다. 눈을 크게 뜨면 불길들은 보이지 않고 어둠뿐이었다. 명경은 조심조심 걸어서 강둑을 올랐다. 찬 기운이 엄습해 왔다. 어둠 속에서 꾸물꾸물하는 흐름은 대동강의 강물일 것이다.

갑자기 퍼런 불꽃이 홱 눈앞을 스쳐 지난 것 같았다. 명경은 오그라들었다. 뭔가 싶어 눈을 크게 뜨니 강둑을 따라 더욱 깊어지는 듯한 어둠 저편에서 푸른 불꽃이 넘실대는 듯했다. 그런가 하면 푸른 불꽃은 금방 지척에서 돌아다녔다. 발이 떨어지지 않았다. 정말 이 강둑이 시체의 산이며 귀신들이 떼로 살고 있다는 말이 맞는 것 같았다.

명경은 강둑 위의 어둠을 두리번거렸다. 지상이 어디쯤에 있는지 알 수가 없었다.

무슨 휘파람 소리가 귓가를 스친 듯했다. 뒤쪽에서부터 시퍼런 불꽃이 무더기를 지으며 강둑을 따라 우르르 몰려오고 있었다. 눈을 크게 떠도 그것은 사라지지 않았다. 명경은 비명을 지르려 했다. 잠자다 가위에 눌린 것처럼 입만 벌어졌지 비명은 소리가 되어 나오지 않았다. 달려오는 퍼런 불무리가 어떤 형상을 만들어내는 것 같았다. 명경은 언뜻 그 속에서 어떤 여자를 보았다. 귀신이었다. 귀신이 있긴 해도 사는 세상이 달라서 사람의 눈엔 보이지 않고 서로가 어쩔 수 없는 거라고 믿어왔던 명경에게 정말 귀신이 보인 건 아찔한 충격이었다. 명경은 얼어붙어 버렸다. 귀신은 사방에 퍼런 불꽃을 날름거리며 명경을 덮쳐 왔다.

　명경은 기절할 것 같은 그 순간에 견뎌내야 한다는 생각이 빽빽한 공포와 두려움 사이로 삐죽 고개를 내미는 것을 느꼈다. 그것은 한 가닥 머리카락처럼 미약했지만 명경은 필사적으로 그 생각을 붙잡았다. 찰나간에 그 생각은 자기가 선 곳이 지상이 이미 있는 곳이란 생각을 붙잡아 깨웠고, 그러자 머리카락 같던 것이 금방 줄기가 되고 기둥이 되었다. 명경은 그 기둥에 의지하고 꽉 붙잡고서 내달려오는 귀신을 노려보았다. 그러나 결국은 눈을 감아버렸다. 귀신이 명경의 온몸을 후려치고 지나갔.

　아무 일도 일어나지 않았다. 착각이나 다름없는 느낌일 뿐인 것 같았다. 그래도 명경은 한동안 눈을 뜨지 못했다.

　"어두운데 어찌 여기까지 올라왔소?"

　갑작스런 사람의 목소리에 명경은 비로소 눈을 뜨고 비명을 질렀다. 지상이 바로 앞에 걱정스런 얼굴로 서 있었다. 안 된다는 생각이 먼저 들었고, 그다음에 울음이 터졌다. 명경은 울면서 견뎠다. 지상이 잠시 머뭇거리더니 지그시 명경을 안았다.

　"공연히 오래 머물러 여기까지 나와보게 했구려. 이곳은… 밤에는 좋지 않은 곳이오."

　명경은 지상의 품에서 울음을 멈추지 못했다. 지상이 명경을 좀 더 세게 안아왔다.

　그녀는 어둠 속에 선 채 조용히 지상을 바라보고 있었다.

그녀에겐 시간이, 세월이 없었다. 그녀는 시간과 세월에서도 비켜나 있는 듯했다. 지상이 열한 살 때 처음 보았던 그 모습 그대로였다. 그 자리가 이 자리였고, 그녀는 시간과 세월을 잡아 줄여 그때로 되돌아가 있는 듯 보였다. 지상은 그녀의 모습을 홀연히 눈앞에 두고 보는 것이 꿈인가 싶었다.

명경은 지상의 품속에서 아직 울음을 다스리지 못하고 있었다. 지상은 명경을 안은 채 그녀를 눈으로 더듬어 나갔다. 어느새 그녀는 미소를 짓고 있었다. 그녀는 그 모습 그대로 소리없이 어둠 속에 묻히며 사라졌다.

안타까움이 없는 건 이상했다. 지상은 왠지 그녀를 자주 볼 수 있을지도 모른다는 생각이 들었다. 지상은 명경을 더욱 힘주어 안았다.

날이 밝자 봉심이 장 노인과 함께 커다란 상선을 끌고 왔다. 봉심은 갓난 아기를 한 팔로 안고 있었고, 옆엔 네 살 정도 되는 꼬마 여자 아이가 봉심의 남은 손을 꼭 잡고 있었다. 봉심과 장 노인의 사이엔 작고 아담한 체구의 처자가 함께 서 있었는데, 지상의 모친상 첫날에 꽤 음식 일을 거들어주고 갔던 처자이다. 그 처자는 장 노인의 손녀이자 봉심의 내자인 향이였다.

오 주사와 명경은 향이가 구면이었지만 모친의 시신 옆만 지켰던 지상은 처음이었다.

"형수님이셨군요. 처음 뵙습니다."

나이가 봉심이 위였으므로 형수님이 당연했지만 봉심은 멋쩍은 듯 다른 쪽을 쳐다보듯 했다. 향이가 팔꿈치로 봉심의 옆구리를 쳐서 봉심의 고개를 바로 돌려세웠다.

"이 사람 좀 빨리 개경에 데려가 주세요. 무슨 일만 생기면 개경에 갈 일 아닌가 눈에 불을 켠다니까요."

향이는 소녀티가 아직 많이 남아 있는 듯했고, 봉심이 꼼짝도 못하는 것 같아서 지상은 웃었다. 지상은 봉심의 큰딸과 작은딸도 차례대로 한 번씩 안아보았다.

개경으로 돌아가는 길은 장 노인의 배를 이용하기로 했다. 장 노인은 직접 벽란도를 오가며 나라 안팎의 물건을 교환하고 공수하는 도매업을 진작 새로 벌였다고 했다. 돈 욕심이 아니라 시전의 왈짜패들을 건전하게 먹여 살리기 위한 목적이 크다면서 웃었다.

과연 장 노인의 배 여기저기엔 시전의 왈짜들이 자리를 잡고 있었다. 지상이 아는 얼굴들은 그새 제법 장사치 표가 났고, 새로 들인 패들인지 낯설고 어려 보이는 얼굴도 많았다. 그들은 지상은 물론 오 주사와 명경에게도 꽤나 조심했다.

"서경에 오지도 않는 이자겸은 언제 유수 직을 때려치우려나?"

봉심이 살짝 물었지만 지상은 대답하지 못했다. 지상이 알 만한 일이 아니었다.

"좋게 생각하게. 오히려 유수가 되었기 때문에 이자겸이 서경을 함부로 못하는 것 아니겠는가. 대충의 사정을 파악하신 왕께서도 그 점을 헤아려 이자겸에게 서경을 맡기신 듯했네. 이자겸의 권세가 가장 높으니 서경의 위상도 그만큼 높다는 걸 모두가 알게 하는 의중도 계신 듯하고……."

봉심은 지상의 말뜻을 알아들었는지 고개를 끄덕였다. 봉심은 지상의 손을 꽉 잡았다가 놓으며 배에서 내렸다.

관직에 매인 봉심과 그의 처자식은 남고 배가 출발했다. 봉심의 네 살배기 큰딸이 장 노인을 부르며 울어댔다. 봉심은 지상만 바라보고 있었다.

28 암수

   몇 달째 하늘에서 물 한 방울 떨어지지 않았다. 하늘에도 땅에도 물기가 한 점 없어 공기는 풀풀 날렸고 땅은 쩍쩍 갈라졌다. 햇살마저 기갈이 난 듯 땅 위의 초목과 작물을 태워 죽였고, 백성들은 작열하는 땡볕과 기근에 허덕댔다. 나라에선 의창의 곳간을 활짝 열어 대대적으로 곡식을 풀었으나 전국적인 대기근이어서 백성들은 죽지 않을 정도만 나누어 먹을 수 있어도 다행이었다.
   봄, 여름을 휩쓸어 버린 한발 귀신은 여름의 끄트머리에서 역병 귀신까지 불러들였다. 역병은 최적의 조건을 만난 듯 활개를 치고 돌아다녔고, 떼몰살이 일어나는 마을도 적지 않았다. 혜민국에서 내보내는 의생으로는 어림도 없었다. 이 마을 저 마을의 이름없는 의생과 경험 많은 촌로들이 팔을

걷어붙이고 나섰으나 역병 귀신은 쉽게 물러가지 않았다.

가을로 접어들면서 바람이 무섭게 불더니 드디어 비가 왔다. 비는 몇 날 며칠을 쏟아졌는데 곧 늦장마였다. 해갈은 되었으나 비가 많아지면서 역병이 오히려 깊어졌다. 나라에서 작정하고 용한 의술을 가진 자들을 모았다. 시급한 곳부터 집중적으로 처리하여 역병에 효율적으로 대처를 하기 위함이었는데 늦은 감이 있었다.

지상의 요청도 있고 해서 서경에서 달려온 백수한은 혜민국에 들렀다가 어디론가 바로 떠났다. 대동강 물이 반쯤 줄긴 했어도 서경은 괜찮다는 얘기는 들었으나 그 이상의 얘기를 나눌 짬도 없었다. 바람이 잦아들고 비가 그치면서 가을이 깊어지더니 역병도 차츰 물러갔다. 그때쯤 잠깐 왕의 등에 종기가 났다는 소문이 돌았다.

"애초에 왕의 등창을 소홀히 했다 하여 태의께서 책임을 받고 쫓겨났다더군. 병세가 생각보다 깊으신 모양이네."

퇴궐하면서 오 주사가 궐내에서 물어온 소식을 전했다. 지상은 올해 내내 개경을 뒤덮었던 어두운 그림자가 아직 물러가지 않은 것 같은 기분을 느꼈다.

"최 태의로선 억울한 구석이 없지 않으실 것이네. 왕명을 받잡아 의생들을 거느리고 백성들의 역병을 구제하느라 바쁘셨을 테니……."

백수한을 개경까지 부르게 되었던 것도 태의 최사전 쪽의 도움 요청이 있었던 탓이다. 최사전은 가족들이 역병에 걸리기라도 한 것처럼 부지런히 뛰었음을 오 주사도 지상도 잘 알고 있었다.

"그 점이 참작되지 않은 것입니까?"

"추밀원사와 추밀우부승선이 한사코 최 태의를 벌할 것을 간했다더군. 그들의 세도가 요즘 이자겸 이상인 듯하네."

곧 한안인과 문공미였다. 문공미는 처세에 구별이 없는 듯하더니 한안인 쪽에 확실히 붙은 모양이었다.

노골적으로 한안인 쪽으로 줄을 서려는 관료들이 많은 것이 요즘 궐내 풍경이었다. 상대적으로 이자겸은 꽤 오래간다 싶을 정도로 한껏 몸을 낮추고 왕명에 순응하는 모습을 보이고 있었다.

얼마 전에 최사전이 사람을 보내 지상에게 감사의 표시를 해왔다. 역병 구제에 수한의 활약이 작지 않았음을 반증하는 것이었다. 지상은 내심 더욱 감사해하고 있었는데, 최사전이 떨어져 나갔으면 수한도 다시 서경으로 돌아가야 하는 게 아닌가 싶어 문득 쓸쓸해졌다.

"이쪽이 낮아지면 저쪽이 높아지는 건 순리겠지만, 이쪽이 나빴다고 해서 저쪽이 좋으리란 법은 과연 없군요."

지상의 말에 오 주사는 고개를 끄덕였다.

"그들 역시 권력과 세도를 탐하는 물건들일 뿐일 테지. 바른 자들이었으면 윤관 장군께서 내몰릴 때에 진작 역할을 하지 않았겠는가."

집에 이르니 명경이 나와 지상과 오 주사를 맞았다. 명경의 아랫배가 불러온다 싶었는데 요즘은 눈에 띄게 불룩했다. 지상은 가슴이 훈훈해졌다.

"못 다녀올 데를 다녀오는 것도 아닌데 어찌 자꾸 나오는 거요?"

"이제야 어디 제가 나가나요? 이 녀석이 아부지 온다고 난리를 치니 어쩔 수 있어요?"

명경이 배를 만지면서 웃었다. 지상도 웃고 오 주사는 댁끼, 했다.

"다섯 달이 채 되지 않았으면 발길질도 못할 텐데 그놈이 벌써 무슨 말을 한다는 거냐?"

모친상을 치르고 서경에서 돌아오던 길, 장 노인의 배 위에서 지상은 오 주사에게 명경과 혼인할 것을 약조했다. 그해를 넘기고 이듬해 봄에 혼인하여 아는 이들에게 모두 알렸다. 장 노인이 봉심의 처자들과 서길을 비롯한 서경 관아의 무반들, 그리고 지상의 고향 남포 어른들을 실어와 시끌벅적한 축하를 해주었다. 부식도 직접 오지는 않았으나 습명을 대신 보내 축하를 해주었는데, 이상하게 습명의 얼굴은 내내 어두웠고, 나중엔 온다 간다 말도 없이 보이지 않았다.

그녀는 지상과 명경의 신방에 잠시 나타났다가 사라지는 것으로 지상을 놀래켰다. 지상은 그것을 그녀가 할 수 있는 최대한의 축하의 뜻으로 해석할 수밖에 없었다.

오 주사는 그간 모은 모든 걸 몽땅 털어 집을 증축하고 살림을 도울 하인들을 들였다. 지난해 말쯤, 지상은 드디어 그간의 공로를 인정받아 문하성의 정언이 되었다. 관직 이름 그대로 바른말을 올리는 간관으로 인정받은 것인데, 종육품으로서 낭사관의 맨 마지막 서열이긴 해도 단 한 명만 두게 되어 있다는 데에서 가치와 자긍이 높았다. 지난해엔 그렇게 경사가 겹친 셈이었고, 명경의 몸에 아기가 들어선 것은 올해 가뭄의 시작과 함께였다.

아기는 태어나지 못했다. 지상의 가족은 겨울을 유독 춥게 보냈고, 새봄

이 왔다.

봄의 시작과 함께 북방의 장성을 새로이 하라는 왕명이 떨어졌다. 왕의 건강을 염려하는 그간의 은근한 풍문들을 일거에 날려 버리는 용틀임과 같았다. 왕명의 뒤엔 장성을 새로이 고치면서 높이를 석 자씩 더 올리라는 명령이 함께 따랐다. 개경에서도 적지 않은 장정들이 부역하러 북방을 향했다.

금에서 군사들을 보내 장성을 더 쌓는 일을 저지하려 한다는 소식이 들려왔다.

오랜만의 도발에 조정이 흔들렸다. 요나라는 이미 금에게 거의 잡아먹혀 무의미한 명맥만 간신히 잇고 있는 중이었고, 금은 강성해질 대로 강성해져 있었다.

지난해 가뭄과 역병으로 인한 백성들의 상처가 아직 아물지 않았으니 장성을 수보하는 일을 뒤로 미루자는 상소가 잇따랐다. 아골타의 뒤바뀐 형제결의 제의와 굴욕적인 화친 요구에 응하자던 어사중승 김부철을 비웃고 통박하던 그때 그들이었다. 백성들의 상처 운운은 핑계였을 뿐, 한안인과 관료파들이 어느새 권력을 탐하고 보신하는 맛에 길들여진 까닭이 컸다.

왕은 듣지 않았다. 단지 오래되어 고치는 것일 뿐이니 신경 쓰지 말라 전하라는 왕명이 추밀원을 통해 북방을 달렸다.

"옛날 연개소문의 장성이 훨씬 위쪽에서 드넓게 버티고서 당을 막았는데 압록에도 못 미치는 장성을 두고 일이 잘못될까봐 벌벌 떠는 자들이 있으니 참으로 한심하구나."

대신들을 꾸짖은 왕의 말이 궐을 넘었다. 백성들은 조정의 권신들을 비웃고 왕의 호기를 칭송해 마지않았다. 내내 북방을 향했던 선왕의 호기와 의지가 되살아난 것 같다고 기뻐하는 자들도 적지 않았다.

그 뒤 금의 군사들에게 내려진 아골타의 칙명이 개경까지 알려져 왔다.

서로 침노하여 일이 생기게 하지 말고 다만 군영과 보루를 굳건히 하며 척후와 정탐을 널리 펴라.

충돌은 일어나지 않았다. 서로 간 견제의 뜻만 밝힌 셈이었다. 조정의 대신들이 날로 강성해지는 적을 눈앞에 둔 성군의 때맞춘 현명함 운운하며 뒤늦게 왕을 칭송하는 표문을 지어 바치길 다투었다.

그쯤 지상은 실로 오랜만에 부식의 연락을 받았다. 장인인 오 주사가 굳이 만날 일이 있겠느냐며 만류의 뜻을 비쳤다.

"이미 만날 일이 없어진 사인 줄 알았는데 굳이 다시 만나자고 하는 건 그럴 만한 까닭이 있기 때문이 아니겠습니까?"

명경이 대문가까지 따라 나왔다.

"걱정 말고 들어가 먼저 자구려."

지상이 집을 나서자 밖에서 기다리고 있던 부식의 하인이 앞길을 잡았다. 조금 가니 습명이 어둠이 내린 길가에서 서성이고 있었다. 습명도 실로 오랜만이었다. 지상은 고개를 약간 숙여 목례를 해 보였고 습명도 함께 고개를 숙여 받아주었다. 의례적인 인사말은 서로 하지 않았다.

부식은 사랑채 툇마루에 나와서 지상과 습명을 기다리고 있었다. 부식은 지상과 습명을 함께 안으로 들였다. 지상을 맞은편에 앉히고 습명을 옆에 앉힌 부식은 앉아서도 한동안 무거운 침묵을 지키다가 입을 열었다.

"사실은 왕의 병세가 몹시 위중하시네. 올해로 보령(寶齡)이 고작 마흔셋인데 무슨 청천벽력인지 모르겠네."

부식은 그사이 한림원의 일에 수찬관(修撰官)을 겸하고 있었다. 항상 왕의 근처에 붙어서 동정을 기록하는 사관들을 통솔하는 부식의 입에서 나온 말이라 틀림없을 것이다. 지상은 어느 정도 불길한 짐작을 했지만 막상 말로 전해 들으니 아찔한 충격이 오는 걸 어쩌지 못했다. 습명도 처음 들었는지 몹시 놀란 얼굴이었다.

"가까운 권신들도 이미 알고 있으면서 쉬쉬하고 있네. 고약한 건 그게 나라 안팎의 일을 염려해서가 아니라는 것이네."

부식은 치를 떨었다.

"안인 쪽은 대방공을 밀고 있고 자겸 쪽은 태자를 밀고 있네. 쉬쉬하는 가운데 그들은 벌써 후대를 놓고 치열한 암투에 들어갔어."

대방공이면 왕의 아우 왕보이고 태자는 이제 겨우 열세 살이 된 왕의 아들 왕구였다. 부식은 눈물을 글썽였다.

"모두를 물린 자리에서 왕께서 내게 물으셨네. 어느 쪽이 좋겠는가 하고. 이미 천수를 아신 듯했네."

부식은 눈물을 참으려는 듯 고개를 떨어뜨리고 드러나게 몸에 힘을 줬다가 지상을 쳐다보았다.

"오늘 가서 밤새도록 생각해 보고 내일 답을 달라 하셨네. 왕께선 이미 후대를 놓고 벌이는 암투를 눈치 채셨고, 안인이나 자겸 어느 쪽의 말도 듣지 않기로 하신 듯했네. 자네라면 어찌 답을 하겠는가?"

일의 엄중함은 알아들었으나 지상은 부식이 왜 오랜만에 굳이 다시 불러 어려움을 묻는지 이해하기 어려웠다.

"자네의 남다름을 조정에서 나만큼 잘 아는 사람은 또 없을 것이네. 문득 자넨 어떻게 생각할까 싶었고, 그 궁금함을 점점 견디기 어려워 청한 것이니 모쪼록 기탄 말고 도움을 보태주게."

지상은 길게 자리할 일이 아니라고 판단했다.

"오로지 왕의 결정만이 옳을 것이며 백성과 신하들은 그대로 따를 것이라고 간하겠습니다. 그 이상은 없습니다."

부식은 눈을 빛냈다.

"대방공이냐 태자냐가 드러나고 알려진다면 서경은 어찌할 것 같은가?"

지상은 부식이 부른 뜻을 알 것 같았다. 대방공 보를 비롯한 왕의 아우들과 왕씨들은 왕 대신 대동강 나들이를 자주 즐겼다. 부식의 질문은 곧 서경과 대방공의 관계를 의심하는 것과 같았다. 그 의심의 뒤에 무슨 심중이 도사리고 있는지는 알 수 없었으나 불편했다.

"왕의 근심이 그러하십니까?"

지상이 똑바로 쳐다보자 부식은 눈을 돌려 지상의 눈길을 맞받지 않았다.

"갑작스런 병세라 왕께서도 미처 후대를 궁구하지 못하신 듯하네. 다만 마음은 태자께 쏠리는 것이 인지상정일 것이나 아직 너무 어리시니 걱정과 근심이 더하고, 마음은 덜 가도 대방공께서 워낙 덕이 후하고 기개가 열려 따르는 자들이 많으니 종묘와 사직의 안녕을 위해서는 아무래도 대방공이 합당하지 않은가 보시는 듯하네."

부식은 말의 마무리쯤에서 지상의 눈치를 살폈다.

대방공과 서경의 관계를 물을 때와 모순이 있었다. 지상은 더 듣지 않기로 했다.

"제게 논의에 낄 만한 무엇이 전혀 없습니다. 일개 백성으로서 왕께는 병세의 호전과 만수강녕을 빌되, 후대에 관한 일은 듣지 않은 것으로 하겠습니다."

부식의 얼굴 근육이 굳는 게 보였다. 지상은 일어섰다.

"생각이 있어 불러주셨는데 도움이 못 되어 송구합니다. 이만 가보겠습니다."

습명이 놀란 얼굴이 되어 지상과 부식을 번갈아 보았다. 부식에게서 차갑게 굳은 분위기가 전해졌으나, 지상은 고개를 약간 숙여 부식을 보지 않고 물러 나왔다.

부식의 집 대문을 나서는데 습명이 따라왔.

"정언, 좀 보시구려."

지상은 습명의 목소리를 참으로 오랜만에 들어본다고 생각하면서 걸음을 멈췄다.

"후대를 논하는 일이 실로 삼엄하고 막중하기 그지없으니 정언을 이해

못할 바는 아니오만, 왕의 고충을 조금이라도 덜어보려는 어른의 충정을 순하게 봐주시구려."

알지 못할 거리감은 있었지만 습명의 부드럽고 온화한 기품은 여전한 듯했다. 부식이야 그렇다 쳐도 지상은 습명이 왜 이쪽을 멀리해 왔는지 궁금했다.

"시간 나시면 집에 놀러 오십시오. 제 장인 오 주사도 정 직원의 인품을 흠모하는 것 같으니 함께 술잔이라도 나눌 수 있다면 좋지 않겠습니까?"

습명은 당황하더니 황급히 그 기색을 얼버무려 감추려 했다.

"좋은 일이오. 좋은 일이고말고요. 가서 부담없이 술잔을 나눌 날이 있지 않겠소?"

지금은 부담이 있는 모양이었다. 지상은 인사하고 돌아섰다. 가다가 돌아보니 습명이 그대로 대문가에 섰다가 주춤거렸다. 지상은 왠지 습명이 쓸쓸하고 적적해 보인다고 생각했다.

그로부터 얼마 지나지 않아 왕의 위중한 병세는 곧 널리 알려졌다. 왕의 마지막 같은 교지가 내렸기 때문이다.

과인이 외람되이 왕업을 계승하여 벌써 많은 세월을 보내었다. 하지만 일을 처리하는 데에 올바른 방법을 알지 못하여 음양이 순서를 어겨 천지가 재앙을 나타내 보이며, 거기에다 몸에 병조차 중하니 더욱 근심하고 두렵기만 하다. 이에 자중

하여 넓은 은혜를 베풀어 유명(幽明) 간에 사죄하려 하니, 모든 명산대천으로 그 지위가 사전(祀典)에 들어 있는 자는 그 명호를 더 높이고, 참형, 교살형을 제외한 죄인은 모두 놓아주며, 귀양 가 있는 자는 양이(量移)하라.

이자겸이 따르는 대신들을 이끌고 순복전(純福殿)에 들어 떠들썩하게 하늘에 기도했다.

"옛날 주나라 무왕이 병이 들자 주공(周公)이 지극한 정성으로 하늘께 빌었더니 병이 나았습니다. 지금 신 등이 모두 어리석고 불초한 몸으로 자리만 차지하고 있으면서 백성을 편안히 할 정치 방법도 없고 천지신명에 잘 보일 덕행도 없이 다만 탐욕스럽고 무도하여 국가의 큰 좀벌레가 되었으니, 하늘이 죄를 주어 위로 군왕부에 미치게 되었습니다. 하늘은 총명하시니 모든 병과 죄를 신들의 몸에 내리고 대왕으로 하여금 오래도록 중한 병에 고생하지 않게 하여 주소서."

이미 지상으로부터 후대를 놓고 벌이는 이자겸과 한안인 간의 암투를 전해 들은 오 주사는 이자겸의 승리를 점쳤다. 지상도 이자겸의 요란한 기도를 승리의 선언으로 들었다.

그로부터 얼마 지나지 않아 왕이 이품 이상의 모든 재신과 추신들을 편전으로 불러들였다. 궐내엔 불길한 암운이 드리웠다.

"짐이 부덕한 탓으로 하늘이 죄를 내려서 병이 낫지 않는다. 태자가 어리나 덕행이 숙성하였으니 제공들은 마음을 같이하여 보좌해서 조종의 업을 실추함이 없게 하라."

편전이 울음바다가 되었다. 왕이 태자를 가까이 불렀다.

"내 병이 크게 더하여 형세가 다시 낫지 못하겠다. 이에 중한 소임을 너에게 전하여 준다. 내가 지금 생각하니 평생에 행한 일이 잘한 것은 적고 잘못한 것은 많다. 나를 본받지 말고 다만 옛날 성현의 도를 생각하고 태조의 교훈을 받들어 지위에서 게으르지 말고 길이 백성을 복되게 하라."

어린 태자가 고개를 숙여 울면서 일어나지를 못했다. 왕이 손짓으로 한안인을 불렀다. 한안인의 얼굴은 하얗게 질렸고, 일제히 부복해 통곡하는 재신들 사이에서 눈을 빛내는 자들이 더러 있었다.

"그대가 특별히 태자를 잘 보필하라."

왕은 한안인에게 옥새를 주어 태자에게 전하도록 했다. 안인이 손을 덜덜 떨면서 옥새를 받아 태자에게 전했다. 왕의 마음은 처음부터 대방공에겐 있지 않았던 듯했다.

왕은 며칠 후 붕어했다. 통곡이 청구의 전역을 뒤덮었다.

이자겸이 태자를 받들어 중광전에 모시고 대대적으로 즉위를 알렸다. 백관의 하례를 받으면서 새 왕이 된 태자는 그저 얼떨떨한 아이의 얼굴을 하고만 있었다.

이자겸은 아침저녁으로 선왕의 빈소를 찾아 머리를 풀어헤치고 땅을 치고 발을 구르며 곡을 했다. 아비가 죽어도 그만큼은 못할 것이라고 비웃는 자들은 적어도 궐내에선 단 하나도 없었다. 오히려 한편의 거대한 희극처럼 선왕의 빈소 앞에서 이자겸과 더불어 애통해하며 눈물을 떨구는 대신들의 숫자가 점점 많아졌다.

"안인은 불시에 선왕이 끌어올려 준 기세를 타면서 한껏 떠오를 줄만 알았지 또 잔가지만 보고 줄기를 보지 못했어. 자겸은 왕의 뜻을 읽고 잔뜩 몸을 낮춰 조심하면서 오히려 안인의 오만을 부추기는 효과를 얻고 때를 기다려 왔으니 결과야 진작 뻔하지 않았겠나."

혀를 차는 오 주사의 시각은 옳았다. 이자겸의 완벽한 부활이자 승리였다.

대방공 왕보가 먼 아래 지방 경산부로 내침을 당했다. 왕명이었으되 누구의 뜻인지 모를 자는 아무도 없었다. 뒤이어 이자겸은 한안인과 문공미 등을 모조리 잡아들였다. 밤중에 궐 밖에서 따로 모여 음습하고 불손한 당파를 획책했다는 것이 죄목이었다. 죄는 승리자가 얽고 엮기 나름이었다.

자겸은 한안인 일파를 각지의 외방으로 고루고루 찢어 펼치듯이 귀양을 보냈다. 안인은 먼 삼남의 바다 끝 승주 감물도로 보내길 명해놓고 도중에 바다에 빠뜨려 죽여 버렸다.

한안인과 그 일파의 허망하고도 처참한 결말을 보면서 지상은 부식의 뜻을 알았다.

선왕의 곁에 거의 내내 붙어 있던 부식은 애초부터 선왕의 마음이 현왕인 태자에게 있음을 누구보다도 잘 알고 있었을 것이다. 부식의 은근한 현혹에 넘어가 대방공을 말했더라면 지상도 한안인 일파의 귀양길에 섞였을 터이다. 대방공과 서경을 함께 말했다면 서경의 앞날도 참혹할 것임은 불문가지였다.

지상은 부식이 그 정도로 자기를 의식하고 있을 줄은 몰랐고, 그 정도로 서경을 싫어하고 있는 줄도 몰랐다. 분노도 아니고 원한도 아닌 무엇이 깊이 인이 박혔다.

지상은 아무에게도 말하지 않았다. 현숙하고 지혜로운 내조자 명경에게도 말하지 않았고, 궐내의 일엔 가장 가까운 동행인이나 다름없는 장인 오주사에게도 말하지 않았다.

와중에 한안인과 문공미에게 공연히 당했던 태의 최사전이 복귀했고, 돌아온 최사전이 지상을 통해 수한을 다시 청해온 것이 유일한 밝은 소식이었다.

29 떠나고 싶은 마음

　전시나 다름없는 군사훈련이 자주 있는 바람에 봉심은 오랜만에 노곤한 몸을 끌고 집에 돌아왔다. 서경의 군병 체제는 서북과 동북 양계와 직접적으로 연관이 있어 금의 도발에 대비하는 측면이 컸다. 금이 어린 왕을 얕잡고 장성을 넘어올 가능성에 서경은 민감하게 대처하고 있었다.
　봉심은 동료 조광과 함께 신기, 보반, 백정군 등 전시에 동원될 자들을 꾸리고 훈련시키는 책임을 받았는데, 젊고 팔팔한 상비군을 상대하는 것보다 배는 힘들었다. 일하다 말고 나온 그들은 투덜댔으며 느릿느릿했고 통 말을 듣지 않았다. 모두가 봉심이나 조광보다 나이가 많았기에 체벌은커녕 호통도 쉽지 않았다.
　그러나 그것도 묘청의 이야기를 듣는 것보단 쉬웠다. 서경 관아의 절대적인 신뢰를 받으며 묘청은 무관들을 따로 모아놓고 자주 훈육과 강독을 행했는데, 봉심의 귀엔 잘 들어오지 않았다. 무엇을 전해주고 무엇을 가르치려는 것인지 알 수 없어도 자리는 지켜야 했다. 정작 피로는 거기서 가장 많이 쌓이는 것 같았다.

"몸 공부에 너무 치우쳐도 못쓰는 거네. 몸과 마음이 따로 가는 게 아니니 마음공부에도 힘을 써야 하는 건 당연한 것이지."

집에 오면 손자사위를 다독이는 장 노인의 얘기도 잔소리처럼 들렸다.

"개경에선 별 소식 없소?"

물으면 어김없이 향이의 샐쭉한 투정이 뒤따랐다.

"만날 들어오면 첫마디가 '개경에선 별 소식 없소?'. 그런데 저 양반이 언제부터 할아버지한테 하오체를 써댄 거지? 버릇없이……."

아래로 나이 차가 적지 않아 봉심은 오히려 향이에겐 꼼짝을 못했다. 봉심을 잡는 건 언제나 향이였다. 장 노인은 아이를 둘이나 두고도 여전히 소녀처럼 톡톡 쏘아대는 향이와 매번 거기엔 꼼짝도 못하는 봉심의 모습에 그저 즐거워할 뿐이었다.

"격의가 없어 좋지 않으냐. 그러는 넌 이 할아비한테 여전히 반말이지 않느냐."

장 노인은 손자사위를 위해 부지런히 개경 소식을 물어왔다. 특별한 소식이 있으면 저녁상을 물린 뒤 봉심을 불러들여 앉혔다.

"고단해도 마음 두지 말거라. 오래가진 않을 것 같으니. 아무래도 자겸이 홍재를 내칠 모양이야."

새로운 소식이었다. 최홍재는 전통적인 최 씨 무벌의 맨 앞에 있었다. 평장사로서 고려의 병권과 군사를 통솔하는 이 시대 최고의 무관이었는데, 이자겸의 과감한 발호와 부활엔 최홍재의 협조를 얻은 까닭이 컸다. 최홍재의 협조가 없었다면 한안인 일파를 그토록 짧은 시간에 모조리 정리하지 못했을 것이다. 그러나 이제 경쟁자가 없는 이자겸은 사냥을 끝낸 사냥개를 대하듯 최홍재를 꺼리는 게 분명했다.

봉심에겐 남다르지 않은 이름이었다. 그러나 내색하지 않았고 그럴 마음도 전혀 없었다.

"서경과 북방의 군사훈련을 승인한 것도 홍재일 텐데 자겸과 상의가 없었던 듯하네. 이것저것 걸면서 특히 서경과 북방의 군사들을 움직인 것을 문제 삼았다더군."

그렇다면 서경이 평시로 되돌아가는 것은 시간문제일 터였다.

"홍재가 바로 서경 관아의 청을 승인해 준 것은 금의 도발 우려에 동감한 충정이었을 텐데 자겸 쪽에선 오히려 금을 자극하고 도발시키는 어리석음으로 보고 성토가 대단하다는군. 그건 그저 쓸데없는 말잔치일 뿐이고, 결국은 자겸이 권력을 독점하겠다는 심사가 아니겠는가. 장차 어리신 왕과 백성들이 걱정이야."

장 노인은 왕과 백성들을 걱정하며 한숨을 쉬었으나 봉심은 지상을 걱정했다. 지상이 이자겸 쪽에 줄을 설 리가 만무하므로 언제든 치일 위험이 눈에 보이는 듯했다.

장 노인의 말대로 서경의 모든 군사훈련은 언제 그랬냐는 듯 싹 사라졌고, 최홍재가 먼 남쪽 바다 승주 욕지도로 귀양을 갔다는 소식이 들려왔다.
　묘청은 그럼에도 서경의 무관들에게 행하는 훈육과 강독을 멈추지 않았다. 중이고 불자이면서도 불교의 교리나 경전은 아예 다루질 않았다. 거의가 풍수와 도참에 관한 것이었다. 산과 강과 바람과 사람을 엮어가며 풀어내는 풍수는 꽤 그럴듯하게 여겨지는 부분이 때때로 있었지만, 이상한 그림과 알 수 없는 글, 괴이한 징조들로 인간의 길흉화복과 미래를 말하는 도참은 영 허황되고 맹랑하게 들렸다.
　봉심은 묘청이 처음부터 마음에 들지 않았지만 점점 더 싫어졌다. 조광은 반대였다. 조광은 묘청에게 흠뻑 빠져 있었다.
　동료 유한후와 더불어 셋이 함께한 술자리에서 조광이 봉심을 긁었다.
　"묘청 스님은 모든 것을 다 내다보는 분이시다. 그런 분이 나라를 이끄셔야 해. 자네 친구는 개경에서 뭐 하는가? 백수한만 불러들이고 묘청 스님은 모른 척하니 묘청 스님께 뭔가 다른 마음이 있는 게 아닌가?"
　봉심은 조광까지 싫어졌다. 가고 싶어도 친구에게 불편이 될까 봐 못 가고 있는 봉심이었다.
　"무슨 말을 그렇게 하는가? 백수한이야 수해 전의 가뭄 때 창궐한 역병 때문에 뛰어난 의술로 개경 조정과 인연이 닿은 거지 무슨 내 친구가 골라서 불러들였다는 건가? 묘청 스님이 말처럼 그리 뛰어나다면 그때 가뭄을 해결했으면 됐던 것 아닌가? 그랬다면 내 친구가 못 오게 막아도 개경 조정에서 못 불러들여 안달하지 않았겠는가?"

말문이 막힌 조광은 비아냥대며 방향을 틀었다.

"말끝마다 내 친구, 내 친구……. 그런 친구가 아직 대단한 출세는 못한 모양이더군. 개경에 간 지가 벌써 언젠데……."

봉심의 눈에 불이 붙었다.

"그렇다면 그런 친구에게 안 불러준다고 투덜대는 것들은 뭔가? 그걸 사람이라 할 수 있겠는가?"

조광의 눈에도 살기가 어렸다. 유한후가 웃으면서 말렸다.

"칼을 베개 삼고 갑구를 이불 삼는 자들이 어찌 시시하게 말싸움인가? 그만들 하게."

그러나 그 말이 조광에겐 칼로 싸울 걸 왜 말로 싸우냐는 식으로 들린 것 같았다. 조광은 오히려 더욱 격분했다.

"굴러온 돌이 그새 참 많이 자랐구나. 네가 원래부터 내게 그랬더냐?"

봉심은 더 상대하지 않고 술자리에서 일어나 밖으로 나와 버렸다. 조광이 쫓아 나왔다.

"이젠 대놓고 무시하는구나! 어디 네가 얼마나 컸는지 보자! 거기 서라!"

조광의 발길질이 봉심의 뒤를 찍어왔다. 봉심은 돌아서면서 땅에 디딘 조광의 다른 발 발목을 걷어찼다. 조광이 붕 떠서 머리부터 길바닥에 떨어져 볼썽사납게 나뒹굴었다.

술을 마신 곳은 시전의 주점이었다. 장사치들과 행인들이 삽시간에 구름처럼 몰려들었다.

조광이 벌떡 일어나 칼을 빼 들었다. 몰려들던 구경꾼들이 기겁하여 일시에 뒷걸음질을 쳤다. 조광의 눈은 살기와 광기로 번들거리고 있었다. 술버릇이 좋은 편은 아니었지만 술 때문이 아닌 건 분명했다.

"나는 둘째로 해도 묘청 스님까지 우습게보는 걸로 보아 너는 아예 서경을 우습게보는 어쩔 수 없는 개경 놈이다. 오늘 널 죽이겠다."

조광의 살기가 너무나 삼엄하여 유한후는 말릴 엄두를 못 내는 것 같았다. 봉심은 허리춤의 칼자루에 손을 댔지만 칼을 뽑지는 않았다.

조광이 미친 듯 칼을 휘두르며 달려왔다. 조광의 칼부림은 순식간에 봉심의 지척에 이르렀고, 멈출 생각이 전혀 없어 보였다. 멈추기에도 늦었다. 봉심의 칼이 허리춤을 벗어나 도신을 뒤집어 조광의 허리를 쳤다. 사방에 그물을 펼치듯 짓쳐오는 조광의 칼부림 사이를 봉심의 칼은 마치 폭포를 거슬러 오르는 물고기의 움직임처럼 유연하게 파고든 것이었다. 그러면서도 놀랍게도 조광의 칼보다 빨랐다. 유한후의 눈이 커졌고, 구경꾼들이 탄성을 내질렀다.

봉심은 충격으로 허리를 굽히는 조광의 등을 세차게 검으로 내려쳤다. 뼈가 부러지는 듯한 소리가 나면서 조광이 엎어졌다. 피는 나지 않았다. 두 번 다 칼등을 쓴 것이었다. 조광은 엎어진 채 꼼짝도 하지 않았.

봉심은 서경을 떠나기로 마음먹었다. 봉심은 유한후가 놀란 얼굴로 보면서 조광을 살피는 것을 못 본 척하고 칼을 칼집에 꽂고 돌아섰다.

"주, 죽은 거 아냐?"

"그러나저러나 왜 상대도 안 되는 거지? 같은 직급 아니었나?"

"이런, 못 봤어? 최 산원의 솜씨가 그게 어디 사람 솜씨였나?"

뒤에서 수군대는 구경꾼들의 목소리만 뒤를 따라왔다.

봉심과 조광의 싸움 소식은 봉심보다 먼저 집에 와 있었다. 마루에 나와 앉았던 장 노인은 봉심을 지그시 처다봤다가 먼 산으로 눈을 돌렸다.

"내일 날 밝는 대로 개경에 가볼까 합니다."

장 노인이 다시 봉심을 처다봤다.

"관엔 안 나가고?"

"별로……."

"네가 잘못했는가?"

"……."

"가도 일의 앞뒤와 책임은 분명히 한 다음이 아닌가?"

봉심은 조광과 싸운 일을 별로 크게 생각하지 않았다. 장 노인은 그렇지 않은 것 같았다. 봉심은 손발을 대충 씻고 방에 들었다. 벌써 다섯 살이 된 둘째 딸이 무릎에 걸터앉아 품을 파고들었다. 여덟 살 큰딸은 봉심을 유심히 살피더니 혀를 날름거렸다.

"아부지 바보."

봉심은 소리없이 웃고는 큰딸도 끌어당겨 안았다. 향이는 아무 말도 하지 않았다.

아이들을 재우고 봉심이 향이를 불렀다.

"함께 갈래, 나중에 올래?"

"뭘? 어딜?"

"개경……."

"혼자 가. 나 개경 싫어."

봉심도 못 간다는 소리나 다름없었다.

"들어와서 마누라 보고도 친구 생각, 애들 보고도 친구 생각, 나 그런 사람 싫어. 혼자 가."

어느새 향이는 울먹이고 있었다. 봉심은 조용히 향이를 안았다. 향이가 뿌리쳤다.

"성질 더러운 조가하곤 왜 싸웠어?"

그놈이 내 친구를 욕해서라는 말이 입에서만 맴돌았다.

"조가 혼내준 건 잘했는데… 그것도 친구 때문이지?"

봉심은 할 말이 없었다. 향이는 그럴 줄 알았다는 듯이 잠든 아이들을 안으며 등을 보이고 누워버렸다. 봉심은 우두커니 앉아서 빨갛고 노란 불꽃을 넘실대는 등잔불만 쳐다보았다.

"봉심이 아직 안 자고 있는가?"

밖에서 나직한 목소리가 들렸다. 서길의 목소리인 듯해서 봉심은 놀라 일어섰다.

"뭐 해? 서 어른이신 듯한데 빨리 나가봐."

향이가 돌아보지도 않고 쏘아붙였다.

"불 끄고 나가."

과연 서길이 마당에서 달을 올려다보고 있었다. 봉심이 나오자 서길은 봉심을 보더니 어깨를 가볍게 두드렸다.

"오늘 일을 내일까지 넘기지 말도록 하세. 따라오게."

장 노인이 얼굴을 내비치지 않는 걸로 보아 재빨리 서길을 불렀음을 알 수 있었다. 서길은 모든 문이 내려져 달빛만이 휑뎅그렁한 시전 길을 부지런히 걸었다. 거기에 맞추느라 봉심도 걸음을 빨리했다.

"이자겸이 척준경을 다시 개경에 불러들였다더군. 최홍재를 엮어 귀양을 보내긴 했으나 군부의 동요를 두려워한 것 같네."

서길이 봉심을 힐끗거렸다.

"이제 추신들을 이리저리 보내 기강과 감찰을 강화할 테지. 특히 서경을 지나치겠는가? 이럴 때일수록 작은 문젯거리도 곤란한 법이니 가벼이 행동해선 안 될 것이네. 알겠는가?"

당부 같은 꾸짖음이었다. 봉심은 고개를 숙였다.

서경의 핵심 무관들이 위무청에 모두 모여 있었다. 유한후가 서길과 함께 들어서는 봉심을 보고 고개를 끄덕였다. 별일없으니 걱정 말라는 뜻 같았다. 마침 옆에 자리가 비어 있어 봉심이 가서 앉자 유한후는 조광이 등뼈에 금이 간 듯 등 쪽이 심하게 부어오른 것을 제외하곤 별 이상이 없다고 했다.

서길이 맨 머리 자리에 앉았다.

"무릇 무관은 나라와 백성의 일이 아닌 다음에는 결코 칼을 뽑아선 안 된다. 사사로이 칼을 뽑는 자는 나라가 백성들에게 거둬들인 조세로 내려주는 녹을 받을 자격이 없다."

서길의 말은 딱딱 끊어졌다. 서길은 봉심을 보지 않고 모인 무관들 전체를 아우르고 있었으나, 봉심은 자기에 집중되는 의식들을 느꼈다.

"이번만큼은 근신에 처할 것이나 앞으로는 복두를 벗기고 칼을 빼앗도록 하겠다."

곧 무관의 자격을 박탈하겠다는 말과 같았다. 봉심은 눈을 감았다.

"이건 제관들을 모아놓고 내일 말하려 했으나 지금 하겠다. 개경에서 곧 감찰이 올 것이다. 이미 모든 훈련을 중지했으나 지난 훈련들에 대한 물음이 많을 것이다. 트집과 시비가 될 만한 언행을 삼가고 오로지 나라와 백성들의 안위를 목적으로 행했음에 자부와 긍지를 갖고 대하라."

무관들이 일제히 긴장했다.

"실제로 그러했으니 일일이 지시하지 않겠다. 다만 이 자리에 없는 신임과 경험이 적은 후임들에게 묻지 않은 말은 하지 않도록 한 가지 더 가르치는 것 또한 잊어선 안 될 것이다. 이상."

"명심하겠습니다."

무관들의 우렁찬 복명복창이 위무청을 떨어 울렸다. 서길이 자리에서 일어났다.

"아참……."

서길이 일어나다 말자 자세를 풀던 무관들이 다시 경직되었다. 서길은 준엄한 눈으로 무관들을 훑었다.

"하나의 일이 하나로써 끝나야지 둘, 셋으로 가지를 친다면 지금까지 해왔던 것과는 아주 다르게 가혹하게 다스릴 것이다. 그런 일은 한솥밥이 둘, 셋으로 쪼개지는 것으로 인식하고 시비를 가릴 것도 없이 이쪽저쪽 모두 똑같이 처벌할 것이니 그리 알라."

"명심하겠습니다."

무관들의 우렁찬 대답 속에 서길은 위무청을 휑하니 빠져나갔다. 무관들이 하나둘씩 일어났다. 서길의 바로 아래인 김신이 봉심에게 다가와 봉심의 어깨를 툭 쳤다.

"잠시 좀 보세."

남은 무관들의 시선을 등으로 느끼면서 봉심은 김신의 뒤를 따랐다. 김신은 위무청 앞까지 나와 걸음을 멈추더니 잠시 뜸을 들였다가 봉심에게 말했다.

"낭장 어른의 말씀이 미리 있었네. 자넨 광이 나아 자리에서 일어날 때까지 근신일세. 광은 그 뒤 자네가 했던 만큼 근신할 걸세. 불만있는가?"

봉심은 조광이 드러눕고 모두가 알게 된 이상 당연한 조치라고 생각했다. 다만 그 조치의 뒤에 장 노인의 그림자가 어른거리는 것 같아 대답을 망설였다.

"섭섭해하면 안 되네. 광의 성품이 안정되지 못한 건 모르는 사람이 없지만 이미 자네와 광 둘만의 일이 아닌 것이네."

"받아들이겠습니다."

김신은 솥뚜껑 같은 손으로 봉심의 어깨를 다독였다.

조광의 부러진 등뼈가 아물고 붓기가 가라앉는 데엔 달포가 걸렸다. 천골이 튼튼한 덕이지 어지간하면 반년을 누웠어야 할 부상이라는 얘기도 들렸다. 봉심은 조광이 일어날 때까지 집과 위무청 별채 앞에 세워진 근신대만 오갔다.

그사이 개경에서 감찰관과 그 일행이 다녀갔고, 그 며칠 동안은 집에서 꼼짝 않고 있어야 했다. 다시 나가니 별일은 없었는지 이전과 변화는 없었다.

네 개의 통나무 기둥 위에 박달나무를 띄엄띄엄 엮어 얹은 근신대란 것은 보기에도 흉물스러웠지만, 그 위에 하루 종일 무릎을 꿇고 앉아 있자면 무릎과 정강이, 발목이 따로따로 압박을 받아 심히 고통스러웠다. 조광이 다 나아 일어났다는 소식이 왔고, 봉심이 내려온 근신대엔 조광이 올라갔다.

근 한 달을 근신대에서 머물다 내려왔으나 봉심은 무관들의 보는 눈이 예전과 같지 않음을 느꼈다. 봉심은 신경 쓰지 않기로 했다. 이제 곧 서경을 떠날 참이었다.

"최 산원님."

누군가가 봉심을 부르며 달려왔다. 풋기가 아직 가시지 않는 새파란 청년무관이었다. 이름이 기억나진 않았지만 지난해에 새로 들어온 대정이라는 것은 알 수 있었다.

"최 산원님의 근신이 끝나길 얼마나 기다렸는지 모릅니다. 후배들이 가르침을 기다리고 있습니다."

봉심은 무슨 소린가 싶었다.

"조 산원님을 단 두 방의 칼등 공격으로 제압하신 실력을 배우고 싶어 후배들이 눈에 불을 켜고 있습니다. 부디 가르침을 주십시오."

청년무관은 말하면서 웃음을 머금고 있었다. 그 웃음이 왠지 억지스러워 보여 봉심은 청년무관을 따라갔다.

위무청의 뒤편에 자리한 드넓은 연무장의 맨 앞 연단 주위에 몇 명의 무관이 모여 있었다. 교위와 대정 급들로 모두 봉심의 아래였다. 다만 김신과 같은 별장 급인 김택승이 연단에 걸터앉아 있었다. 그의 옆엔 목검이 잔뜩 놓여 있었다.

봉심은 김택승과는 별로 가깝게 지내질 못해서 주저되는 면이 있었다. 그는 늘 조용했고 혼자 있길 즐기는지 자주 보이지도 않았다. 간혹 멀리서 보노라면 왠지 음침하고 음습한 기운이 서린 듯했고, 서길은 물론 같은 급인 김신이나 유한후의 형 유위후와도 별로 가까운 것 같지 않았다.

김택승이 봉심에게 목검 한 자루를 던졌다. 봉심은 목검을 받았다.

"한 개면 되겠지?"

처음 들어보는 듯한 김택승의 목소리는 안개가 낀 것처럼 불투명하고 스산했다. 김택승은 청년무관들에게도 목검을 한 자루씩 던져 주었다. 목검을 받는 청년무관들의 안색이 편해 보이지 않았다. 봉심을 데리러 왔던 청년무관을 보니 봉심의 눈을 피했다. 결국 봉심을 데려오게 한 건 무슨 무예의 가르침이 아니라 김택승이 시킨 것임이 분명해졌다.

김택승은 봉심은 더 보지도 않고 청년무관들에게 물었다.

"누가 먼저 해보겠느냐?"

청년무관들이 봉심의 눈치를 살폈다. 봉심은 김택승을 지그시 노려보았다.

"가르침과 배움에 걸림이 있어서야 무인이라고 할 수 있겠느냐?"

김택승의 말에 한 청년무관이 나섰다.

"제가 해보겠습니다."

"그래야지."

"실례하겠습니다."

청년무관은 봉심을 향해 곧장 목검을 세워 들고 달려들었다. 자못 질풍 같은 기세였으나 봉심의 눈엔 느려 보였다. 봉심은 빠르게 다가가 목검으로 청년무관의 배를 가리켜 자세를 흐트러뜨리고 어깨를 쳤다. 청년무관이 무릎을 꿇으며 주저앉았다. 어깨를 맞은 고통보다 어떻게 봉심에게 당했는지 모르는 듯 어안이 벙벙한 얼굴이었다.

나머지 청년무관들도 마찬가지였다. 봉심의 움직임을 미처 파악 못한 넋 나간 듯한 얼굴들이었다.

"모두 한꺼번에 덤빈다고 해도 옷깃이나 건드릴 수 있을지 모르겠구나."

뒤통수 쪽에서 김택승의 목소리가 들려왔다. 그의 안개 낀 듯한 목소리는 낮게 가라앉았으나 왠지 아랫바닥이 떨리는 듯했다.

청년무관들이 진세를 펼치듯 봉심의 사방을 에워쌌다. 봉심의 무예를 직접 겪어보겠다는 각오와 열의가 내비쳤다. 봉심은 청년무관들의 그런 얼굴들에 새삼 가슴이 뜨거워졌다. 처음 검을 잡았을 때의 기분으로 되돌아가는 것 같았다.

청년무관 하나가 힘찬 기합을 내지르며 봉심을 쳐왔고, 나머지는 빠르게 봉심의 주위를 돌면서 틈을 노렸다. 봉심은 한 손으로 목검을 가볍게 쥐어든 채 발만을 움직여 공격을 피하고 몸을 돌렸다. 옆쪽에서 허리를 쳐왔다.

봉심은 보지도 않고 허리를 쳐오는 목검의 중심을 가볍게 쳤다. 봉심의 허리를 공격해 오던 청년무관이 빡 소리와 함께 이마를 타격당하고 그 충격으로 주저앉았다. 자극받은 청년무관들이 순서와 예고를 두지 않고 전력을 다하여 봉심을 공격했으나 봉심은 산보하듯 가볍게 움직여 공격들을 흘려 버리면서 공격의 중심점들을 경쾌하고 빠르게 가격했다. 봉심이 의도적으로 강한 힘을 싣지 않았으므로 순간적인 충격으로 중심이 흐트러진 청년무관들은 젊은 피답게 다시 각오를 다지고 덤벼들었다. 덕분에 점점 움직임들이 빠르고 거칠어졌다. 목검이 아닌 진검이었다면 진작 살갗이 갈라지고 피가 튀었을 것이다.

  봉심은 어느 순간 등을 저며오는 예리한 살기를 느꼈다. 청년무관들이 놀라서 급급히 봉심에게서 떨어졌고, 봉심은 집어 던지듯 진검을 날리면서 뒤를 덮쳐 오는 김택승을 보았다. 이빨을 번득이며 사선으로 봉심의 목에 떨어져 오는 김택승의 칼날 빛이 그의 번득이는 눈빛과 다르지 않았다. 인정사정없는 흉악한 살수였다. 봉심은 엄지발가락과 무릎을 튕겨 가까스로 김택승의 칼날을 왼 어깨 쪽으로 흘리면서 그의 왼쪽으로 돌았다. 목검은 반사적으로 나갔다. 봉심의 목검이 김택승의 왼 어깨와 머리에 동시에 작렬했다. 그 일수이타엔 힘 조절의 뜻이 실리지 않았다. 김택승은 덮쳐 오던 속도 그대로 봉심을 지나쳐 앞으로 쏠리더니 땅에 엎리었다. 김택승은 엎어진 채 꼼짝도 하지 않았고, 머리쪽에서 나온 듯한 시뻘건 핏물이 금방 마당에 번져갔다.

  청년무관들의 얼굴에 놀람과 공포가 드리워졌다.

"사람한테서 배운 게 아니로구나."

봉심은 몸이 굳는 것을 느꼈다. 묘청이 위무청의 뒤편을 돌아 나오고 있었다.

"내가 자네를 모르지 않는데, 처음 봤을 때의 자네와 지금의 자네는 같은 사람이 아니다. 어떻게 하여 그런 성취를 얻을 수 있었는가?"

묘청의 구릿빛 얼굴엔 야차를 앞에 둔 사천왕 같은 엄중함이 서렸다. 청년무관 몇이 마른침을 삼키는 소리를 냈다.

30 대결

"우리나라에 비로봉이 몇 개인지 아는가?"

"……."

"왜 높은 산마다 최고봉을 비로봉이라 하는지 아는가?"

"……."

"비로는 곧 광명일세. 지극히 밝은 빛이지. 높다란 산봉우리에 그 이름을 붙인 것은 그 빛이 가장 높은 곳에 있는 모든 신령스러운 기운의 으뜸이라는 뜻일세. 지리의 천왕과 구월의 사왕을 비롯한 무수한 백운봉을 보자면 그 왕과 백이 빛과 빛의 으뜸으로서 역시 같은 의미이며, 백두는 그중에서도 왕중왕이라는 의미이네. 왕중왕(王中王)이 곧 황(皇)이니 왕의 머리에 백(白)을 얹은 게 당연한 것이지. 까마득한 때부터 우리의 산 이름을 모두 그와 같이 하여 대물려 준 조상들의 가르침이 실로 경건하면서도 두렵지 않은가?"

무릎을 꿇고 앉은 봉심의 주변을 천천히 돌면서 말하는 묘청의 목소리는 물 흐르듯 하면서도 준엄했다.

"그 빛은 찰나간의 여백도 없이 순간이 영원이고 영원이 순간인 대자대비심으로 인간 세상을 두루 비추면서 굽어보고 살피고 있으니 인간이 바라보고 우러러야 할 곳이 어디인지 자명해지는 것이다. 자네는 어찌 그 빛을 피해 어둠을 떠도는 잡령과 잡귀에 사로잡혀 휘둘리고 있는가?"

봉심은 묘청이 무슨 말을 하는지 알아듣지 못했고, 알아듣고 싶은 마음도 없었다.

"자네의 솜씨에서 사악한 어둠과 마군과 같은 잡령과 잡귀들의 힘을 보았네. 아니라고 할 텐가?"

봉심은 무시했다.

"눈을 감게."

묘청이 말했으나 봉심은 눈을 감지 않았다.

"눈을 감게."

묘청이 옆에서 걸음을 멈춰 서서 반복했다. 봉심은 무엇이 두려울까 싶어 눈을 감았다.

"자네를 들여다보게. 무엇이 있는가? 빛과 밝음이 있는가? 혼돈스런 어둠뿐이 아닌가? 어둠은 보이는가? 그 어둠 속에 무엇이 보이는가?"

속에서 어둠이 헝클어지고 있었다. 봉심은 혼란스러웠다.

"눈을 뜨게."

눈을 뜨자 어느새 묘청이 바로 앞에 앉아 봉심의 눈을 정면으로 바라보고 있었다. 까닭없이 묘청에게 주눅이 드는 건 어쩔 수 없었다.

서경 관아 안에 따로 지어진 대자암의 법당 안이었다. 묘청의 뒤에 거대한 금불이 앉아 묘청과 봉심을 내려다보고 있었다.

"인간은 수를 헤아릴 수 없는 잡령과 잡귀들이 한데 모여 만들어진 사념체라네. 인간은 그것들 하나하나를 볼 수 없고 헤아릴 수 없네. 그저 헝클어진 어둠만 볼 수 있을 뿐이지. 그중에 언뜻언뜻 보이는 것들이 바로 자네를 움직이는 대표적인 잡령과 잡귀들이네. 무엇을 보았는가?"

윤기령이 떠올랐다. 눈을 감았을 때 본 적은 없었지만 봤다는 생각이 들었다. 윤기령이 잡령, 혹은 잡귀란 말인가. 봉심은 굳게 닫은 입을 굳이 열지 않았다.

"잡령과 잡귀들이 반드시 괴상하고 흉악하며 나쁜 것만은 아니네. 글월에 뛰어난 자는 글월을 즐기는 잡령과 잡귀가 대장 행세를 하는 것이며, 무예에 뛰어난 자는 무예를 즐기는 잡령과 잡귀가 대장 행세를 하는 것이네. 그러나 광명의 밝은 빛을 받아들이지 못하고 바라보지 못한다면 필경 그 끝엔 아무것도 남지 않을 것이네. 결국 자네는 없고 잡령과 잡귀들만 남을 것이고, 자네의 삶이 다하여 자네가 더 이상 필요없어진 잡령과 잡귀들은 어둠을 떠돌다가 마음에 드는 인간들을 만나면 또 거기 깃들겠지. 도대체 인간은 어디 있고 광명의 빛은 어디 있는가?"

쫘악 소리와 함께 봉심의 왼 어깨에 죽비가 떨어졌다. 어느새 묘청은 죽비를 집어 들고 봉심의 왼 어깨를 내려친 것이었다. 묘청은 봉심의 오른 어깨도 한 번 더 내려쳤다. 봉심은 속으론 움찔했으나 내색하지 않고 버텼다.

"볼 수 없는 것을 쫓아낼 수 없고 알 수 없는 것을 몰아낼 수 없는 것은 정한 이치. 하지만 광명의 빛을 받아들인다면 온갖 잡령과 잡귀들이 물러가고 온전한 내가 남지 않겠는가?"

묘청은 죽비를 내려놓고 일어섰다.

"자네는 지금 자네를 잃고 거대한 잡령과 잡귀의 힘에 이끌리고 있다. 지금까지 보아온 그 어떤 잡령과 잡귀보다 강하고 능력이 있는 놈이다. 더 방치한다면 곧 미쳐 돌아갈 것이니 어찌 모른 척을 할 수 있겠는가. 여기서 꼼짝 말고 스스로 대자대비한 광명의 빛이 되신 세존의 힘을 밤낮으로 간구하고 빌어 빛을 들이라. 그것만이 네가 살길이다."

묘청은 헛기침을 한 후 법당을 나가 버렸다. 밖에서 한마디가 더 들려왔다.

"조석으로 끼니가 들어갈 것이니 밥걱정은 말아라."

봉심은 홀린 기분이었다. 묘청의 말에 단 한 마디 대꾸도 못하고 바보처럼 무릎을 꿇고 앉아 있는 자기를 이해할 수 없었다. 묘청이 아니라 정말 잡귀에 홀린 것일까. 묘청의 말대로라면 아무리 거대한 잡귀라도 광명의 빛엔 꼼짝 못한다니, 그래서 광명신이라는 부처를 배경 삼은 묘청에게 꼼짝 못한 것일까.

봉심은 문득 눈길이 마주친 금불상의 반개한 눈을 노려보았다.

알 수 없는 일은 백날 생각해도 알 수 없는 일일 뿐이다. 묘청이 무예를 빌미 삼는 다른 눈에 보이는 까닭이 있을 것이다.

봉심은 편하게 책상다리로 고쳐 앉았다. 어디 묘청의 다음 수를 기다려 보자는 오기가 솟구쳤다. 수가 보이고 의도가 보이면 이 기회에 마음에 안 드는 묘청을 잡아버리자는 작심이 따랐다.

어둠이 법당 안까지 기어들어 올 즈음 간단한 밥과 장국에 나물이 들어왔고, 묘청이 찾아왔다.

"빛이 보이는가?"

봉심은 대답하지 않고 밥을 먹었다. 개소리 말라고 쏘아주고 싶은 마음도 씹어 삼켰다. 묘청은 온다 간다 소리도 없이 돌아갔다.

어둠이 깊어지자 슬슬 집 걱정이 되었다. 식구는 물론이고 아무도 찾지 않는 걸 보면 묘청이 어떤 식으로든 조치를 취한 것 같았다. 서경의 관과 백성들에게 차지하는 묘청의 비중을 생각하면 봉심만 죽일 놈 되어 있을지도 모를 일이었다. 봉심은 마음을 편히 했다. 언제든 서경을 떠나 버리면 그만이니까.

문득 묘청이 했던 말 중에 선명하게 걸려오는 것이 있었다.

"글월에 뛰어난 자는 글월을 즐기는 잡령과 잡귀가 대장 행세를 하는 것이며 무예에 뛰어난 자는 무예를 즐기는 잡령과 잡귀가 대장 행세를 하는 것이네."

지상과 봉심 자신을 예로 든 것이 틀림없었다. 봉심은 묘청의 본심을 엿본 것 같아 내심 흥분으로 떨었다. 묘청은 지상과 봉심을 한데 묶어 잡령과 잡귀에 조종당하는 자들로 몰아세우려는 게 분명한 듯싶었다.

말이 되었다. 봉심의 무예는 조광의 입을 통해 들었을 것이다. 그리고 김택승을 통해 다시 한 번 더 확인한 후 봉심을 잡아 개처럼 따르는 조광의 분을 풀어주고, 하는 김에 지상도 함께 엮어 묘청 자신의 섭섭함과 서운함, 혹은 그 이상의 것을 갚아주려고 하는 게 분명했다. 거기까지 생각하자 묘청의 의도가 눈에 훤히 보이는 듯했다.

봉심은 치미는 흥분과 분노를 애서 가라앉혔다. 묘청의 노림수에 자기뿐만이 아닌 지상도 함께 걸렸다면 결코 즉흥적으로 처리해선 안 될 일이었다. 확실하고 분명한 것이 손에 떨어질 때까지 인내하고 또 인내하여 드디어 그때가 왔을 때 자근자근 철저하고 가차없이 밟아줘야 할 것이다.

봉심은 멀리 떨어져 있는 친구에게 지혜를 청했다. 가까운 가족들에게는 애정을 청했다. 그러면서 그 자세 그대로 뜬눈으로 밤을 넘겼다.

아침에 배추국밥이 들어왔다. 봉심은 깨끗이 비웠다. 묘청은 오지 않았다. 하루 종일 아무도 오지 않았다. 누구도 법당 근처에 얼씬거리지 못하게 한 모양이었다.

묘청은 저녁때쯤 나타났다.

"빛이 보이는가?"

봉심은 들은 척도 본 척도 하지 않았다. 묘청은 돌아갔다. 저녁은 우엉을 넣은 토장국밥이었다. 고개를 돌려 확인하지 않았으므로 끼니때마다 밥을 넣어주는 자가 누군지 알 수 없었다. 봉심은 바깥소식을 물어보려다가 참았다.

하루, 이틀, 사흘, 나흘이 그렇게 흘렀다. 봉심은 소변과 대변을 빈 국밥 그릇과 그릇을 받쳐 온 목반에 해결했고, 그때 외엔 앉은 자세를 풀지 않았다. 잠도 앉아서 잤다. 묘청은 시간을 정하지 않고 아무 때나 불시에 나타나서 '빛이 보이는가?' 하고 묻고 갔다. 다만 하루에 딱 한 번이었고, 그 이상은 모습을 보이지 않았다.

얼마나 날이 흘렀는지, 어느 날인지 알 수 없었다.

"빛이 보이는가?"

봉심은 그 소리를 잠결에 들었다. 깜빡 잠에 빠진 것이다. 자세가 굽어 있었다. 봉심은 즉시 허리를 곧게 폈다. 묘청은 사라졌다. 비웃음을 남기고 간 것 같았다. 묘청의 비웃음이 뒤통수를 간질이는 것 같아 봉심은 부서져라 이를 악물었다. 친구도 함께 걸려 있는 일이었다. 봉심은 분명하게 그렇게 느꼈고, 믿었다.

봉심은 그날 이후론 잠을 자지 않았다. 잠이 오지도 않았다.

수염이 길게 자랐다. 머리엔 이가 끓는 것 같았고 몸엔 벌레가 기어 다니는 것 같았다. 며칠이 지났는지 알 수 없었다. 묘청이 하루에 한 번 오는지, 날을 건너뛰면서 오는 건지도 알 수 없었다. 날의 구분이 사라졌다. 다만 질문은 똑같았다.

"빛이 보이는가?"

봉심은 단 한 번도 대답하지 않았다. 묘청의 질문은 점점 아무것이 없는 듯 허공을 맴돌 뿐이었고, 실제로 아무것도 전해지지 않았다. 대답할 게 없었다.

먹는 것도 자주 잊었다. 끼니는 어김없이 들어왔으나 먹지 않아도 내갔고, 때가 되면 새로운 것이 들어왔다. 먹어야 한다는 생각이 간혹 들었으나 몸은 가만히 있었다. 희로애락과 오욕칠정마저 사라져 버린 듯했다. 봉심은 그냥 앉아만 있었다.

봉심은 문득 묘청의 질문이 사라졌음을 알았다.

빛이 보이는가?

그 말을 언제 들었는지 기억이 나질 않았다.

밖에서 두런두런한 사람들의 목소리가 들리는 것 같았다. 환청인가. 등으로부터 빛이 들어오는 게 느껴졌다. 실제 빛이었다. 빛은 금불상을 비추더니 곧 법당 안 가득 들이찼다. 봉심은 눈이 아팠고, 현기증을 느꼈다. 과연 빛은 있었던가.

서길이 봉심의 앞에 섰다. 봉심은 서길을 바라보았다. 서길은 안쓰러운 얼굴로 혀를 찼다.

"일어나게."

봉심은 일어나려 했다. 몸이 움직이질 않았다. 서길이 밖에 대고 소리쳤다.

"부축해라!"

발걸음이 우루르르 법당 안으로 달려들어 왔다.

"너희들은 가만히 있어. 내가 업겠다."

김신이 봉심의 앞에 들판만 한 등을 보이고 앉아 봉심을 업으려 했다. 봉심은 김신의 어깨를 짚고 스스로 일어섰다. 김신이 놀람과 안쓰러움이 섞인 얼굴로 돌아봤다.

"괜찮은가? 걸을 수 있겠는가?"

봉심은 걸었다. 김신과 김치 형제, 유위후와 한후 형제, 그리고 낯익은 무관들의 걱정스럽고 불안한 얼굴들이 빙글빙글 돌 듯했다.

봉심은 법당을 나오고, 서경 관아를 나와 집까지 걸었다. 서길과 김신을 비롯한 무관들이 봉심을 호위하듯 함께 걸었다. 서경 사람들의 놀라고 겁먹은 얼굴들이 스쳐 지나갔다.

대문가에 서자 향이가 버선발로 뛰어나왔다. 제 엄마를 따라 나오던 봉심의 두 딸이 봉심을 보고 겁에 질리더니 울음을 터뜨리며 뒷걸음질을 쳤다. 서길이 두 아이를 안아 들고 얼렀다. 서길에게 안겨서도 딸들은 봉심을 가리키며 울음을 멈추지 않고 파랗게 질려갔다.

향이는 봉심의 품에 파묻혀 서럽게 흐느꼈다.

"제수씨, 일단 안으로 들여 쉬게 해야 하지 않겠습니까?"

김신이 조심스럽게 향이를 달랬다. 향이는 봉심에게 떨어지면서 원한에 가득 찬 얼굴로 이를 갈아붙였다.

"개자식! 지가 뭔데……. 밥 빌어먹는 중놈 새끼 주제에……."

장 노인은 마루에 앉아 그저 먼 하늘만 쳐다보고 있었다.

그사이 밖에선 무슨 일이 있었는지 알 수 없었다. 그사이라는 게 몇 날 며칠인지도 가늠이 되지 않았다. 봉심은 일단 방에 들어서 길게 누웠다. 눕자마자 몸이 풀어지고 정신도 풀어졌다.

중간중간 향이가 물을 담아 들고 방을 들락거리는 모습이 어렴풋했고,

식식대며 몸을 닦아대는 모습도 토막토막 보였다. 봉심은 이따금씩 살가죽을 문질러 대는 무명 걸레의 감촉을 느끼기도 했다. 그런가 하면 영 낯선 자가 봉심의 얼굴 근처에서 얼쩡거렸다. 손에 뭔가를 들고 있었는데, 가위인지 칼인지 알 수 없었으나 머리와 수염을 자르는가 싶은 생각이 들어 내버려 두었다. 어차피 몸을 움직일 수 없었고, 의식이 한 호흡 이상 유지되는 것 같지 않았다.

눈을 뜨니 서길과 김신이 옆에 앉아 있었다.

"꼬박 사흘을 잤군."

"백 일을 넘게 대자암 법당에 죽치고 있었던 것에 비하면 적게 잔 것이죠."

봉심은 무슨 소린가 싶어 누운 채 입을 열었다.

"제가… 거기 백 일을 넘게 있었습니까?"

목소리가 간신히 기어서 넘어오는 듯했다. 봉심이 몸을 일으키려 하자 김신이 큰 손으로 지그시 봉심의 어깨를 덮었다.

"백 일 하고도 나흘을 더 있었지. 묘청 스님의 명으로 자네에게 끼니를 들이던 조광이 칠십 일을 넘기자 무서워서 더 못하겠다고 나가떨어지고 그 뒤로는 내가 끼니를 넣어주었다네. 자넨 육십 일을 넘기면서부터 음식에 전혀 손을 안 댔지만 안 넣어줄 순 없었지. 자네 고집이 보통이 아닌 줄 알았지만 그 정도일 줄은 나도 몰랐어."

서길이 보탰다.

"적어도 조광 그 녀석은 앞으로 자네 눈을 똑바로 보지 못할 것이네. 차츰 알게 될 테지만 그것 말고도 자네가 거기 앉아서 해낸 것들이 적지 않지."

봉심은 궁금했으나 뭘 물어야 할지 몰라서 가만히 있었다. 서길과 김신은 봉심의 상태를 확인하러 왔던 것인지 곧 돌아갔다.

향이가 들어오지 않고 방문만 열고 들여다보았다.

"밥을 먹을 거야, 죽을 먹을 거야?"

"밥……."

향이가 방문을 닫았다가 다시 열었다.

"들여줄까, 아님 할아버지하고 함께 먹을래?"

"일어날 거다. 나는 괜찮아……."

"제 꼴을 봤어도 그런 소리 나올까 몰라. 지금도 아직 사람 꼴은 아닌 거 몰라?"

봉심은 일어났다. 내 몸이 아닌 듯했으나 큰 불편은 없었.

대청마루에 큰 상이 놓이고, 장 노인과 봉심, 그리고 향이와 두 딸이 둘러앉았다. 두 딸이 봉심의 눈치를 보더니 슬금슬금 봉심의 양 무릎을 하나씩 골라 앉았다.

"이리 와. 아직 아부지 힘들어."

향이가 야단쳤으나 봉심이 딸들을 더 끌어당겨 앉혔다.

"힘들 게 뭐 있나. 오히려 살 것 같다."

봉심이 딸들을 먹여주었고 딸들이 번갈아가며 봉심을 먹여주었다. 정말 살 것 같았다. 장 노인은 내내 한마디도 하지 않았고, 봉심도 굳이 말을 걸지 않았다.

며칠을 집에서 요양하니 몸이 원래대로 회복되었다. 그사이 봉심은 대자암 법당에 처박혀 있을 동안 무슨 일이 일어났는지 저절로 알게 되었다. 정신이 혼미할 때 봉심의 얼굴 근처에서 가위를 들고 얼쩡거리던 자는 알고 보니 장 노인의 오래된 하인 만삼이었고, 주로 그의 입을 통해 들었다.

"남긴 머리카락과 수염보다 잘라낸 게 스무 배는 많았을 겁니다. 잘 빨아다가 내다 팔았으면 값도 꽤 받았을걸요. 아기씨가 모아서 태우셨습니다."

만삼의 말에 의하면, 봉심이 귀신이 들려 가공할 실력을 갖게 되었고, 내버려 두면 온 서경 사람들을 다 죽이고 말 것이기에 묘청 스님이 봉심을 부처님 앞에 잡아 가둔 것이라는 소문이 가장 먼저 돌았다고 했다. 이어 대동강을 따라 잡귀와 잡령들이 들끓고 있으며, 특히 남포 앞쪽에 집중적으로 몰려 있어 봉심이 아무래도 거기서 귀신이 들렸을 거라는 소문이 따랐다. 그 소문들의 뒤엔 엄연히 묘청이 있었고, 묘청은 장 노인도 어쩌지 못할 정도로 절대적이었다. 장 노인은 대문을 걸어 잠그고 문밖출입을 끊었으며, 장사도 하지 않았고 시전도 보살피지 않는 정도로 불만과 항의의 뜻을 표시한 게 고작이었다.

묘청은 거대한 뗏목을 만들어 그 위에 단을 쌓고 남포나루 앞에 띄웠다. 대동강을 따라 들끓는 잡령과 잡귀들을 퇴치하여 원래의 신령스러운 기운을 살려내는 제를 올리겠다는 것이었다.

묘청이 대동강 한가운데에 뜬 단 위로 오르던 날, 강의 양편에 서경 백성들이 구름처럼 몰려들었다. 단 위에 자리 잡은 묘청은 하늘에 제문을 올리고 잡령과 잡귀를 퇴치하는 주문을 외웠다. 서경 백성들도 함께 무릎을 꿇고 하늘을 우러르며 기도하고 기원했다. 잡령과 잡귀들이 정말 있다면 혼비백산해서 달아날 것만 같은 일대 장관이었다.

묘청은 하루도 빠짐없이 단에 올랐고, 서경 백성들도 함께했다. 배를 띄워 함께하는 자들도 생겨났다.

알고 봤더니 서경 신동이 먼저 잡령과 잡귀에 홀렸고, 그래서 친구를 찾아온 봉심도 따라서 홀린 것이라는 소문이 새롭게 돌았다. 그러나 그때부터 소문이 일방적으로 흐르지 않았다. 그 소문이 가는 곳엔 어김없이 싸움이 일어났다. 서경 신동을 욕하는 놈들은 가만두지 않겠다고 흥분하는 자들이 있었고, 개경에 가서 서경은 쳐다보지도 않는 자가 무슨 아직 서경 신동이냐는 자들이 있었으니 반반이었다. 서경의 공기는 점점 흉흉해졌다.

묘청은 계속 단에 올라 제를 올렸고, 가열차게 주문을 외웠다. 대동강의 잡령과 잡귀는 상당 부분 물리쳤으니 서경 백성들의 몸에 숨어 있는 잡령과 잡귀가 더 큰 문제가 되고 있다며 그것들을 모두 대동강에 내던지라고 고함쳤다. 싸움을 벌인 자들을 잡아끌어다가 대동강 앞에 무릎을 꿇리는 풍경이 심심찮았고, 스스로 무릎을 꿇고 반성과 참회를 하는 자들도 적지 않았다.

날이 가면서 봉심이 정말 잡령과 잡귀에 홀렸으면 이토록 오랜 날을 법당에 얌전히 앉아 있겠느냐는 의혹이 돌아다녔다. 그 의혹은 다시 편을 갈랐다. 그것이 대자대비한 부처님과 묘청 스님의 힘이라는 자들이 있었고,

묘청 스님이 딴마음이 있어 멀쩡한 사람들을 잡는 거 아니냐는 자들이 있었다. 편이 갈라졌으니 또 곳곳에서 싸움이 벌어졌다. 앞선 싸움까지 다시 되살아나 싸움은 점점 커졌다.

관이 나섰다. 싸움들이 꽤 진정되긴 했으나 격하고 거친 자들은 관의 눈을 피해가며 싸움을 벌였다. 그러면서도 봉심은 여전히 대자암 법당 안에서 꼼짝을 하지 않았고, 묘청은 계속 단에 올랐다.

가장 힘이 강한 건 시간이었다. 서경의 민심은 점점 단에 오르는 묘청보다 대자암 법당 안의 봉심에게 쏠렸다. 그만큼 대동강 강변에 모이는 백성들의 숫자는 눈에 띄게 줄어갔다. 묘청의 제도 점점 힘을 잃어가는 듯했다.

그동안 밑바닥에서만 수군대던 서경 백성들의 목소리가 점차 세를 얻으면서 위로 떠올랐다.

최 무장이 귀신에 홀려 종내에는 온 서경 백성을 모두 죽이고 말 것이란 소문은 근거가 있는 것인가. 그렇다면 시전 장 노인과 그의 식구들부터 멀쩡한 것은 무슨 까닭인가. 최 무장에게 당한 자는 오로지 성질 포악하기로 이름난 조 무장뿐이 아니던가.

장 노인이 문을 걸어 닫고 바깥출입을 끊음으로써 시전의 여기저기서 잡음과 혼란이 끊이질 않고, 시장엔 물건이 멀쩡한 게 없으니 실로 그 피해가 심대한데 이것은 묘청 스님을 향한 장 노인의 말 못할 원망의 뜻이 아닌가.

서경 신동과 봉심을 놓고 이편저편으로 나누어 다툼을 벌이는 자들이 속출하는데, 이는 이전에 없었던 전혀 새로운 것이니 잡령과 잡귀를 쫓는 게 아니라 오히려 불러들이고 있는 것은 아닌가.

그때쯤에 묘청이 드디어 대동강과 서경의 모든 잡령과 잡귀를 한데 몰아 내쫓았음을 선포했다. 묘청은 뗏목과 단에 불을 질러 멀리 떠나보내면서, 저기 그동안 대동강에 서린 신령스러운 기운을 잡아먹던 잡령과 잡귀들이 불타는 것을 보라고 고함쳤다. 그리고 이제부턴 대동강 강물이 바로 흐르고 서경에 빛과 광명만이 깃들 것이라고 기쁨의 눈물을 흘렸다. 모여든 서경 백성들이 함께 감사의 눈물을 흘렸다.

눈물을 그친 묘청은 채 쫓아내지 못한 잡령과 잡귀를 모두 자기 몸에 붙였다고 말해 백성들을 놀래키고 감동시켰다. 묘청은 대자대비한 부처의 신력으로 퇴치할 수 있으니 걱정 말라 했고, 면벽과 참선에 들어간다면서 그 길로 금수산 영명사를 향했다. 많은 서경 백성들이 눈물과 감사로 묘청을 금수산 초입까지 배웅했다.

그리고 나서 봉심이 대자암 법당을 나올 수 있었다. 딱 백 일 하고도 나흘 만이었다.

"묘청 스님을 미워하지 마십시오. 묘청 스님의 일은 보통 사람으로서는 알 수 없는 거라고 하나같이 말들 하고 있습니다."

만삼은 봉심의 눈치를 살피면서 그렇게 말했다.

봉심은 집을 나섰다. 시전 사람들이 봉심을 보고는 주춤하는 기색인 것 같더니 이내 웃음을 보내왔다.

"최 산원, 괜찮소?"

"걱정보다 좋아 보이는 것 같습니다. 다행이네요."

봉심은 대답 대신 목례를 해 보였다. 낯설고 어색했다. 더 가도 크게 다를 게 없었다. 사람들은 그 사람들이었으되 이미 그들과 봉심의 사이엔 어떤 보이지 않는 벽이 쳐진 듯했다. 봉심은 드디어 서경을 떠날 때임을 알았다.

묘청이 이겼다. 지상이 다시 와도 서경 사람들은 지상을 봉심을 보듯 할 것 같았다. 묘청은 성공했다. 서경을 위해 잡령과 잡귀들을 모조리 몰아냈으니 대성공일 것이다. 서경삼절은 사라지고 서경일절만 남았다. 서경일절 묘청은 이제 금수산 토굴에서 온전히 서경을 한 손에 쥔 승리의 면벽참선을 하고 있는가.

봉심은 주먹을 꽉 쥐었다가 풀었다.

다시 발걸음을 돌려 집에 돌아오니 장 노인이 마루에 나와 앉아 있었다. 슬금슬금 봉심을 피하기만 하던 장 노인은 봉심을 기다렸던 듯 바로 쳐다보았다.

"자네한테 미안하네."

봉심은 가슴이 찌르르 저리는 소리를 들었다.

"별말씀을 다 하십니다."

봉심은 깊숙이 고개를 숙였다.

방에 드니 향이가 두 딸과 함께 얌전하게 앉아 있었다. 자리에 앉자 향이가 돌아보았다.

"당신, 개경에서 혼자 살았다는 집이 어디야? 그거라도 팔아서 보태려고 했더니 못 찾겠더라."

갑자기 무슨 소린가 싶었다. 향이가 눈을 빛냈다.

"우리가 살 집은 큰 걸로 했어. 당신은 이제부터 개경 궁중금위 산원이야. 할아버지가 뒷돈 엄청 썼어."

향이는 초롱초롱한 눈으로 봉심을 쳐다보고 있는 두 딸을 안았다.

"알겠지만 할아버지는 서경 못 떠나. 우리끼리만 가는 거야."

봉심은 눈물이 핑 돌았다.

"당신 거기서 고생할 때 내가 할아버지 졸라서 다 해놨어. 서경에 정 떨어진 건 당신보다 나야. 이젠 내가 서경에서 못 살아."

급기야 눈물이 눈 밖으로 떨어졌다.

"아부지 운다."

작은딸이 말했다.

31 부름

개경으로 떠나기 전에 서길이 봉심을 몰래 불렀다.

"어린 왕께서 서경과 북방에 도움을 청하셨네."

서길의 태도와 목소리는 전에 없이 은밀하고 비밀스러웠다.

"당파와 파벌에 물들지 않고 충성심이 강한 신진 무관들이 그 대상이네. 나는 자네를 개경에 보낼 것이네."

봉심은 가슴이 설레었다.

"먼저 가 있으면 신과 치 형제가 갈 걸세. 서경에선 그렇게 단 셋만 보낼 것이고, 북방에선 내가 직접 따로따로 골라 보내겠네."

"무슨… 일입니까?"

"가면 자네 친구가 잘 말해줄 것이네."

"지상이 연락해 온 것입니까?"

"그렇다네. 왕의 명령이 최 사전에게 내리고 지상이 사전에게서 내려 받아 내게 왕명을 전달해 왔네. 그것을 아는 자는 지금까진 자네 포함해서 그렇게 단 다섯뿐이네."

봉심은 숨이 턱 막혔다.

"명심하게. 자넨 이 명을 받고 가는 게 아니야. 자네의 처조부가 손자사위 출세시키려고 뒷돈 써서 개경으로 벼슬자리 옮긴 덕에 이사 가는 그대로네. 그렇게 가게."

개경의 새집은 지상의 집과 약 반 마장 정도의 거리였다. 봉심의 빠른 걸음으로 일각 정도면 닿을 거리긴 했어도 좀 더 가깝지 않은 것이 아쉬웠다.

새집엔 미리 와서 기다리고 있는 자들이 있었다. 내시 박심조가 보낸 일꾼들이었다. 박심조는 주요 매관매직의 통로였고, 그 아비인 참지정사 박승중이 이자겸의 사람이었다.

뻔히 개경에 들어온 줄 알았을 텐데 지상은 오지 않았다. 미리 와서 진을 치고 있는 놈들 때문에 오고 싶어도 올 수가 없었을 것이다. 봉심은 박심조가 보낸 일꾼들을 모조리 패 죽이고 싶었으나 장 노인과 향이를 생각해서 꾹 눌러 참았다.

"멀리서 오셨으니 새살림 잘 단장하시고 좀 쉬시다가 넉넉한 시일 내에 입궐하시면 된다 하셨습니다."

일꾼들의 우두머리로 보이는 자가 생글생글 웃었다. 말하면서 눈알을 고정시켜 놓지 못하고 이리저리 굴려대는 것이 꼭 받아먹을 것을 찾는 개 같았다. 그 주인에 그 아랫것들이다 싶어 봉심은 손이 근질거렸으나 역시 꾹 눌렀다. 사람을 보내 이사를 도울 정도니 뒷돈 받아먹은 값은 하는 놈들이라고 억지로 좋게 생각하려 애썼다.

장 노인이 사서 딸려 보내준 하인들에 박심조가 보낸 일꾼들이 함께하니 짐은 거의 순식간에 정리되었다.

"간편히 꾸려서 오셨군요. 잘하신 겁니다. 개경에 좋은 물건들이 훨씬 많으니 새살림 장만하는 재미도 쏠쏠하지 않겠습니까?"

박심조의 일꾼들은 할 일이 끝났는데도 가지 않고 샐샐거렸다. 향이가 일꾼들 우두머리에게 몇 푼을 쥐어주었다. 그제야 일꾼들은 함박웃음을 지으며 봉심과 향이에게 연신 절을 해대고 물러갔다. 그 모습을 보니 봉심은 일꾼들에게 화가 치밀었던 것을 오히려 후회했다.

"하루라도 빨리 집을 옮기려면 다른 방법이 있었겠어? 아까부터 뭐가 그렇게 기분 나빠?"

향이가 쏘아붙였다. 향이는 향이대로 늙은 할아버지를 홀로 두고 와서 기분이 좋을 리 없을 것이다.

"누가 기분 나빠? 나쁘지 않다. 그저 처조부께 죄송스러울 뿐이지."

"알면 됐어. 그러니까 친구 옆에 왔다고 친구만 챙기지 말고 나한테 잘해. 알았어?"

크고 작은 두 딸이 다가왔다.

"아부지, 우리 집 좋다. 그치?"

봉심은 두 딸을 번쩍 안아 올렸다.

밤이 되어 향이가 서경에 혼자 남은 장 노인을 생각하며 옆에서 훌쩍거림을 멈추지 못하는데 밖에서 기척이 들렸다. 봉심은 득달같이 문을 열고 나갔다. 향이가 훌쩍임을 멈추고 그런 봉심의 뒤를 쩨려보았다.

"오랜만이네. 피차 사정 때문에 안부를 나누지 못하는 자네들이 안쓰러워 내가 잠시 대신 왔네."

지상의 장인 오 주사였다.

"들어오십시오."

뒤에서 다시 향이가 봉심을 쩨려보았다.

"아니, 들어갈 게 뭐 있나. 그저 이사 잘한 거 보고 가서 전해주면 그만이지. 우리도 다른 별고 없다네. 일간 서로 보게 되지 않겠는가?"

"일부러 와주셔서 감사합니다."

"말도 안 하고 잠시 나온 거라 바로 가야 하네. 그럼 난 이만 가네."

오 주사는 바로 돌아갔다. 봉심은 그나마 나왔다. 사실 지상이 쉽게 올 수 없는 까닭은 봉심이 누구보다도 잘 알고 있었다. 다른 무엇도 아닌 봉심을 배려하고 있는 게 분명했다.

"뭐 해, 안 들어오고? 애들 자는데 찬바람 들어오잖아."

봉심은 얼른 방으로 들고 문을 닫았다.

향이는 눈이 새빨개져 있었다. 비로소 봉심은 향이가 장 노인만 생각한 게 아니라는 것을 알았다.

장 노인의 아들, 즉 향이의 부친은 서길과 같은 서경의 무관으로서 윤관

장군을 따라 여진 정벌에 참전했다가 전사했다. 서길이 장 노인에게 부모 이상으로 극진한 까닭이 거기에 있었다. 향이의 모친은 그 뒤 병을 얻어 시름시름 앓다가 죽었다. 향이와 혼인을 앞둔 전날 밤에 장 노인에게 술잔을 받으며 들은 얘기였다.

혼자 남은 할아버지를 생각하자면 죽은 부모를 떠올리지 않을 수 없을 것이다. 봉심은 향이를 지그시 안았다. 향이가 파고들 듯 깊이 안겨왔다.

봉심은 바로 다음날 입궐하여 궁중금위 낭장 왕의를 면담하고 새 관직 재가를 받았다. 위쪽으로도 미리 얘기가 다 되어 있는 듯 즉시 패검과 복두, 철릭이 주어졌다.

"앞으로 자네의 위는 그냥 난 줄 알게. 그 위는 더 생각할 것도 없네. 간혹 자네를 비웃는 자들이 없지 않을 것이나 배 아파들 그러는 것일 뿐일 테니 신경 쓰지 말게."

낭장 왕의는 언뜻 담백해 보였다. 그러나 거기까지였다.

"내가 왕 씨라고 혹시 왕실 사람이 아닌가 오해는 말게. 왕 자는 같으나 근본이 매우 다르다네. 물론 내 쪽은 그저 그런 왕 씨라네."

낯설어하는 봉심의 마음을 풀어주려는 듯 왕의는 가볍게 말하며 웃었지만 봉심이 듣기엔 비교하는 것부터가 고약했다. 어쩔 수 없는 이자겸 쪽 종자인가 싶었다.

"처음부터 돌릴 수는 없지. 당분간은 정시에 입퇴하며 궐내 생활을 익히도록 하게. 그런데 어찌 이리 빨리 왔는가? 천천히 나와도 좋다는 말 전해 듣지 못했나?"

"하루라도 쉬면 좀이 쑤시는 체질입니다. 양해해 주십시오."

봉심의 대답에 왕의는 재미있다는 듯 낄낄거렸다. 봉심은 물러 나왔다. 금위 몇이 밖에 서 있다가 봉심을 보고 부동자세를 취했다. 봉심은 그들에게 다가갔다.

"자네들 혹시 이중부라고 아는가?"

"모릅니다."

궁중금위는 궁성을 숙위하는 일을 맡고 있긴 해도 왕의 친전을 지키는 내시들에 비하면 격이 낮았다. 더구나 일반 금위들이 내시들을 일일이 알 수 있을 것 같진 않았다.

그런데 과연 이중부는 그사이 내시의 꿈을 이루긴 한 걸까. 봉심은 퇴궐하는 길에 이중부의 집을 들러봐야겠다고 생각했다.

그러나저러나 왕의 지근거리에도 이자겸의 종자들이 진을 치고 있으니 어쩌나 싶어졌다. 봉심은 하루 종일 금위가 움직일 수 있는 동선 내를 오가며 궁성을 살폈다. 그리고 퇴궐 시간이 되어 궐을 나서 곧장 이중부의 집으로 향했다.

이중부는 마침 집에 있었다. 궁성 안 내시부에서 아예 살다시피 하고 간혹 집에 들르는데 어찌 날을 맞췄냐고 이중부가 호들갑을 떨면서 봉심을 맞았다. 이중부는 과연 내시의 꿈을 이뤘다.

"내시 중에서도 가장 하급이라 입궐하면 항문에 힘을 넣고 풀 새가 없어. 딱 보기에도 그토록 멋졌던 내가 통나무가 되어버린 듯하지 않은가?"

봉심은 웃으면서 다시 개경에 오게 된 사정을 말했다. 물론 서길이 말한 사정이 아니고 장 노인과 향이가 만든 사정이었다.

"이거 대충격인걸. 천하의 최봉심이 뒷돈을 쑤셔서 관직을 얻었다니……."

"그래도 기왕 하는 거, 열심히 해보고 싶네. 요즘 궐내 사정은 어떤가?"

"곧 저절로 알게 될 텐데 뭘 그러는가? 내 입으로 별로 말하고 싶지 않군. 자네도 내시가 되어봐. 집에서 쉬는 시간 시간이 얼마나 소중한지 뼈저릴 테니까."

그러면서도 이중부는 하나하나 말했다. 이자겸의 전횡에 관한 이야기가 주류였다.

어린 왕에게 셋째 딸, 넷째 딸을 강제로 출가시킨 것부터가 기막혔다. 이자겸의 둘째 딸이 선왕의 비였으니 곧 외손자에게 딸들을 출가시킨 것이었고, 왕으로선 이모들을 비로 맞은 것과 같았다. 한 인간의 권력욕으로 인해 천륜과 인륜이 가장 위에서부터 박살나고 있었다.

"그만 할까?"

"아니, 괜찮네."

이자겸과 이지미를 비롯한 그의 아들들은 조정의 모든 요직을 고루고루 꿰차고 그것도 모자라 일가 친인척들 또한 관직에 앉지 않은 자가 없었다. 이자겸의 집은 이미 궁성과 왕궁을 방불케 하고 그 아들들 또한 서로 경쟁하듯 집을 늘리니 권세 약한 자들이 내성에서 외성으로 내몰리고 많은 길이 그들의 집에 덮여 사라졌다.

"우리 집안도 곧 내성 밖으로 쫓겨 나갈지 몰라."

그런가 하면 그 하인과 종들은 마음대로 저자와 시장을 휩쓸며 우마와 수레를 빼앗아 물건을 실어 나르고도 값을 치르는 법이 없었다. 결국 수레를 가진 자들은 빼앗기느니 다 때려 부숴 길바닥에 내버리고 소와 말은 모조리 시장에 매물로 쏟아져 나와 곳곳이 난리통이었다.

"거짓말 같지? 그러니까 자네가 직접 눈으로 확인해 봐야 한다니까."

"계속해 주게."

얼마 전엔 외조부의 이름으로 왕을 집으로 불러들여 그 자리에서 나라의 바깥일을 책임질 권한을 달라고 윽박질렀다. 왕께서 그런 일을 어떻게 갑자기 처리할 수 있느냐고 버티자 이자겸은 날을 정하자고 했고, 왕은 날짜를 정해주겠다고 하고서야 가까스로 벗어날 수 있었다. 아직 그 날짜가 알려지지 않은 것을 보면 왕은 버틸 때까지 버티기로 한 모양이었다.

봉심은 떨었다. 왕의 분노가 그대로 전해지는 것 같았다. 마음 같아서는 당장 이자겸의 집을 쳐들어가 목을 따버리고 싶었다.

"그만 할까?"

"그래, 그만 하세."

"그러고도 많네. 그래도 그나마 중서사인이자 한림학사 김부식이 유일한 충신이네, 현재로선."

"김부식?"

"이자겸에게 아부하는 것에 여념이 없는 참지정사 박승중이 이자겸의 생일을 인수절이라고 부르자는 상소를 올렸다네. 그때 김부식이 제동을 걸었지. 자겸이 비록 왕의 외조부이자 장인이나 엄연한 신하이며 일찍이 신하로서 제 생일에 절 자를 붙인 예는 없었다고 한 거야. 웬일로 이자겸이 맞는 말이라고 수긍하고 인수절은 없었던 일이 되었지."

진작부터 이자겸을 견제해온 김부식은 그럴 만했으리란 생각이 들었다. 하지만 앞에 들은 말들이 더 컸다.

"하지만 그런 김부식도 다른 건 막지 못하는가 보군. 신하 된 도리만 논할 것이 아니라 정작 외조부이자 장인이라는 그런 괴상망측한 것부터 막았어야 하지 않았을까?"

이중부가 말문이 막힌 듯 주춤했다. 봉심은 공연한 말을 했다 싶었다.

봉심은 끄응, 소리를 내며 일어섰다.

"이만 가봐야겠네. 입궐 첫날인데 집에서 마누라가 눈 빠지게 기다리고 있을 것이네."

이중부가 대문 앞까지 봉심을 배웅했다.

"집에서 쉬는 날 맞으면 우리 집에서 한번 보세."

돌아서는 봉심을 이중부가 잡아 세웠다.

"그런데 자네, 내가 내시 된 걸 축하해 주지 않는군. 변한 건가?"

"축하하네."

"이런, 그게 진심으로 축하해 주는 말투인가?"

"진심으로 축하하네."

봉심은 이중부에게 손을 들어 보이고 걸었다. 지상을 만나보고 싶은 마음이 간절했으나 일단 집으로 갔다.

집엔 손님이 와 있었다. 지상의 처 오명경이었다. 봉심은 지상을 보듯 반가웠다.

"형수, 오셨습니까?"

지상이 향이를 형수라 했는데 봉심 또한 명경을 형수라 하니 어안이 벙벙한 건 향이와 명경이었다. 향이가 더한 것 같았다.

"우리 서로 형님 동생 하기로 벌써 얘기가 됐는데……."

"누가 봐도 자네가 동생이고 실제 나이로도 그러하니 마땅히 자네가 형수를 형님이라고 부르게."

봉심이 둘만 있는 게 아니라고 말투까지 점잖게 하자 향이는 아예 할 말을 잃은 듯했다. 명경이 웃었다.

"호칭이 뭐가 중요하겠어요? 저희끼린 이미 정해진 바니 그대로 할게요."

명경이 그렇게 말하는 데엔 봉심이 감히 토를 달기 어려웠다.

"아우님 최고."

향이가 명경에게 엄지손가락을 치켜세워 보이고 봉심에겐 같잖은 것을 보듯 아래로 눈을 흘겼다. 명경이 입을 가리고 웃었고, 봉심도 쓰게 웃고 말았다.

"어땠어?"

향이가 정색하고 물었다. 처음 간 개경 궐내의 일을 묻는 것이었으나 봉심은 특별히 할 말이 없었다.

"할 만하겠더라."

봉심은 그 정도로만 대답하고 명경에게 꼭 묻고 싶은 걸 물었다.

"지상은 뭐 합니까?"

명경이 기다렸다는 듯이 봉심을 보더니 지나가는 투로 말했다.

"용수산 용수암에 있을 거예요. 조금만 여유가 생겨도 절을 찾는 사람이니……. 밤낮도 없는걸요."

말투는 대수롭지 않았으나 봉심은 명경이 마치 그걸 알려주기 위해 온 듯한 느낌을 받았다.

용수산이면 봉심의 손바닥 같은 곳이다. 봉심은 향이의 눈치를 보았다. 향이는 다시 명경과 이런저런 얘기를 하며 봉심은 신경도 쓰지 않았다. 이미 지상의 모친상 때부터 안면이 있어서인지 오래전부터 가깝게 지내온 사이처럼 보였다. 봉심은 슬그머니 집을 나왔다.

사위가 어둑해지고 있었다. 귀가를 서두르는 행인들이 더러 보였다. 봉심은 걸음을 빨리했다.

용수산은 외성 서남쪽 끄트머리에 있었다. 도성 내에 있는 산들이 대개 그런 것처럼 송악을 빼곤 바가지를 엎어놓은 듯한 야산이나 마찬가지였으나 용수산은 유일하게 출입의 통제가 없었다. 오롯이 외성의 성벽 안에 들어 있기 때문만은 아니었다.

외성의 서문들 부근은 개경에서 가장 번잡하고 소란스러운 곳이었다. 벽란도와 예성강 뱃길을 통한 나라 안팎의 온갖 물건이 개경으로 밀고 들어오는 통로가 바로 그쪽이기 때문이었다. 물건만큼 온갖 장사치들도 넘쳐났다. 개경에 터를 잡은 장사치들은 아무 문제가 없었지만 행상과 떠돌이 날품팔이들은 문제가 되었다. 그들은 밤이 되면 잘 곳을 찾아야 했고, 벽란도에 나라 밖 배들이 들었거나 풍년 때나 추수기 등 왕래가 넘쳐 나는 시기엔 일대의 주막과 여각들만으론 감당이 되지 않았다. 떠돌이 장사치들은 잠잘 곳을 찾아 용수산까지 기어오르게 되었고, 용수산 곳곳에 자리한 크고 작은 사찰과 암자들은 그래서 생겨났다. 관에서 용수산만큼은 특별히 출입을 통제하지 않는 건 그런 까닭이었다.

용수산의 사찰과 암자의 주 수입원은 당연히 떠돌이 장사치들을 재워주고 받는 시주였다. 애초부터 그걸 목적으로 생겨난 사찰과 암자들이 대부분이었으므로 옛부터 용수산에 명찰 없고 고승 없다는 말은 어쩌면 당연했다.

봉심은 용수산 기슭에서 잠시 걸음을 멈췄다. 그사이 못 보던 절간들이 더 생겨났고 용수암이 어디쯤인지 헷갈렸다.

용수암은 원래는 자기들만 홀로 용수산에 있었다고 주장하는 암자였으나, 작정한 것처럼 훨씬 크고 잘 지은 용수사가 있어 씨도 먹히지 않았다. 용수사뿐인가. 별별 이름을 다 한 용수산의 사찰과 암자 모두가 용수암보다 컸고, 용수암은 그사이 어디 파묻혔는지 보이지도 않았다. 용수산을 오르는 자들은 오래되고 전통있는 절간을 찾는 게 아니라 잠 편히 자고 밥 잘 해주는 곳을 찾는다는 걸 용수암만 모르는 듯했다.

봉심은 옛날의 기억을 더듬어 간신히 용수암을 찾았다. 건물이라곤 여전히 달랑 두 채였고, 작은 것이 불전이자 법당, 그리고 한 채가 요사채에 선방이었다.

지상은 용수암의 요사채 툇마루에 구부정한 늙은 중과 함께 앉아 있었다. 늙은 중은 무슨 재미있는 얘기를 하는지 몇 개 안 남은 이빨을 내보이며 웃고 있었다. 봉심은 근처의 잘 지어올린 다른 사찰들을 둘러보면서 마당을 서성였다. 다른 사찰들은 봤으면 어서 와서 시주하라고 손을 벌리고 있는 듯 보였다.

곧 늙은 중이 일어서서 손님일지도 모를 봉심에겐 관심도 보이지 않고 요사채 끝방으로 들어갔고, 지상이 다가왔다.

"여기가 좋은 것 같지 않은가?"

봉심은 언뜻 무슨 말인지 알아듣지 못했다가 잡혀오는 느낌이 있어 고개를 끄덕였다.

"좋군. 멋지네."

지상은 불당을 향했다. 봉심은 따라가다가 불당 앞에서 주춤거렸다. 백일을 앉아 있었던 대자암의 법당이 생각난 까닭이었다. 그러나 바로 불당 안으로 발을 들여놓았다.

지상은 앉지 않고 불당의 목불을 바라보고 있었다. 세월의 흐름인지 일렁이는 촛불 빛을 받아 검은 때가 반지르르한 목불이 용수암의 나이를 말해주는 듯했다.

"서 낭장의 말은 틀림없이 들었는가?"

지상이 지나가듯 물었다. 봉심은 흥분을 느꼈다.

"그러니 여기 섰지 않겠는가?"

지상은 목불을 물끄러미 주시하면서 입을 열었다.

"무력으로 치자면 자겸은 준경을 절대적으로 의지하고 있네. 척준경만

빨리 제압할 수 있다면 상황은 끝나는 거나 다름없네."

지상은 나직하고 조용하게 말했으나 봉심은 가슴이 쿵 떨어지는 소리 들었다. 서길에게 전해 들었을 때 뭔가 중요한 명이 있나보다 싶었지만, 설마 이자겸과 척준경을 직접 공격하는 일인 줄은 몰랐다.

"자네를 포함한 용맹하고 날랜 무관 스무 명 정도면 충분하지 않을까 싶네. 제아무리 척준경이라도 그들이 불시에 기습적으로 치고 들어오면 반드시 거꾸러질 것이라고 확신하네."

쿵쿵쿵쿵쿵!

가슴에서 북소리가 연달아 내달렸다. 봉심은 숨이 턱턱 막혔다. 지상은 목불에서 봉심에게 눈길을 돌렸다.

"거기서 자넬 뺀다면 자넨 나를 친구로 여기지 않겠지?"

봉심은 치미는 격동을 억누르며 필사적으로 입을 열었다.

"나를… 나를 가장 먼저 불러주었지 않은가. 친구여, 내가 죽일 것이다, 척준경은."

지상의 눈에 물기가 돌았다.

"왕의 나이 올해 십육 세……. 사람의 일생을 통틀어 가장 피가 뜨거운 시기일세. 그런 왕을 여전히 겁 많은 어린 소년 대하듯 능멸하는 자겸에게 왕을 대신하여 철퇴를 내릴 기회가 온 것을 우리는 감사하고 또 감사해야 할 걸세."

지상의 말은 나직나직하고 조용했으나 봉심은 무시무시하게 머리를 쳐드는 투지에 온몸이 불타는 듯했다.

"감사하지. 감사하고말고. 나는 정말 감사하다네."

봉심의 마음은 이미 칼을 빼 들고 척준경을 향해 돌진해 가고 있었다.

32　불퇴전

　장사치 같지 않게 생겨먹은 젊은 행상들이 진짜 장사치들 틈에 섞여 하나둘씩 도성 안으로 스며들었다. 그들은 용수산 용수암에서 짐을 풀었고, 하루하루 그 숫자가 보태졌다. 머릿수가 많아지면서 몇은 따로따로 내려가 저자의 주막에서 묵고, 몇은 남아 용수암에서 묵었다. 그 다음날이면 용수암에서 묵었던 자들이 따로따로 내려가 주막에서 묵었고, 주막에서 묵었던 자들이 하나하나 올라와서 용수암에 합류해 묵었다. 서로 번갈아 그러는 사이 어느덧 머릿수가 열일곱을 헤아렸다.
　거기서 더 불어나지 않았다. 다만 도성 밖에서 그들을 차례대로 들여보낸 김신과 김치 형제가 맨 마지막에 더 들어왔다. 김신은 누가 봐도 조무래기 행상들을 거느린 행상패의 우두머리 같았고, 김치는 일 잘하고 힘센 하인 행색이었다.

김신은 용수암에 올라 상주했고 김치는 곧장 지상의 집으로 갔다.

김신은 서북과 동북 양계의 주진군을 통틀어 서길이 고르고 추린 젊은 청년무관들을 용수암과 저자로 계속 돌렸다. 한곳에 하루 이상 머물게 하지 않았고, 흩어졌다 모이게 하기를 서로 엇갈리면서 불규칙적으로 하게 했다. 비밀과 안전을 위해서였고, 각지에서 따로 불러 모은 그들이 서로를 알아보고 호흡을 맞추게 하기 위함이었다. 둘 다 경중을 비교할 수 없는 일이었고, 김신은 한 가지 일로 그 두 가지 목적을 모두 이뤄내고 있었다.

김치는 지상 대신 지상의 집과 용수암을 오갔다. 어느 날은 쌀가마니를 져다 날랐고 어느 날은 쩌 말린 것과 썩힌 것, 그리고 가루로 빻은 콩과 떡을 보따리째 날랐다. 용수암을 혼자 지키고 있는 늙은 중은 누가 들락거리는지, 절간에 뭐가 쌓이는지 도통 관심이 없었다. 누굴 보든 똑같은 표정으로 웃으며 '온 김에 예불이나 드리지' 할 뿐이었다.

원래는 늙은 중에게 밥을 해 먹이고 시중을 봐주던 보살 아주머니가 있었는데, 지상이 진작 여비를 두둑이 줘서 달포 정도만 고향에 다녀오시라고 보냈다.

봉심은 낮엔 입궐해서 궐내 지형과 길을 살피고 익혔다. 퇴궐해서는 일단 집에 들렀다가 밤이 되면 용수산에 올라 일없이 용수암을 배회했다. 북방에서 선발해 온 젊은 무관들은 이미 서로 충분히 안면을 익혔을 것이나 봉심은 그렇지 못했다. 봉심과 그들끼리도 안면을 익혀야 했다. 그렇게 날짜는 계속 보태지고 있었다.

그러던 중에 김부식이 벽란도를 통해 뱃길로 송나라로 떠났다. 송 황제의 양위식에 고려의 축하 사절로서 간 것이었다. 송의 휘종은 시문과 서화를 사랑하여 빨리 아들에게 황제 자리를 물려주고 붓과 종이나 놀리고 싶어한다더니 그때가 된 것 같았다.

송과는 이자겸이 진작 따로 교류하고 있었다. 이자겸이 자기 멋대로 송 황제에게 표문을 올리고 산삼 등의 특산물을 갖다 바쳐 아예 고려의 왕인 듯 행세하고 있었던 것이다. 김부식을 보낸 것도 이자겸일 터이고, 그것은 부식을 높이 사서가 아니라 기회만 오면 걸고넘어지기 때문에 꼴 보기 싫어 멀리 보낸 것이라는 얘기들이 우세했다.

어차피 왕을 움직여 왕명의 이름으로 내려왔을 것이기에 김부식이 거부할 수야 없었겠지만, 그나마 김부식마저 없다면 이자겸이 곧 야욕을 드러낼 것이라는 소문이 흉흉했다. 저자엔 십팔 자(十八字)가 새 왕이 될 것이라는 망령 같은 소문이 진작 떠돌아다니고 있는 터였다. 십팔 자는 곧 이 씨를 말함이었고, 그 이 씨가 누구를 지칭하는 건지는 말할 필요도 없었다.

김치를 통해 지상의 신호가 왔다.

"곧 날이 올 것 같다."

북방의 젊은 친구 열일곱과 김신, 김치 형제, 그리고 봉심의 얼굴은 하나같이 돌처럼 굳어갔다. 긴장 때문이었고, 그 긴장의 밑에서 잔뜩 살기를 벼리고 있었다. 서로서로 그것을 알아보았다.

그들 스무 명은 이미 스무 개의 유기적인 점이 되어 있었다. 그 스무 개의 점은 제각각 따로 흩어지면서도 서로를 보고 함께 움직일 수 있었다. 하나가 둘, 셋이 되고, 스물로 늘어났다가 그 스물이 또 하나가 되기를 맞춰왔고, 그렇게 되었다.

그러나 지상의 말과는 달리 막상 날은 쉽게 떨어지지 않았다.

"살기는 감출수록 강해진다. 살기를 숨기고 녹여라. 밖을 보고 애태우지 말고 안을 보고 준비가 덜 됐음으로 여기라."

김신의 말이 묵직한 무게를 품고 모두에게 전해졌다. 그럼에도 속이 타지 않는 자가 없다는 것을 서로서로 눈빛만 봐도 알았다.

낮엔 궐내에 들어야만 하는 봉심은 그래도 자기가 가장 낫다고 생각했다. 입궐하면 기다림의 갈증은 한결 덜했다. 일을 벌일 곳에 들어와서인지도 몰랐다. 궐 밖에서 용수암과 저자를 오가며 하루 종일 기다려야 하는 북방의 젊은 친구들을 생각하면 미안함마저 들 지경이었다.

그러던 봉심은 언제부터인가 궐내 분위기가 뭔가 이상하게 돌아가는 것을 감지했다. 그냥 보면 여전히 평상시와 다름없었지만 그 뒤를 흐르는 공기가 다른 게 느껴졌다. 곧 평상시와 다른 점이 눈으로도 보였다. 내시들이 확연히 자주 궁성을 돌고 있었다.

봉심은 막 연경궁을 줄 맞춰 돌아 나오는 일단의 내시들을 숙위청 앞에서 가만히 지켜보고 있었다. 그중에는 이중부도 끼어 있었다. 어릴 때부터 보아오던 친구다. 낯설어 보였다. 낯선 친구의 얼굴 뒤엔 요 근래 부쩍 친근해진 느낌이 내비쳤다. 긴장감. 왕의 최측근들이자 왕 외엔 누구의 명령도 듣지 않는 내시가 왕궁을 돌며 동료들 틈에서 긴장하고 있었다. 말이 되질 않았다.

봉심은 이중부뿐만 아니라 다른 내시들도 마찬가지라는 것을 어렵지 않게 알 수 있었다. 내시들도 뭔가를 알고 있는 것이 틀림없었다. 예감일 뿐일지도 몰랐지만 보통 눈으로 보고 귀로 듣는 것보다 더 정확하고 빠른 게 예감이었다.

이자겸과 척준경을 치는 일은 내의 최사전과 지상, 그리고 서길과 스무 명의 불나방들밖에 모르는 일이라고 했다. 불나방, 그렇다. 성공하기 전까지는 불나방들일 뿐이다. 그런데 만약 내시들도 그 일을 알고 있다면 보통 문제가 아니었다. 이런 일은 아는 자가 많을수록 위험하다는 것은 상식이나 마찬가지였다.

봉심은 입속이 탔다.

"자네… 내시들을 좋아하는가?"

봉심은 놀랐으나 겉까지 드러나지 않도록 막았다. 무심한 척 돌아보자 금위 낭장 왕의가 히죽거리며 숙위청을 나오고 있었다.

"헤어진 옛 여인을 보듯 하염없이 내시들을 바라보는군. 혹시 취향이 독특한 건가?"

뒷돈 먹이고 들어온 봉심에게 잘하는 왕의의 아무 생각 없는 얼굴을 보자 조금 안심은 되었다.

"그래, 이젠 뭐가 뭔지 좀 알겠는가?"

"그저 잘 지키면 되는 것 아닙니까?"

"바로 그거야. 그렇게 단순한 사고방식, 난 그런 걸 좋아해. 금위는 궁성과 황성만 잘 지키면 되는 거야. 궁성금위는 궁성, 황성금위는 황성, 바로 그거지."

왕의는 봉심의 얼굴을 살피면서 물었다.

"그럼 오늘 밤부터 애들 데리고 숙번 좀 서볼 텐가?"

봉심은 내심 당황했으나 겉으로는 태연한 신색을 유지했다.

"별거 아냐. 자넨 누가 뭐래도 엄연한 궁중금위의 산원이야. 정칠품 무관. 그것은 애들만 잘 돌게 해놓고 숙위청에서 쿨쿨 자도 된다는 걸 뜻하지. 게다가 오늘 밤 숙번을 지키면 내일은 하루 종일 쉬는 거라고."

그리고 보니 밤에는 궐내 분위기가 어떤가 돌아보는 것도 필요할 듯싶었다. 이중부와 내시들의 긴장이 깃든 모습들을 생각하면 더욱 그랬다. 하지만 향이가 걸렸다.

"내자에게 말을 안 해둬서… 내일부터 하면 안 되겠습니까?"

왕의의 눈이 번쩍하는 것 같았다.

"자네, 결혼했나?"

"그렇습니다만……."

왕의는 소변을 보고 난 것처럼 멀쩡한 바지춤을 잡아 올리더니 웃었다.

"예쁜가?"

봉심은 순간적으로 왕의의 웃는 얼굴에 발바닥을 찍어 넣을 뻔했다. 왕의는 봉심의 어깨를 치며 웃었다.

"농담일세, 농담. 그럼 내일부터 번을 책임져 보게. 그러고 보니 꼴 보기 싫은 놈들이 내일 더 많아 그게 좋겠군."

봉심은 정말 뒷돈을 들여 벼슬을 살 수밖에 없는 자라면 능히 당할 수 있는 일일 것이라고 생각하면서 감정을 억눌렀다.

"난 밥 먹으러 가는데 함께 가려나?"

"저는 조금 더 있다가 애들하고 먹겠습니다. 하나라도 더 얼굴을 익혀야 하니까요."

"좋은 자세네. 자넨 원래 훌륭한 무관이 될 자질이 있는 친구였군."

왕의는 은근히 매관매직을 상기시키는 투로 말하고는 거들먹거리면서 소주방 쪽으로 걸어갔다. 상식국(尙食局)을 놔두고 음식을 만들어내는 소주방으로 가는 것은 궁녀와 나인들이 많기 때문일 것이다. 봉심은 허리가 가장 퍼져 보이는 왕의의 둥근 몸매를 보면서 차라리 서글픈 기분이 되었다.

퇴궐 시간이 가까워질 때쯤 궐내 통인이 봉심을 찾았다. 습명의 전갈이었다. 그리고 보니 개경에 오고 나서 인사도 하지 않았을 뿐만 아니라 미처 생각도 못했다. 봉심은 미안했다. 때가 맞지 않는다는 느낌은 있었으나 잠깐이라도 봐야 할 것 같았다. 봉심은 퇴궐을 기다렸다가 곧장 황성 내성을 빠져 외성의 선지교를 향했다.

선지교는 자남산에서 내려와 남문으로 빠져 흐르는 오천에 걸쳐진 돌다리였다. 오천이 큰 내가 아니다 보니 선지교 또한 아담했다. 다만 큰 돌을 이어 붙여 만든 모양새가 볼만했고, 주변에 솔숲과 대숲이 잘 가꿔져 있어 도성 내에서 풍광이 훌륭한 곳 중에 하나였다.

선지교엔 습명이 아닌 지상의 장인 오 주사가 봉심을 기다리고 있었다.

"아니, 어르신께서 어찌……."

"따라오게."

오 주사는 긴 얘기를 할 형편이 아닌 듯 앞서 걸었다.

습명은 언뜻 한가하게 저녁 바람을 쐬러 나온 유생처럼 선지교 뒤편 솔숲을 서성이고 있었다. 그러나 가까이 다가가자 습명은 초조하고 긴장되어 보였다. 봉심은 습명에게서도 초조하고 긴장된 빛을 보자 불길한 느낌이 엄습했다.

"와주었군. 고맙네."

습명은 봉심을 보자마자 손부터 덥석 잡았다.

"자네가 혼자 살던 그 집… 비어 있는가?"

그간의 안부는 생략하고 바로 묻는 습명의 입술은 파랗게 죽어 있었다.

"그렇습니다만……."

봉심은 영문을 몰랐지만 습명에게는 옛 집을 숨길 필요가 없다는 것을 기억해 냈다. 습명은 지금으로선 봉심의 옛집을 아는 유일한 사람이나 다름없었다.

"내가 쓰면 안 되겠는가? 당분간이면 된다네."

"비어 있으니 필요하시면 그냥 쓰시면 됩니다. 그런데……."

그래야 할 만한 사정이 궁금했다.

"이런 말 한다고 비웃어도 좋네만, 나는 겁쟁이라네. 자네가 개경에 다시 왔다는 소식을 듣고 얼마나 감사했는지 몰라. 지금 자네 바짓가랑이라도 붙잡고 살려달라고 부탁하고 싶은 심정이네."

봉심은 기가 막혔다. 무엇이 이 온화하고 부드러우며 모난 데라곤 없는 관리가 격에 맞지 않는 부탁을 하도록 강요하는지 알 수 없었다. 오 주사는 좀 떨어진 곳에서 보기 민망한 듯 다른 데로 고개를 돌리고 있었다.

"제 바짓가랑이 붙잡으실 일 없습니다. 곤란한 사정을 안다면 제가 어찌 돕지 않을 수 있겠습니까?"

"고맙네. 자넨 천생 남잘세. 다른 건 필요없고, 다만 그 집만 좀 내어주게. 당장 오늘 밤이라도 들어가려 하네."

"지금… 말입니까?"

"나는 지금 고향에 내려간 것으로 되어 있네. 지금이면 더욱 좋네."

자세한 사정은 둘째 치고라도 습명이 얼마나 급한지는 알 수 있었다. 봉심은 일단 오 주사와 습명을 천천히 따라오라 하고 먼저 옛집을 향했다. 너무 오래 비워둬서 무작정 함께 갈 수는 없는 일이었다.

향이가 팔아서 보태라고 했고, 시간이 나면 그러려고 했던 봉심의 옛 집은 용수산 아래에 있었다.

용수산에서 외성의 서문들 일대에 널린 살림집들은 대개 장사치들의 것이었다. 집주인 대부분이 벽란도와 개풍나루 사이에 널리고 널린 점포와 가게들을 하나둘씩 가진 자들이었고, 개경에 터를 잡고 전국 각지를 오가는 행상도 꽤 있었다. 집은 담장과 기와도 있고 구색을 맞추긴 했지만 내성은 물론 외성의 번듯한 집들에 비할 바는 아니었다. 서로 다닥다닥 등과 이마를 맞댄 좁고 작은 집들이었다. 봉심의 옛 집은 그중에 끼어 있었다.

원래는 어머니와 살았으나 어머니는 봉심이 십오 세가 되던 어느 날, 어딘가를 다녀오더니 봉심을 국자감에 넣어놓고 삼 년 수료를 막 앞뒀을 때 저 한참 아래 예산의 덕숭산 수덕사에 들어가 머리를 깎고 여중이 되어버렸다. 혼자 사는 어머니가 무슨 힘이 있어 봉심을 국자감에 넣었을까만, 봉심은 엄연히 대대손손 무벌이자 무인의 집안인 직산 최 씨였다.

봉심은 기억하기 이전부터 어머니와 단둘이 살았고, 아버지가 누구인지 몰랐다. 크면서는 알고 싶지 않았고 알려 하지도 않았다. 국자감에 들고 어머니의 출가 사실을 알고서는 그것이 완전히 굳어졌다. 어머니의 입을 막고 국자감 박사들의 입을 막을 정도면 대단한 인물임엔 틀림없을 터였지만, 누가 알려주면 입을 짓뭉개고 혀와 이빨을 몽땅 뽑아버릴 준비가 항상 되어 있었다. 어머니마저 속세를 떠나 버린 뒤 봉심은 오히려 온전히 혼자가 된 게 기뻤다. 눈물이 나도록 기뻤다.

그 사실은 어느 누구에게도 말하지 않았다. 앞으로도 그럴 것이다. 그것만큼은 지상도 예외가 아니었다.

봉심은 그 집에 실로 오랜만에 혼자 다시 섰다.

발바닥만 한 마당이고 손바닥만 한 마루고 할 것 없이 짐이 가득 쌓여 있었다. 너무 오래 비어 있어 그사이 누군가가 창고로 삼은 모양이었다. 봉심은 짐 하나를 조금 뜯어보았다. 한 손에 쥘 만한 작은 분청자기 그릇들이 잔뜩 들어 있었다. 여자들이 머리와 얼굴에 바르고 찍는 것들을 넣어두는 용기라는 것을 쉽게 알아볼 수 있었다. 혹시나 싶어 다른 짐을 살펴보니 거긴 백분이 가득했다. 짐은 방물들이었다. 봉심은 그나마 다행이라고 생각했다.

습명은 당분간 숨어 지낼 곳이 필요한 게 분명했고, 봉심의 옛집이 좋다고 여긴 모양인데 나쁜 생각은 아니었다. 어머니는 아들과 함께 조용히 숨어 지낼 만한 곳으로 여길 선택했던 것 같았고, 아들이 다 자라자 아예 산속으로 숨어버렸다. 밖으로는 열려 있고 밖에서는 여간해서 찾아들 일이 없는 이런 곳이 당분간 숨어 지내기엔 최적일 것이다.

봉심은 집을 나와 옆집 문을 두들겼다. 어디서 왔는지 모를 늙은 할망구와 삼사십 먹은 방물장수 아주머니 서넛이 함께 살고 있었는데 여전하지 않을까 싶었다.

문이 열리고 사십 중반의 아주머니가 내다보았다. 아주머니의 눈이 커졌다.

"봉심이?"

봉심은 중년 아주머니의 얼굴에서 옛 얼굴을 기억해 냈다. 방물장수 아주머니들 중 가장 젊었고, 봉심의 어머니는 물론 봉심에게도 잘했던 정이 이모였다. 방물장수 아주머니들은 봉심의 집에도 자주 들락거렸고, 어머니와 친하게 지냈는데 모두 이모라 부르길 강요받았었다.

정이 이모는 '아이고' 하더니 봉심을 잡고 눈물부터 쏟았다. 고단한 삶은 옛날을 만나면 먼저 울기부터 한다는 걸 봉심도 알 나이였기에 가만히 있었다. 다만 봉심은 국자감 이전의 어린 시절로 되돌아간 듯한 기분이 되었다.

"제 어미 멀리 가버린 뒤론 잠깐잠깐만 왔다 가는 것 같더니 아주 한참을 안 보여 무슨 일인가 했는데 이렇게 멀쩡하고 장성한 모습으로 다시 보네. 이 일을 어쩔까나, 이 일을. 우리 형님, 이렇게 잘 자란 아들 못 보고 흰 고깔 무명 적삼에 염주 굴리면서 지금은 어디에나 계실까나······."

정이 이모는 울면서도 절절히 할 말은 다 했다. 봉심은 속으로 이를 물었다.

"들어와. 들어오라고."

정이 이모는 봉심을 안으로 잡아끌었다. 봉심은 저항 못하고 끌려갔다.

마루에 앉아 방물을 나누고 닦던 중년과 초로의 아주머니들이 봉심을 보고 눈이 휘둥그레졌다. 누구였는지 기억이 다 나진 않았고 영 낯선 얼굴들도 있었다. 예닐곱은 되어 보였는데 사람이 오히려 늘어나 있었다.

곧 그들 모두가 훌쩍였다. 한창때는 무엇을 했는지 모를 늙어가는 여자들이 봉심을 본 덕에 제각각 제 설움들 푸는 것이라 여겼지만 뭐랄 수는 없는 일이었다. 이 집에서 늘 삼신할미처럼 버티고 있던 망구는 보이지 않았다. 그사이 죽은 것 같았다.

봉심은 방물장수들의 훌쩍임이 진정되길 인내심있게 기다렸다가 집을 써야 하니 짐을 좀 치워줘야겠다고 말했다. 아주머니들이 당황했다. 안 그래도 언젠가 오면 봉심에게서 집을 사들일 생각이었고, 허락없이 물건을 쌓아놓고 쓴 값도 치를 생각이라고도 했다.

"한 집만 쓰기엔 너무 좁아졌어. 물건이 많이 들어왔고 사람들도 더 불러들일 거고. 우리처럼 갈데없는 늙은이들 모여 사는 것 좀 봐주고 도와주게."

봉심은 난감해하다가 습명이 당분간이면 된다고 했던 말을 떠올렸다.

"좀 생각해 보겠습니다. 집을 처분해도 다른 사람에게 넘기진 않을 것이니 그건 걱정 안 하셔도 됩니다."

조금 전까지 훌쩍대던 아주머니들이 언제 그랬냐는 듯 기쁨과 기대를 드러냈다. 봉심은 일단 그 정도까지만 하고 방물장수 아주머니들의 집을 나왔다.

습명과 오 주사가 좀 떨어진 곳에서 모른 척하고 있었다. 봉심은 두 사람을 집 안으로 들여 사정을 말했다.

"오히려 잘된 것 같네. 이웃의 눈을 피할 수는 없는 일이니 역으로 도움을 구하는 방법이 낫지 않겠는가?"

오 주사가 좋은 방도가 있는지 그렇게 말했다.

"짐을 치울 필요도 없겠네. 당장 방물장수들에게 이 집까지 쓰게 하고 그 사람들을 가리개로 삼으세."

봉심은 습명을 살폈다.

"불편하지 않겠습니까?"

"오 주사와 같은 생각이네. 장부로서 부끄러운 일이네만 안전을 위해서라면 무엇이든 다 하고 싶네."

습명은 오 주사에게 철저하게 의지하는 것 같았다. 오 주사는 봉심에게 물었다.

"자네, 옆의 아주머니들에게 집값을 받을 생각인가?"

어머니에게 의지가 되고 힘이 되던 아주머니들이었다. 그럴 마음은 전혀 없었다.

"집값이 생각 있었으면 여태까지 비워뒀겠습니까?"

"좋네. 그럼 얘기가 더 쉽겠네."

오 주사는 바로 옆집으로 건너갔다.

앉을 만한 자리도 없어 습명은 마당에 선 채 깊게 한숨을 쉬었다. 봉심은 습명이 너무 안쓰러워 보여 쉽게 말을 걸지 못했다.

곧 오 주사가 방물장수 아주머니 몇과 건너왔다. 아주머니들은 봉심에게 고맙다고 눈물을 글썽였다. 오 주사가 집을 그냥 주겠다고 한 것 같았다. 아주머니들은 신이 난 듯 짐을 한쪽으로 몰고 마루와 방을 닦았고, 오 주사가 방으로 습명을 들였.

습명은 가장 나이 많은 방물장수의 아들이 되었다. 그 나이 되도록 과시 공부 한답시고 제 어미 등골 파먹는 못난 아들이었다. 오 주사가 그렇게 만들어놓았고, 무엇이든 다 하겠다던 습명은 조금의 불만도 내비치지 않았다.

습명을 두고 나오는 길에 오 주사는 봉심에게 대략의 사정을 말했다.

부식이 없는 틈을 타서 부식의 가장 가까운 손발인 습명을 제거하려는 움직임이 발 넓은 오 주사에게 걸렸다. 죄를 만들어 씌우자니 털어서 나올 게 전혀 없는 자라 막것들을 월장시켜서 때려죽이고 사고로 덮어버리는 방법을 수군대는 소릴 들은 것이었다.

"개새끼들이로군요."

"가장 위에 있는 자가 왕의 머리 위에서 설쳐 대니 그 아랫것들이야 오죽하겠는가."

"그런데 혼자만 피한다고 됩니까?"

"정 직원이 다행인지 불행인지 처자식이 아직 없더군. 혼인했던 내자가 일찍 죽어 여태껏 홀몸으로 지냈던 모양이야. 나도 이번에 처음 알았네."

"그랬군요……."

봉심은 습명이 더욱 안쓰럽게 여겨졌다. 그것이 이자겸에 대한 공분을 다시 불러일으켰다. 가슴이 답답해졌다. 김치가 지상의 집과 용수암을 오가는 것으로 보아 지상은 오 주사에겐 이자겸과 척준경을 치는 일을 말하지 않은 것 같았다.

"지상은 어떻습니까?"

지상의 일을 물을 수밖에 없었다. 오 주사의 얼굴이 어두워졌다. 봉심은 다시 불길해졌다. 오 주사의 얼굴을 통해 지상의 상태가 보이는 것과 같았다.

"요즘 통 잠을 못 자는 것 같더군. 얼굴이 말이 아니네."

역시 오 주사는 그 일에 대해선 전혀 모르고 있는 듯했다. 봉심은 오 주사와 헤어져서 다시 용수산 쪽을 향해 용수암에 올랐다. 마침 김치가 용수암에서 나오고 있었다.

봉심이 타는 눈으로 김치를 쳐다봤다. 김치는 봉심의 눈 뜻을 읽었는지 고개를 가로저으면서 봉심을 지나쳐 용수산을 내려갔다.

김신이 불당에 앉아 있었다. 봉심은 불당 입구에 조용히 섰다. 김신이 목불에 눈길을 둔 채 저음의 목소리를 낮게 깔았다.

"내시지후 김찬과 안보린이 따로 일을 꾸미는 모양이야. 궐내에서 이자겸과 척준경을 칠 동지들을 규합하고 있다 하네."

봉심은 어이가 없었다.

"아무리 은밀히 한다 해도 이자겸의 눈과 귀, 손발이 천지인 곳에서 비밀

유지가 될까 모르겠네."

봉심은 궐내에서 본 내시들의 달라진 분위기를 말했다.

"하급 내시들까지 그럴 정도면 이자겸의 귀에 들어가는 건 시간문제겠군. 내의 어른과 지상의 고민이 지나친 게 아니었어."

김신이 무겁게 신음했다.

"그들이 앞에서 일을 망쳐 놓아 이자겸과 척준경을 흥분시켜 놓으면 우리가 들어갈 틈이 나겠는가?"

봉심은 뜨거운 것이 치밀어 고함이라도 내지르고 싶었다.

"그래서? 설마 없었던 일로 하자는 건 아니겠지요?"

김신은 대답이 없었다. 대답할 위치도 아닐 것이다. 봉심은 이를 악물었다.

"더 기다릴 수 없다고 말씀하십시오. 당장 들어가겠다고 하십시오. 무조건 우리가 먼저 해야 합니다. 위에서 결정을 못 내리면 우리가 내리고 행한 다음 알려주면 그만입니다."

김신이 봉심을 돌아보았다. 김신의 눈이 굶주린 호랑이의 그것처럼 타오르고 있었다.

"자네 생각도 그런가?"

33 조율

　지상은 태의감(太醫監)에 들렀다. 수한을 먼저 찾았으나 혜민국에 나가고 없다고 했다. 수한은 궐내에 있기보단 궐 밖의 혜민국과 대비원(大悲院)을 오가며 몸 아픈 백성들을 직접 상대하는 것 같았다.
　"어디가 편찮으셔서 오신 것이오?"
　서른 중반쯤 되어 보이는 의관이 물었다. 몸이 아픈 걸로 최사전을 청할 수는 없었다. 최사전은 태의감의 최고위직이자 왕과 왕실의 어의이며 내의였다.
　"혹시 내의 어른께 문하성의 정언이 잠시 뵙잔다고 청할 수 있을까 모르겠습니다."
　내려 받기만 했지 올라간 경우는 없었다. 그러나 이번엔 올라가야 했다.

더구나 에둘러 갈 시간도 없었다.

정언은 낭사간관 중엔 최말직이지만 효과가 있었다. 추밀원을 통하지 않고도 왕께 직접 상소와 간언을 올릴 수 있는 위치인 것이다. 의관은 미처 몰라봤다는 듯 허리를 숙였다.

"전해드리긴 하겠습니다만… 일단 기다려 보시지요."

의관은 총총히 청 밖으로 나갔다.

궐내에서 권력과 가장 먼 곳을 꼽으라면 태의감일 것이다. 의관도 엄연한 관직이나 임시직이나 다름없는 권무들이었고 신분도 중인이었다. 최사전 또한 왕과 가장 가까운 위치에 있다는 것만 빼면 단순히 의관들의 우두머리일 뿐이었다. 아프지 않으면 이자겸 일당들이 신경 쓰거나 찾을 일이 없는 곳이 태의감이었다. 아파도 아랫것을 보내 의관을 부르지 직접 오지 않을 터이다.

지상은 문득 약재 냄새를 맡았다. 원래 태의감의 정청 가득 배인 냄새 같았다. 지상은 나까지 긴장하면 안 된다고 스스로를 다독이면서, 몸의 안팎에 당겨진 부분들을 생각으로 더듬어가며 일일이 힘을 뺐다.

곧 관복만 벗기면 갈데없는 평범한 촌로의 모습을 한 옥색 관복의 초로가 청 안으로 들어왔다. 몇 명의 의관이 뒤를 따르고 있었는데 그는 지상을 보더니 의관들을 물렸다.

지상은 그가 최사전임을 쉽게 알아보았다. 전갈만 서로 오갔지 직접 만난 적은 아직 한 번도 없었다.

최사전은 뒤를 한 번 더 확인하고 지상에게 다가왔다.

"우리가 직접 만나는 건 처음인가? 그런데 보는 순간 자넨지 알겠군."

마찬가지였다. 지상은 깊게 허리를 숙여 보였다. 그리고 허리를 펴면서 바로 말했다.

"내시부에서 따로 움직이고 있는 사실을 알렸더니 밖의 친구들이 오늘 밤이라도 들어오겠다고 난리입니다."

최사전은 놀라더니 주위를 두리번거렸다. 지상은 최사전의 행동이 오히려 비밀스러운 얘기 중이라고 표를 내는 것 같아 신경이 쓰였다.

"저쪽엔 동지추밀원사 지녹연과 몇 명의 상장군, 대장군들이 가담한 모양이네. 왕께서도 그쪽에 기대하고 우리 쪽은 잊으신 듯하네. 더 묻질 않으신단 말일세."

"그들의 거사일은 잡혔습니까?"

"나는 잘 모르겠네. 그들은 내가 먼저 왕께 밀명을 받았다는 것도 모르고 있을 걸세. 김 내시와 안 내시는 용안에 수심과 분노와 고통만 가득하신 걸 보고 저들이 스스로 계획을 만들어 아뢰고 허락을 받은 것이지 왕께서 따로 불러 시키신 건 아니네."

지상은 왕의 고통과 그것을 보는 내시들의 충정이 눈에 보이는 것 같아 잠시 말을 끊고 격해지려는 감정을 다스렸다.

"어쩌면 우리 쪽은 굳이 위험한 일을 하지 않아도 될지 모르네. 저쪽도 그동안 상당히 진척을 본 듯하고 지난밤엔 지추밀원사의 집에 일에 가담한 장군들이 다 모였던 모양일세."

지상은 어이가 없었다.

"그들이 그렇게 요란하게 움직이고 있습니까?"

최사전은 영문을 모르는 얼굴로 지상을 쳐다봤다. 지상은 얼굴이 굳는 걸 굳이 감추지 않았다.

"일을 벌이기도 전에 이자겸과 척준경이 알게 된다면 그 책임을 누가 지는 것입니까? 그들은 모두 잡혀 죽으면 그만이겠지만 장차 왕께서는 어찌 되시겠습니까?"

최사전은 덜컥 겁먹은 얼굴이 되었다.

"차라리 척준경만 잡으면 된다고 무조건 치고 들어오겠다는 밖의 친구들이 옳습니다. 저는 내의 어른의 명을 받아 그들을 불러들였지만 이제 말릴 수 없습니다."

"나, 나는 어찌해야 하는가?"

"저쪽의 지휘자는 누구입니까?"

"아무래도 동지추밀원사가 아니겠는가?"

지상은 목소리를 낮췄다.

"그에게 이쪽도 왕명이 닿아 있다는 것을 알려주십시오. 일의 시급함과 촉박함을 전해주십시오."

"나는… 거기까지만 하면 되겠는가?"

지상은 최사전이 더 할 수 있는 일이 이미 없다는 것을 이해했다.

"일이 잘못되어도 결코 내의 어른의 함자는 입에 올리지 않겠습니다."

"알겠네. 그럼 자네들을 그쪽에 붙여주고 난 빠지겠네. 그러나 잘되기를 눈을 부릅뜨고 지켜보고 또 빌겠네."

최사전은 하얗게 질려서 떨리는 손으로 지상의 손을 잡았다가 놓고 돌아섰다. 지상은 호흡을 가다듬어 그새 다시 덕지덕지 달라붙은 긴장을 털어냈다.

지상은 일단 문하성으로 돌아왔다. 지녹연 쪽에 알리게 한 이상 내일은 없었다. 오늘 들게 하지 않으면 내일 모두 되돌려 보낼 수밖에 없을 것이다. 김신과 김치 형제, 봉심을 뺀 나머지는 지상도 누가 누군지 모른다. 이번엔 빠지고 다음을 기약해야 했을까. 갈등도 들었다. 그러나 지녹연 쪽이 성공할 가능성이 거의 보이지 않는데 다음이 올까. 머릿속이 복잡해졌다.

지상은 문하성 대전 밖으로 나갔다. 해가 서쪽으로 기울고 있었다. 지상은 더 기다리고 있을 수 없었다. 참지 못하고 추밀원으로 갈까 하는데 오 주사가 눈이 동그래진 얼굴로 다가왔다.

"추부에서 사람이 왔네. 무슨 일 있는가?"

지상은 걱정이 가득한 오 주사의 얼굴을 보면서 끌어들이지 않길 잘했다고 생각했다. 최악의 경우라도 오 주사와 명경은 무사해야 할 것이다. 한식구였다는 이유 하나로 노비가 되어 어디론가 팔려가긴 하겠지만 죽는 것보단 나을 것이다.

"다녀오겠습니다."

지상은 아무 일도 아니라는 듯 미소를 지어 보이고 찾아온 자를 물었다. 추밀원의 별가가 한쪽에서 지상을 기다리고 있었다.

별가가 앞서 걸었고 지상은 뒤를 따랐다. 무뢰배였던 척준경이 숙종 때 발탁되어 추밀원 별가로 이속 직부터 관직을 시작했던 사실을 떠올리며 지상은 묘한 느낌이 들었다.

지녹연은 상식국의 드넓은 대청마루 한가운데에 소반을 놓고 혼자 앉아 있었다. 보통 궐내 군병들이 한데 모여들어 밥을 먹게 되어 있는 곳이었는데 밥시간이 끝났으니 아무도 찾아올 일이 없는 곳이라 일견 그럴듯했다. 별가는 밖을 지키고 서고 지상 혼자 대청마루 안으로 들었다.

지녹연은 강직과 고집이 두드러지는 얼굴로 지상을 쳐다보았다. 지상은 공손히 허리를 숙여 보이고 지녹연의 앞에 앉았다.

"무슨 말인가? 자네들이 척준경을 잡을 수 있다고?"

"그렇게 준비를 해왔습니다."

지녹연이 씨익 웃었다.

"아름답군. 그런 젊은이들이 있었다니… 내 피가 끓는군."

지녹연은 원래 낭만적인 사람 같았다. 강직과 고집은 자리와 위치가 만들어낸 가면인 듯싶었다. 지상은 한결 부담이 덜어지는 것을 느꼈다.

"척준경을 궐 안으로 불러들여 주십시오. 오늘 밤 그를 치겠습니다."

지녹연은 좀 놀라는 듯했다.

"그 정도로 자신있단 말인가?"

"척준경의 집으로 월장하는 방법도 있을 수 있겠으나 뒤를 생각하지 못하는 하책입니다. 반드시 궐 안에서 잡아 궐내의 모든 군사와 군병들을 최우선으로 제압해야 합니다. 척준경을 가장 먼저 쳐야 하는 까닭은 오로지 그것 때문입니다. 무력을 움직이지 못하는 이자겸은 두려울 것이 아무것도 없을 것입니다."

"간단하고 분명하군. 그럼 오늘 밤 척준경을 궐 안에 있게만 하면 되는 것인가?"

지녹연이 잔잔한 미소까지 머금는 것이 대답이 너무도 쉽다고 생각했지만 이미 돌아보고 살필 뒤는 없었다. 남은 건 앞뿐이었다.

"그리고 척준경에게 가는 가장 **빠른** 길을 열어주십시오. 공격이 시작되면 철저하게 주변을 통제해 주시고 드디어 척준경이 고꾸라지면 모두를 제압하시면 됩니다. 저희는 척준경만 죽이고 바로 빠지겠습니다."

지녹연은 재미있다는 듯 웃기까지 했다.

"자네가 그리는 그림이 참 아름답네. 그대로 될 것이네. 우리도 준비를 마치고 날을 보고 있었는데, 그럼 오늘 밤에 하기로 하세."

무엇으로 준비를 마쳤다는 것인지 걸렸지만 지상은 굳이 묻지 않았다.

"밤이 되면 눌리문 부근에 집결하여 대기하고 있게. 밖의 저놈을 보내 때를 알려주겠네."

지녹연은 일어섰다.

"내일 밤부터 왕께서 두 다리 쭉 뻗고 주무실 수 있게 해드리세."

지녹연은 아무것도 아니라고, 무조건 된다고 믿고 있는 것 같았다. 지상은 지녹연의 속에 들어가 보고 싶은 충동이 치밀었으나 억눌렀다. 지녹연이 먼저 나갔다.

지상은 지녹연의 뒷모습에서 긴장과 불안을 읽었다. 뒷모습은 숨기지 못하는 것 같았다. 차라리 그게 나왔다. 결정은 끝났다. 지상은 드디어 가슴이 쿵쿵거리며 맥박이 거칠게 내달리는 소리를 들었다.

지상은 다시 문하성으로 돌아왔다. 시간이 멈춰 버린 것 같았다. 지상은 오 주사를 불렀다.

"오늘은 조금 먼저 나가셔서 김 별장을 궐문 앞으로 보내주십시오. 저는 늦을지도 모르겠습니다."

김 별장은 지상의 집에서 대기 중인 김치였다. 지상을 힐끔거리는 것이 오 주사는 오늘만은 무슨 일인지 꼭 알고 싶어하는 눈치였다. 지상도 진작 뭔가 낌새를 잡았을 오 주사가 궁금증을 잘 견뎠다는 걸 알았지만 말할 때는 이미 지났다. 결정은 끝났다. 지상은 모른 척했다.

오 주사는 섭섭한 태도를 굳이 감추지 않았다.

"최 무장이 오늘 밤부터 숙위를 서게 된 모양이더군. 하나는 늦고 하나는 아예 못 오니 오늘 밤 경이를 최 무장 집에 보내 재워도 괜찮겠는가? 나는 오랜만에 혼자 편하게 술이나 실컷 마시고 싶구먼."

지상은 오 주사의 기분을 이해했다.

"죄송합니다, 장인어른."

오 주사는 꽁한 얼굴이더니 지상이 부탁한 대로 퇴궐 시간을 앞두고 먼저 나갔다.

지상은 봉심이 하필 오늘 밤부터 궐내에서 숙위를 보는가 싶었다. 지상이 알려주지 않으면 오늘의 일을 궁성의 봉심은 알 길이 없을 것이다. 지상은 갈등했다. 갈등을 정리하지 못한 채 지상은 주작문으로 나갔다.

많은 관료들과 이속들이 궐문에 퇴궐을 알리면서 차례대로 빠져나가고 있었다. 지상은 잠시 나갔다가 다시 올 것이라 말하고 성문 밖으로 나왔다.

김치가 어른과 마님들을 마중 나온 하인들 틈에 끼어 있었다. 지상을 본 김치가 다가왔다. 지상은 한적한 길가로 옮겨 섰다.

"완전히 어두워질 때에 맞춰서 눌리문 앞에 모두 모이게 하십시오. 사람이 갈 것입니다."

김신 못지않게 체구가 큰 김치의 몸이 움찔했다.

"오늘… 인가?"

"척준경을 기습하고 반드시 바로 빠져야 합니다. 안에서 싸우다 죽는 건 어쩔 수 없으나 남았다가 죽는 일은 없어야 합니다. 뒤는 동지추밀원사와 장군들이 처리하기로 되었습니다."

김치의 거구가 팽팽해지는 것 같았다.

"무슨 말인지 알겠네. 개죽음은 없을 것이니 걱정 말게. 그런데 봉심은 어찌 되는 것인가? 안에서 합류하는 것인가?"

김치도 봉심이 오늘 밤은 궐내에 있다는 것을 알고 있었다. 봉심이 그걸 미리 말해두지 않을 리가 없었다. 하나 남았던 갈등도 끝났다. 봉심이 안 보이면 밖에서 들어올 사람들이 흔들릴 수도 있었다. 무엇보다 봉심이 간절히 원하는 한 봉심을 뺄 수 없었다.

"봉심은 눌리문 안에서 기다리고 있을 것입니다."

지상은 확신을 주고 김치를 먼저 가게 했다. 김치는 뒤도 돌아보지 않고 부지런히 성문 앞을 벗어나 사라져 갔다. 지상은 다시 궐 안에 들었다. 다시 들어가는 주작문이 문득 다시는 돌아 나올 수 없는 염라문인가 싶었다.

지상은 황성을 가로질러 곧장 궁성의 승평문으로 향했다. 평상시에 궁성 내에 주둔하는 무력은 왕실을 지키는 무관 출신의 내시들과 궁성을 지키는 금위뿐이다. 봉심이 뒷돈을 써서 금위의 산원 직을 따낸 것은 전혀 놀라운 일이 아니었다. 서경의 장 노인이 도대체 돈을 얼마나 먹였을까가 오히려 궁금한 일이었다.

당장 척준경의 아들 척순이 내시였다. 금위는 물론 내시부에도 이자겸과 척준경의 수족 천지였다. 그들은 자기들에게 돈을 먹이고 들어온 봉심도 같은 편으로 여기고 있을 것이다. 만나긴 어려울 것 같지 않았다.

승평문을 지키고 선 금위들이 지상을 보고 나와 섰다. 지상은 걸음을 멈췄다.

"오늘 밤 금위의 숙위 책임자는 누구인가?"

"그건 알아서 무엇 하시게요?"

일반 금위임에도 버릇없이 대꾸할 수 있는 건 퇴궐 시간도 지난 데다가 궁성을 지키는 금위의 자부심이 지나친 탓일 것이다. 어쩌면 봉심이 뒷돈을 써서 들어온 탓에 그를 찾는 사람까지 가볍게 여기는 것 같기도 했다. 지상은 웃었다.

"그에게 친구가 찾아왔다고 알려라."

금위들은 귀찮은 기색을 드러내며 미적거렸다. 역시 봉심을 우습게 여기는 모양이었다.

"바른 절차가 아닌 줄 안다. 잠시면 되니 부탁하는 것이다."

지상이 부드럽게 말하자 금위들이 주춤거렸다. 곧 한 놈이 안으로 달려 들어 가더니 봉심이 나타났다. 지상을 본 봉심은 승평문의 한가운데에 버티고 서서 금위들을 한번 스윽 훑어보았다. 금위들이 움찔했다.

봉심이 지상을 보고 물었다.

"내가 잠시 나가는 게 좋겠는가, 자네가 들어와 볼 텐가?"

"사사로운 일로 어찌 함부로 궁성에 들겠는가. 괜찮다면 자네가 나와서 얘기하세."

봉심은 승평문을 벗어나 지상에게 다가오다가 걸음을 멈추고 다시 금위들을 돌아보았다.

"너희들, 내가 뒷구멍으로 들어와 산원 자리 꿰찬 거 알지?"

금위들이 주춤거렸다.

"알고 있구나."

"아, 아닙니다. 저흰 모릅니다."

"네가 어찌 너희가 모른다는 걸 다 알고 있느냐?"

"아아, 제가 모른다는 걸 대답한다는 게 그만… 저는 모릅니다."

"저도 모릅니다."

"나, 무서운 사람이야. 위쪽으로 줄이 쫘악 닿아 있지. 나도 사람이라 염치가 있어 아직은 조용히 지내고 있는 거야. 잠시 친구하고 얘기 좀 하고 올 테니까 갔다 올 동안 제대로 하고들 있어. 알겠나?"

"알겠습니다."

금위들이 바짝 부동자세를 잡으며 복창했다. 봉심은 금위들을 얼러놓고 지상에게 다가왔다. 지상은 돌아서서 걸었고, 봉심이 따랐다.

관료들이 거의 빠져나간 황성의 정청과 행각들은 조용했다. 빈틈없이 내린 어둠이 점차 짙어지고 있었다. 적당한 지점에서 지상은 걸음을 멈췄고, 봉심이 옆에 섰다.

"오늘 밤 밖의 친구들이 눌리문을 통해 들어오게 될 걸세."

봉심의 온몸이 굳는 게 느껴졌다.

"추부에서 사람을 보내 그들을 안으로 들일 걸세. 눌리문에서 그들과 합류하는 방법을 생각해 보게."

"……."

봉심은 말이 없었다. 지상은 말없는 봉심의 모습에서 무엇으로도 막을 수 없는 결의와 각오를 읽었다. 어둠마저 봉심을 비켜서는 듯했다.

"나는 일을 핑계로 문하성에 남아 상황을 지켜보려 하네. 자네만 알고 있게."

봉심은 아무 대답이 없었다. 그저 어둠의 어딘가를 뚫어지게 바라보고만 있을 뿐이었다.

34 피를 부르는 밤

종루에서 일경을 알리는 종소리가 울렸다.

끼이이익 소리를 내면서 굳게 닫혔던 황성의 서문 눌리문이 천천히 열렸다. 검은 그림자 하나가 문에 서며 밖을 향해 팔을 흔들었고, 눌리문 앞 어둠 여기저기서 사람의 그림자들이 나타나더니 잔뜩 몸을 낮춰 문 사이로 소리없이 잠입해 들었다.

눌리문 안쪽 성벽을 따라 조성된 정원목들 사이에 내내 앉아서 봉심은 성문을 노려보고 있었다. 하나, 둘……. 봉심은 눌리문을 들어오는 그림자의 수를 헤아렸다. 헤아림은 열아홉에서 끝났다.

봉심은 자리를 차고 밖으로 달려나갔다.

"이쪽으로."

문을 열어준 검은 그림자가 놀라서 흔들렸고, 들어온 열아홉 개의 그림자가 그를 버리고 일제히 봉심을 향해 달려왔다. 무복으로 갈아입은 김신과 김치 형제, 그리고 북방의 열일곱 청년무관들이었다.

"상서성 병부입니다. 거기에 척준경을 불러놓겠다 했습니다."

문을 열었던 검은 그림자가 뒤에서 낮게 소리쳤다. 그는 지상을 지녹연에게 안내했던 추밀원 별가였다.

봉심은 상서성을 향해 일직선으로 달렸다. 열아홉이 발소리를 죽이고 바람처럼 봉심의 뒤를 따랐다. 김신이 봉심의 옆으로 붙었다.

"틀림없는가?"

"저도 가봐야 압니다."

서로 믿을 수밖에 없었다. 열아홉 쌍의 발은 이미 뒤로 돌릴 수 없는 길 위를 하나처럼 맞춰 달리고 있었다. 발소리보다 꽉 다문 입 위, 코를 들락거리는 호흡 소리가 더 컸다. 호흡은 앞으로 내달렸고, 어둠에 잠긴 황성의 정청과 행각들은 뒤로 휙휙 스쳐 지나갔다.

곧 상서도성이 눈앞에 들어왔다. 상서도성의 오른편에 자리한 병부대전에 불이 켜져 있었고, 그 안에서 사람들의 그림자가 어른거리는 게 보였다.

"제가 창을 부수고 들어가겠습니다."

봉심은 칼자루를 움켜쥐고 곧장 병부대전의 창문을 향해 몸을 날렸다. 일곱의 무관이 즉각 봉심의 뒤를 따라 몸을 내던졌고, 김신과 김치는 나머지를 끌고 병부대전의 정면을 향해 돌아 달렸다.

병부의 앞에 매어져 있던 말들이 먼저 울었다. 봉심은 온몸으로 창을 박살 내며 안으로 뛰어들었다.

"뭐냐?"

대전 안에 모여 있던 자들이 놀란 얼굴로 돌아보았다. 그중에 언뜻 눈을 부릅뜬 척준경의 얼굴이 눈에 차고 들어왔다. 봉심은 그 얼굴을 향해 번쩍 허공을 갈랐다. 그 얼굴에 시뻘건 선이 사선으로 생기더니 쫘악 갈라지며 피가 뿜어졌다. 봉심과 함께 뛰어들었던 청년무관이 다른 자들의 이곳저곳에 칼을 쑤셔 박고 그었다.

몇 명이 울음 같은 다급한 호흡을 하며 도망쳤다. 김신과 김치, 나머지 청년무관들이 앞쪽을 치고 들어오며 도망치는 자들을 베어 넘겼다. 그들은 숨이 붙어 있는 자, 이미 죽은 자 가리지 않고 가차없이 목을 쳤다. 병부 안엔 십여 명의 장군과 무관들이 있었는데 잠깐 만에 살아남은 자는 아무도 없었다. 뜨겁고 검붉은 선혈이 바닥을 점점 드넓게 적셔가고 있었고, 피비린내가 대전 가득 들이찼다.

"성공… 입니까?"

죽은 자들의 핏물을 잔뜩 뒤집어쓴 청년무관 하나가 웃음을 머금으며 떨리는 목소리로 물었다.

"우리가… 준경을 죽인 것입니까?"

봉심은 자기의 칼에 넘어간 자를 노려보았다. 언뜻 척준경인 듯했지만 아니었다. 봉심은 부서져라 이를 악물고 떨었다.

다른 청년무관 하나가 낮게 부르짖었다.

"저자는 척준경이 아닙니다. 척준경의 아우 척준신입니다. 제가 속한 군영에 진장으로 와 있던 적이 있어 잘 기억하고 있습니다."

대전의 공기가 한바탕 흔들렸다. 김신이 나서서 흔들리는 공기를 잡았다.

"뭐가 맞지 않았던 것 같다. 기회는 더 없다."

모두 한데 엉켜 바닥을 뒹굴고 있는 시체들을 노려보았다. 아무도 입을 열지 않았다.

봉심은 발작적으로 밖을 향했다. 김신이 봉심을 막았다. 김신의 눈은 무시무시하게 타오르고 있었다.

"여기서 더 머무는 건 개죽음이다. 곧장 빠져나간다."

비통함을 삼키는 소리들이 곳곳에서 터져 나왔다.

김신은 봉심이 부수고 들어온 창문을 올라탔다.

"내 뒤를 따라오지 않는 자들의 목숨은 내가 더 알 바 아니다."

김신이 창문을 넘자 청년무관들이 급급히 뒤를 따랐다. 김치가 마지막까지 남아 봉심을 재촉했다.

"뭐 하는가? 형님 말을 듣지 못했는가?"

병부의 사방이 밝아졌다. 창을 넘어간 김신과 청년무관들의 발소리가 급박하게 빨라졌다.

"최봉심."

김치가 아직 창문을 넘지 않고 봉심을 향해 낮게 고함쳤다. 봉심이 창문을 넘었다. 김치가 바로 따라 넘었고, 곧장 앞으로 내달렸다. 궐내의 군사들이 사방에서 불을 밝혀 들고 병부로 모여들고 있었다.

동지추밀원사 지녹연은 어둠 속으로 사라져 가는 자들을 보면서 쓰린 속을 달랬다.

궐내에 이상한 흐름이 있다고 척준경을 들게 했더니 직접 안 오고 제 아우 척준신을 보냈다. 척준신이 격에 맞지 않게도 병부상서였으니 뭐라 할 수도 없었다. 그렇다 해도 안팎으로 이미 걸려 버린 발동을 멈추게 할 수는 없었다. 꿩 대신 닭이라고, 척준신이라도 죽여 궐내를 제압하고 방비하면 된다는 의견이 나왔고, 지녹연은 바로 받아들였다.

그런데 척준신과 척준경의 수족들을 깨끗하게 처리하고 사라지는 자들을 보니 너무 쉽게 생각했던 게 아닌가 하는 후회가 뒤늦게 들었다.

"명령을 내려주시게."

상장군 오탁이 재촉했다.

지녹연은 마음을 바꿔 먹었다. 척준경이 들었으면 반대가 되었을지도 몰랐다. 어둠 속에서 갑자기 나타나 병부의 머리들을 치고 사라져 간 저들이 병부 안에 모조리 죽어 자빠졌을 것이다. 틀림없이 그렇게 되었을 것이라고 확신했다.

지녹연은 목소리를 높여 고함쳤다.

"안의 시체들을 끌어내 성 밖에다 내버리고 황성의 모든 성문을 단단히 걸어 잠가라!"

그러면 성 밖의 이자겸과 척준경이 별수있을까 싶었다. 지녹연은 호기가 솟구쳤다.

"그리고 궐 안에 남아 있는 이자겸과 척준경의 수족들은 남김없이 색출하여 제압하라!"

군병들이 우르르 병부를 향해 달려갔다.

지녹연은 상장군 오탁에게 황성을 맡기고 대장군 권수와 장군 고석을 이끌고 궁성을 향했다. 왕께 아뢰고 궁성 안의 이자겸과 척준경의 수족들을 제거할 생각이었다.

궁성의 정문 승평문에 이르니 문이 굳게 닫혀 있었다. 장군 고석이 고함쳤다.

"문을 열어라! 동지추밀원사께서 납셨다!"

안에서 맞고함이 들려 나왔다.

"시간이 늦었습니다! 내려 받은 바가 없으니 돌아가셨다가 내일 오시기 바랍니다!"

대장군 권수가 버럭 호통을 내질렀다.

"우리는 역도들을 제압하고 왕을 뵈러 가는 길이다! 당장 문을 열지 못할까?"

안에서 잠시 소란이 이는 것 같더니 문이 열렸다. 지녹연 등이 곧장 밀고 들어오자 금위들은 지녹연, 권수, 고석 등의 세 거물과 그 뒤를 따르는 군사들의 기세에 겁에 질려 말 한마디 못하고 물러섰다. 물러서지 않는 자는 딱 한 명, 금위들의 책임자로 보이는 자였다.

"밖에 역도들이 있었습니까?"

그자가 물어왔다. 지녹연은 눈살을 찌푸렸다.

"넌 뭐냐?"

"오늘 승평문 숙위를 맡은 금위 산원 최봉심이라고 합니다."

그는 봉심이었다. 김신 등이 황성을 빠져나가는 것을 확인하고 재빨리 숙위청으로 돌아온 것이었다.

"술 마셨느냐? 어찌 얼굴이 그리 상기되어 있느냐?"

지녹연이 날카롭게 봉심을 쏘아보았다. 봉심은 고개를 숙였다.

"술은 마시지 않았습니다. 역도들 얘기에 놀라서 그런가 봅니다."

"쓸모없는 놈 같으니라구. 궁성을 지키는 숙위가 간담이 그래서야……. 왕의 그놈은 어디 있느냐?"

"왕 낭장께선 낮에만 계십니다."

"낭장 주제에 게으름이나 피우는 돼지 같은 놈. 그놈도 운이 좋구나."

지녹연은 봉심을 다시 한 번 훑어보더니 위압적으로 말했다.

"다시 문을 걸고 별도의 명령이 있기 전엔 문을 열어주지 말 것이며, 밖으로 나가는 자 또한 단 한 명도 없게 하라. 어길 시엔 네놈의 목을 치겠다."

"명심하겠습니다."

봉심은 허리를 깊숙이 꺾었다. 그사이 지녹연 등은 요란한 발소리를 내며 연경궁을 향해 걸어갔다. 봉심은 그들을 불러 세웠다.

"잠시만 기다려 주십시오."

지녹연 등이 걸음을 멈추고 돌아보았다. 봉심은 지녹연에게 다가갔다.

"왕께서 계신 곳입니다. 사태가 급한 듯하여 문을 열게 하긴 했으나 더 이상은 곤란합니다. 제가 먼저 내시부에 알리겠습니다. 여기서 기다려 주십시오."

금위들의 눈이 커졌다.

고석이 거칠게 검을 뽑았다.

"이놈이 새삼스럽게 뭐라고 지껄이는 것이냐? 한시가 급하거늘, 목이 떨어지고 싶으냐?"

봉심은 눈 하나 깜빡이지 않았다.

"역도란 어려운 것입니다. 궁문을 지키는 입장에선 말만 듣고 저쪽이 역도고 이쪽이 진압군이구나 하고 믿을 수는 없는 것입니다."

"이놈이 그래도?"

고석이 봉심을 향해 검을 쳐들었다. 봉심은 고석을 노려보았다.

"이러시면 금위는 여러분들을 역도의 무리로 취급할 수밖에 없습니다."

"네놈부터 죽이겠다!"

고석이 폭발하는데 지녹연이 막았다. 지녹연은 봉심을 놀란 듯한 눈으로 보며 어이없어했다.

"네놈 말이 틀리지는 않다만 이제 봤더니 실로 간담이 큰 놈이었구나. 이름이 뭐라고?"

"최봉심입니다."

지녹연이 버럭 고함쳤다.

"잘난 최가 놈아, 당장 가서 내시지후 김찬과 안보린을 깨워 와라! 조금이라도 늦으면 내가 네놈의 목을 치겠다!"

그때 연경궁 쪽에서 흰 그림자들이 나타났다. 늙은 내시 한 명과 건장하고 젊은 내시들이었다.

"거기 동지추밀원사시오?"

늙은 내시가 물었다. 지녹연과 권수, 고석 등이 봉심을 잡아먹을 듯이 노려보더니 내시들을 향해 걸어갔다. 지녹연이 가면서 소리쳤다.

"척준경의 아우 척준신과 그 부하들을 잡았소이다! 척준경의 아들 척순과 박승중의 아들 박심조, 그리고 그 뒤를 봐주는 내시지후 김정분부터 끌어내시오."

내시들이 권수와 고석 등을 안내하며 연경궁 옆에 딸린 내시부로 몰려갔다. 지녹연과 늙은 내시는 연경궁을 돌아 건덕전을 향했다. '왕께선 주무시고 계시오?'라고 묻는 지녹연의 목소리가 어둠을 타고 들려왔다.

봉심은 겁에 질린 채 눈만 멀뚱거리고 있는 금위들을 둘러보았다. 착한 녀석들이었다. 잠시 친구 만나고 오겠다고 해놓고 늦게야 돌아온 상직을 위해 두말없이 문을 열어준 금위들이 새삼 고마웠다.

"별일없을 것이다. 우리는 문만 잘 지키면 되니 걱정 말고 제자리를 지켜라."

그제야 금위들은 봉심을 새롭게 바라보았다. 흡사 길을 잃었다가 부모를 만난 아이들 같은 눈빛들이었다.

"사, 살려주십시오."

내시부에서 누군가가 끌려 나오고 있었다. 그는 대장군 권수 앞에 무릎이 꿇려졌고, 권수의 목소리가 어둠을 타고 흘러왔다.

"살려주기엔 늦었다. 너희를 살려주면 우리가 죽으니 어쩔 수 없구나."

권수 옆의 무장이 칼을 뽑아 그자의 목을 내려쳤다. 구경하던 금위들이 움찔했다.

"황성 밖에 내다 버려라. 시체일망정 역도들과 그의 수족들을 잠시라도 궐 안에 둘 수 없다."

권수의 명령이 떨어졌고, 군병들이 목이 덜렁거리는 시체를 끌고 왔다. 고석의 고함이 뒤따라왔다.

"금위는 문을 열어주어라!"

금위들이 봉심의 눈치를 봤다. 봉심은 고개를 끄덕였다.

"열어라."

금위들이 성문을 열었고, 군병들은 축 늘어진 시체를 질질 끌고 나갔다.

"김정분과 박심조 그놈들은 어디 있느냐? 빨리 찾아라!"

권수의 호통이 들려왔다. 시체가 되어 나간 자는 척준경의 아들 척순인 모양이었다.

봉심은 답답해졌다. 척준경을 잡지 못했는데 그의 아들까지 잡아 죽여서 무엇을 하겠다는 것일까. 봉심은 과연 저들이 하룻밤 사이에 동생과 아들을 잃은 척준경의 분노를 감당할 만한 자들인가 싶었다. 봉심은 척준경을 상대도 해보지 못했다는 사실이 새삼 뼈에 사무쳤다.

봉심은 부서져라 이를 악물고 으스러져라 주먹을 쥐었다.

그 시간 지상은 황성 밖에 있었다. 병부에서 척준신과 그의 부하들이 죽어 나올 때, 이자겸 쪽 사람인 내직기두 학문과 중랑장 지호 등이 부하 군병들을 이끌고 급히 도망치는 데에 함께 섞였다. 정청에 남아 밤일을 하던 각 부의 관료들도 함께 섞였기 때문에 빠져나오기엔 어렵지 않았다.

다만 봉심 일행의 죽음이 없는 건 다행이었어도 척준경이 아닌 척준신인 것은 절망이었다. 과연 지녹연은 함께 일을 도모할 만한 자가 아니었다.

지상은 지녹연 쪽에서 척준신과 척준경 부하들의 시체를 성문 밖으로 내던지는 꼴을 지켜보고 돌아섰다.

내성은 난리통이었다. 이자겸의 수족들이 이자겸을 따르는 재신과 추신, 권신들을 깨워 불러 모으고, 그들과 아랫것들이 분주히 움직이느라 곳곳에 불이 밝혀졌다.

내성에서 외성으로 빠지는 모든 성문은 일제히 활짝 열렸다. 이자겸과 척준경이 힘이 될 만한 모든 것을 다 불러들이고 있었다. 지상은 절망했다. 온몸의 맥이 탁 풀려 나갔다.

35 불타는 궁성

 중흥택이라 이름한 이자겸의 집은 궁성 못지않았다. 틈나는 대로 증축하고 넓혀 규모부터 일단 그랬고, 이자겸 일가와 척준경을 비롯한 재신, 추신, 장군들이 다 모여드니 편전과 궐이 모두 옮겨온 듯했다.
 지녹연 일당이 성문들을 닫아걸기 전에 황급히 빠져나온 중랑장 지호와 내직기두 학문 등이 이자겸 앞에 부복해서 궐내 상황을 소상히 아뢰었다.
 "얼마 전에 상장군 최탁과 오탁, 대장권 권수, 장군 고석 등이 동지추밀원사 지녹연의 집에 몰래 모이는 것을 봤다는 보고가 있습니다. 병부상서 준신과 병부시랑 이호 등을 참살하고 궐을 장악한 건 그들인가 합니다."
 이자겸은 두려움과 분노로 인해 수염을 파르르 떨어댔다. 이자겸의 옆에서 눈을 빛내며 듣고 있는 이지미도 낯빛이 하얗게 질린 건 마찬가지였다.

지독한 냄새 한 덩이가 내전 안으로 들이닥쳤다. 분뇨 냄새였다. 모두 코를 쥐며 눈이 휘둥그레졌다.

"내시 박심조가 국공을 뵙길 청하옵니다."

한쪽에 시립해서 안절부절못하고 있던 재신과 추신들 중 참지정사 박승중의 눈이 유독 커졌다.

"아들아."

똥 무더기를 뒤집어쓴 내시 복장의 사내가 이자겸에 앞에 달려가 넘어지듯 엎드렸다. 박승중의 아들 박심조였다. 박심조는 울부짖었다.

"워낙 사태가 급박하여 뒷간을 통해 빠져나왔습니다. 내시지후 김정분과 척 장군의 아들 순이 그들에게 죽임을 당하는 걸 봤습니다. 그들은 이미 궁성까지 장악하고 왕을 모셨습니다."

중흥택 마당에서 군사들을 정비하던 척준경이 마침 따라 들어오다가 그 소릴 들었다. 쾅 소리와 함께 대전이 흔들렸다. 척준경의 주먹이 내전 기둥에 박혔다. 척준경은 기둥에 주먹을 박고 두 눈을 부릅뜬 채 경련하고 있었다. 모두 겁을 집어먹고 숨소리조차 내는 이가 없었다.

척준경이 이자겸 앞에 섰다.

"국공께선 지녹연과 그 일당의 집에 불을 지르고 가족을 모두 끌어내 참살하십시오. 이 준경은 애들을 데리고 가서 궐을 치겠소."

이자겸이 더듬거렸다.

"그, 그래 주겠나? 그리하게. 나도 그리하겠네."

준경은 곧바로 돌아 나갔다. 이자겸은 자리에서 일어섰다.

"심조를 데리고 가 씻기고 좋은 옷을 입혀주어라."

아랫것들이 몇 달려와 박심조를 일으켜 세워 데리고 나갔고, 박승중이 따라 나갔다. 이자겸의 눈이 이지미를 향했다.

"너는 사람들을 끌고 가 준경이 말한 대로 궐내 역도들의 집을 모조리 불사르되 사정을 두지 마라."

이지미는 이자겸에게 허리를 숙여 보이고 중랑장 지호와 함께 내전을 빠져나갔다. 모두 두려움에 가득 차서 이자겸을 보았으나 말리는 자는 아무도 없었다.

이자겸은 버티고 서서 지그시 이를 갈았다.

"역도는 우리가 아니라 궐내의 그자들이다."

준경은 최식, 이후진, 윤한 등 오래도록 함께해 온 용맹한 부하들과 보군 수십 명을 데리고 주작문으로 말을 달렸다. 황성의 주작문은 굳게 닫혀 있었다.

"스스로 문을 열어서 들게 하라! 강제로 들게 한다면 그 안에 목숨을 부지할 자 아무도 없을 것이다!"

준경의 목소리가 주작문 일대를 쩌렁쩌렁하게 울렸다. 어둠 속에 잠긴 주작문과 그 너머는 쥐 죽은 듯 고요했다. 척준경이 녹사 윤한을 쳐다봤다.

"넘어라."

윤한이 말에서 내렸고, 보군들이 성벽에 기대며 사람의 탑을 쌓았다. 성벽의 가운데쯤까지 보군들이 서로가 서로를 올라탔을 때, 윤한이 훌쩍 뛰어서 보군들의 등과 어깨를 밟고 차며 오르더니 마지막에 크게 솟구쳐서 성벽 위에 닿았다.

준경이 손을 옆으로 내밀자 이후진이 도끼를 준경의 손에 쥐어주었다. 준경은 윤한을 향해 도끼를 던졌다. 도끼가 어둠과 공기를 가르며 성벽 위의 윤한을 향해 날아갔다. 윤한은 도끼를 한 손으로 받고는 아래로 사라졌다.

곧 주작문 안쪽에서 쾅 하는 소리가 나더니 성문이 움직였다. 도끼로 자물쇠를 부순 윤한이 성문을 열어젖혔고, 준경 등은 밀고 들어갔다.

황성 안은 일견 아무도 없는 듯 고요했다. 각 부의 행각채와 정청들만 어둠 속에 우두커니 웅크리고 있었다. 준경이 고함쳤다.

"나와라!"

잠시 잠잠하더니 곧 검은 그림자들이 행각채와 대전들 사이로 나타났다. 적지 않은 머릿수였다.

윤한의 손에서 도끼가 날았다. 도끼는 어둠을 날아 그림자들의 한 지점에 퍽 소리를 내며 박혔다. 그림자들이 크게 흔들렸다. 도끼가 이마에 박힌 그림자는 말에 타고 있었는데, 곧 옆으로 기울어지더니 땅에 떨어져 처박혔다. 그림자들이 크게 술렁이고 떨어댔다.

준경은 말을 천천히 몰아 앞으로 나아갔다.

"내 뒤에 서는 자들은 살 것이고 내 앞에 서는 자들은 모두 죽을 것이다!"

그림자들이 뒷걸음질을 쳤다. 그때 그림자들의 한쪽에 불이 밝혀지더니 수염이 무성한 장군이 말에 올라 칼을 빼 들고 고함을 쳤다.

"눈을 똑바로 떠라! 저들은 수십 명에 불과하다! 역신의 개들을 쳐라!"

그는 황성을 맡은 상장군 오탁이었다.

준경이 오탁의 말이 채 끝나기도 전에 그를 향해 급박하게 말을 내몰았다. 최식, 이후진, 윤한 등이 곧바로 척준경을 따라붙어 뒤를 받쳤다. 오탁이 당황한 듯 뒤로 빠졌고, 그 주위의 무장들이 칼을 뽑으며 분분히 막아 나왔다.

준경의 등에서 판자대기 같은 험상궂은 칼이 뽑히면서 이빨을 번득였다. 무기의 기세에서부터 질릴 판이었다. 준경의 칼이 앞에서 거치적거리는 것들은 일거에 쓸어버리겠다는 듯 크게 빛살을 떨쳤다. 막아오던 무장 중 두 명이 순식간에 피를 뿌리며 말에서 떨어져 나뒹굴었다. 준경은 그들을 갈라 오탁을 쫓았고, 뒤를 받쳐 오던 최식 등이 그들을 상대했다.

"오탁아, 한 나라의 장군이 겨뤄보기도 전에 등을 보이고 달아나느냐?"

준경이 쫓아가며 고함치자 오탁이 말 머리를 잡아 돌렸다.

"네놈 눈엔 이게 달아나는 걸로 보이느냐?"

오탁이 호통 치며 장군검을 뽑았다. 그러나 채 다 뽑기도 전에 준경의 칼날이 오탁의 목에 떨어졌다. 오탁은 말에서부터 땅으로 곤두박질쳤고 목은 저만치 날아가 바닥을 굴렀다. 군병들이 굴러오는 오탁의 수급을 밟지 않으려는 듯 급급히 물러섰다.

최식과 윤한 등도 이미 오탁의 측근 무장들을 제압하고 있었다. 준경이 사방을 둘러보며 고함쳤다.

"당당하게 죽을 기회를 주겠다! 누가 나서보겠느냐?"

황성의 군사들은 일제히 무기를 내려놓고 무릎을 꿇었다.

척준경은 다시 모두를 일어서게 하고 곧장 궁성을 향했다. 곧 황성의 모든 병력이 척준경의 지휘와 명령을 따라 사방으로 궁성을 에워쌌다.

뭔가가 무더기로 떨어지는 듯한 소리가 사방에서 들려왔다. 봉심은 승평문 숙위청에서 그 소릴 들었다. 봉심은 숙위청을 나왔다.

궁성의 성벽이 흔들리고 땅이 흔들리고 있었다. 우레가 땅을 치는 듯한 소리는 성벽을 두르며 그 너머에서 들려왔다. 군사들이 일제히 동시에 발로 땅을 굴러대는 소리였다. 금위들은 잔뜩 겁에 질려 있었다.

연경궁 내 건덕전에 불이 밝혀졌다. 왕께서 중광전 침소에서 건덕전 편전으로 나오신 모양이었다. 내시들이 달려나와 연경궁과 건덕전 앞을 쫘악 둘러섰다. 상장군 최탁과 대장군 권수, 장군 고석의 군사들이 건덕전 앞으로 모여들고 있었다.

봉심은 숙위청에서 대기 중인 금위들을 모두 밖으로 나오게 해서 승평문 일대에 세웠다. 그리고 개중 발 빠르게 생긴 놈을 몇 불러내 동화문과 서천문 쪽의 상황을 보고 오게 했다.

동화문 쪽으로 갔던 놈이 가장 먼저 돌아왔다. 금위 몇을 더 달고서였다. 그중에 무관으로 보이는 금위가 봉심에게 다가왔다. 척 보기에도 고위급 무관이라 봉심이 앞으로 나서서 예를 취하며 맞았다.

"왕 낭장은 어디 있는가? 오늘은 원래 그가 승평문 숙번이 아니었나?"

그는 금위장군 송행충이었다. 지녹연 쪽의 전갈을 받고 급히 궁성에 든 것이었다.

"오늘 승평문을 저보고 지키라 했습니다."

송행충은 봉심을 살피더니 물었다.

"금위 지휘관 중에 내가 모르는 얼굴이 다 있구나. 어찌 된 것이냐?"

봉심은 얼굴이 뜨거워졌으나 눈앞의 장군이 오히려 뒷돈을 댄 줄과 무관한 사람이라는 것에 안도했다.

"부끄럽습니다. 처조부의 돈으로 자리를 샀습니다."

송행충이 눈을 부릅뜨더니 칼을 뽑았다.

"이놈이, 이 판국에 그걸 자랑이라고 씨불대는 것이냐?"

승평문 금위 중 하나가 봉심의 뒤에 서며 급히 말했다.

"비록 그랬다 하나 최 산원께선 이미 저희를 감복시킨 바 있습니다. 그가 왕 낭장과 같은 족속이었다면 벌써 문을 열어 척준경을 안으로 들이지 않았겠습니까? 저희는 오히려 최 산원이 오늘 승평문을 지키게 된 게 하늘의 도우심인 줄 알고 있습니다."

송행충이 주춤거렸다.

다른 금위도 나서며 봉심을 편들었다.

"동지추밀원사와 상장군, 대장군들이 문을 들어설 때도 반드시 확인하여 들였습니다. 저희는 이미 그를 틀림없는 훌륭한 금위 산원으로 대하고 그렇게 따르고 있습니다."

송행충이 칼을 쳐든 채 봉심에게 물었다.

"사실이냐?"

"떳떳하지 못하게 얻은 관직이기에 오히려 목숨을 바쳐 충성할 기회가 온 것을 감사하고 광영되게 여기고 있습니다."

송행충이 호랑이 같은 눈알을 굴려 봉심을 한 번 더 살피더니 칼을 내렸다.

"부지런히 궁성의 각 성문과 연락을 끊지 말고 방비를 더욱 긴밀히 하도록 하라. 승평문이 열리면 네놈과 네놈의 일가친척 모두 참살을 면치 못할 것이다."

송행충은 위압적으로 말하고 서천문 쪽으로 금위들을 이끌고 사라져 갔다. 궁성의 성문을 모두 둘러볼 모양이었다.

봉심은 변호해 준 금위를 돌아보았다.

"고맙구나."

"오히려 저희가 감사합니다. 장군들이 칼을 빼 들어도 눈 하나 깜빡하지 않고 밖이 저리 위중한데도 두려운 기색이라곤 없는 대장 덕분에 얼마나 안심이 되는지 모릅니다."

금위들 모두가 동의하는 눈빛으로 봉심만을 바라보고 있었다.

언뜻 건덕전 쪽에서 흘러오는 빛에 변화가 있는 듯해서 봉심은 그쪽을 돌아봤다. 건덕전의 문이 열리고 왕이 나서고 있었다. 봉심은 건덕전 쪽을 향해 소리 나게 무릎을 꿇었다. 금위들도 놀라서 모두 무릎을 꿇었다.

왕은 지녹연, 권수 등의 장군들과 내시들의 호위를 받으며 건덕전의 앞뜰을 가로지르며 동쪽을 향했다. 어디를 가는 것인지 알 수 없었다. 장군들과 내시들은 멀리서 보기에도 두려움에 짓눌린 듯했고, 왕은 그들에 의해 떠밀려가는 듯했다.

봉심은 가슴이 저리고 먹먹해졌다. 아직 소년의 나이에 불과한 왕이다. 다 된 것처럼 호기를 부리다가 궁성의 사방이 포위되자 금방 꼬리 내린 개처럼 겁을 집어먹고 왕을 앞세우는 자들에겐 터질 듯한 분노가 치밀었다.

왕의 모습은 곧 선경전에 가려 보이지 않았다. 봉심은 일어섰다.

"왕께서 동쪽으로 가셨다고 동화문에 알려라."

금위 몇이 일어나 성벽을 따라 동쪽으로 뛰었다.

봉심은 왕의 근처에 갈 수 없는 처지를 탄식했다. 이토록 빠른 상황의 역전은 저쪽에 척준경이 살아 있기에 가능한 것이었다. 척준경을 죽이지 못한 것이 다시 한이 되었다.

이자겸에겐 척준경이 있지만 이쪽엔 누가 있는가. 이제 누가 왕을 지켜줄 수 있을지 봉심도 알 수 없었다.

동화문으로 갔던 금위들이 숫자를 조금 더 불려서 달려왔다. 따라온 금위들은 봉심을 지나쳐 서천문 쪽으로 달려갔다.

동화문을 갔다 온 금위들이 숨 돌릴 틈도 없이 보고했다.

"왕께서 신봉문으로 가셨습니다. 밖을 보실 모양입니다."

신봉문은 아랫문과 윗문이 붙은 다락 같은 성문이었다. 아랫문은 축대가 놓여 여러 갈래로 드나들게 되어 있었고, 윗문은 축대 위에 올라서서 밖을 내다볼 수 있게 된 구조였다. 궁성의 가장 큰 문이었지만 쉽게 열리지 않왔고 기둥이 많아 한꺼번에 많은 인원이 출입할 수 없었다. 곧 왕께서 직접 드나드실 때에만 열리는 권위와 위엄의 상징이 곧 신봉문이었다.

봉심은 신봉문으로 달려가고 싶어 목이 탔다.

송행충이 서천문 쪽으로부터 금위들을 달고 달려왔다. 제법 많은 숫자였다. 서천문을 지키던 금위들의 상당수가 함께한 모양이었다.

"저들이 왕께서 계신 궁성의 문은 감히 함부로 열지 못할 것이다. 몇 놈만 지키게 하고 모두 끌고 따라오게."

송행충이 달음질을 멈추지 않고 봉심을 지나치며 명령했다. 봉심에겐 더할 수 없이 반가운 명령이었다. 봉심은 원래 문을 지키던 금위들만 남겨두고 대기 중이던 금위들을 끌고 송행충의 뒤를 따랐다.

신봉문에 이르니 왕은 윗문에 서 있었다. 송행충은 아래에 늘어선 지녹연과 고석의 군사들 근처에 이르러 손을 들었다. 봉심과 금위들은 멈춰 섰다.

대장군 권수와 내시들이 왕의 옆에 늘어섰고, 아래로부터 거대한 황산을 받아 끌어올렸다. 밖에선 발을 굴러대는 소리가 여전했다. 밤새도록 저럴 모양이었다.

"열어라."

왕의 목소리는 크지 않았지만 발 굴러대는 소리에 묻히지 않고 분명했다.

"망극하옵니다."

권수가 읍을 하고 신봉문의 윗문을 열었다. 가까운 곳의 발소리가 멎었다. 왕은 윗문의 한가운데에서 밖을 내다보고 섰다. 내시들이 거대한 황산을 왕의 위에 펼쳤다. 급격하게 발소리가 멎어갔다.

조금 전까지 발을 굴러대던 소리와는 다른 소리들이 연달았다. 밖의 군사들과 군병들이 일제히 무릎을 꿇는 모양이었다.

왕이 밖을 내다보며 말했다.

"너희들은 어찌 무기를 지니고 여기까지 와서 소란을 피우는가?"

밖에서 누군가가 대답했다.

"역도의 무리가 궁성에 들었다는 소식을 들었으니 사직을 호위하려 함이옵니다. 통촉하시옵소서."

지녹연이 탄식했으나 거기엔 이미 어떤 힘도 없었다.

"그런 일은 없으며, 너희들도 보다시피 짐은 아무 탈이 없으니 모두 갑옷을 벗고 해산하도록 하여라."

비록 수많은 군사의 위협을 눈앞에 뒀을망정 왕은 위엄을 잃지 않았다.

"오늘 밤의 일은 묻지 않겠으며, 오히려 너희들의 충정을 헤아려 날이 밝는 대로 모두에게 은전을 하사토록 하겠노라."

"망극하옵니다!"

군사들이 일제히 복창하며 머리를 땅에 찧는 소리가 밤하늘을 떨어 울렸다.

왕이 돌아보았다.

"뭣들 하느냐? 시어사와 기거사인은 나가서 무기를 거두고 군사를 해산시키도록 하라."

시어사 이중과 기거사인 호종단이 굳은 얼굴로 지녹연 앞으로 나섰다. 뒤를 따르는 자들이 없었다. 이중이 지녹연을 돌아보고 볼멘소리를 했다.

"뭐 하십니까? 무기를 거둘 군사들을 딸려주십시오."

지녹연이 주춤하더니 군사들에게 이중의 뒤를 따를 것을 지시했다. 왕이 그 꼴을 내려다보고는 밤하늘을 올려다보며 탄식했다. 권수가 윗문을 닫아걸었고, 내시들은 황산을 접어 거두었다.

아랫문을 지키고 섰던 금위들이 문을 열었다. 호종단과 이중이 군사들을 데리고 신봉문 밖을 나갔다. 호종단의 큰 목소리가 들렸다.

"왕명대로 행하라! 모두 갑옷을 벗어 무기와 함께 그 자리에 내려놓고 물러서라!"

호종단의 말이 끝나기도 전에 거친 말발굽 소리가 달려왔다. 뒤이어 우렁찬 목소리가 쩌렁쩌렁했다.

"너희들이 지금 누구의 명으로 나라의 군사이길 포기하는가? 당장 무기를 집고 일어서지 못하겠느냐?"

척준경의 목소리였다. 봉심은 밖을 향해 뛰쳐나가고 싶은 충동에 등골이 당겼다. 그러나 그때 신봉문의 아랫문이 왈칵 젖혀지더니 이중과 호종단이 따라 나갔던 군사들과 함께 얼굴이 새하얗게 질려서 허겁지겁 안으로 밀고 들어왔다.

"어, 어서 문을······!"

금위들이 문을 걸어 잠갔다. 밖에서 척준경의 성난 고함이 들려왔다.

"궁수들을 모두 이쪽으로 모아라!"

왕을 비롯한 신봉문 안의 모두가 충격으로 흔들렸다.

"마마, 피하셔야 합니다."

내시들이 왕을 에워싸며 서둘러 축대를 내려왔다. 지녹연과 권수, 고석이 급급히 군사들을 부려 왕의 뒤를 지키면서 뒤를 따랐다.

송행충이 바닥에 무릎을 꿇으며 피를 토하듯 외쳤다.

"어서 안으로 드시옵소서! 모든 궁문은 저희 금위들이 목숨을 걸고 지키겠나이다!"

송행충의 외침이 끝나자마자 '쏴라' 하는 고함과 함께 밤공기를 찢는 무수한 소리가 성벽을 넘어왔다. 그 소리는 곧 화살이 되어 신봉문 안쪽으로 비 오듯 쏟아졌다.

"왕을 지켜라!"

누군가의 고함이 터졌고, 다급한 호흡과 비명이 뒤따랐다. 왕이 엎드렸고, 내시들이 그 위를 몸으로 덮었다. 몇 명의 내시가 등에 화살이 꽂혀 나뒹굴었다. 화살은 왕의 앞쪽에도 떨어졌다. 성문과 성벽 쪽에 가까운 금위들은 오히려 화살세례에서 안전했다.

"이쪽으로……!"

장군 고석이 도망치듯 왕과 내시들을 회경전 쪽으로 인도했다. 지녹연은 벌써 회경전 처마 아래에서 화살을 피하고 있었다. 다행히 화살은 더 날아오지 않았다. 내시들과 장군들이 방패를 두르듯 왕을 호위하고 회경전으로 옮겨갔다.

선봉문이 쾅쾅 소리와 함께 흔들렸다. 봉심은 더 못 견디고 선봉문의 축대 위로 뛰어올랐다. 몇 명의 금위가 뒤를 따랐다.

송행충이 아래서 소리쳤다.

"무엇을 하려는가?"

"문을 부수려는 것 같습니다! 문에 달라붙은 자들을 처리해야 하지 않겠습니까?"

"문을 열 수는 없다! 열어서도 안 돼! 어떻게 처리하겠다는 것인가?"

"창을 주십시오. 많을수록 좋습니다."

송행충이 금위들에게 명령해서 봉심에게 창을 올렸다. 봉심은 뒤따라 올라온 금위들에게 낮은 목소리로 말하면서 창을 잡아 들었다.

"문을 잠깐 열어라."

금위들이 떨면서 윗문을 조금 밀었다. 봉심은 고개를 내밀어 아래를 보았다. 억세게 생긴 놈들이 도끼로 신봉문의 기둥과 문짝을 사정없이 찍어대고 있었다. 봉심은 그중 가장 열성적으로 도끼질을 해대는 놈을 향해 창을 쏘아 던졌다. 창이 그놈의 어깻죽지와 가슴팍을 관통했다.

도끼질을 해대던 놈들이 놀라서 위를 올려다보았고, 그중 한 놈이 봉심을 향해 도끼를 내던졌다. 봉심은 즉각 창을 집어 그놈을 향해 창을 내쏘았다. 도끼가 얼굴 옆을 스치고 지나갔고, 그놈은 봉심이 던진 창에 머리통이 관통당해 나자빠졌다. 도부수들이 도망쳤다. 봉심은 창을 한 대 더 내던지고 낮게 고함쳤다.

"닫아걸어라!"

금위들이 양쪽에서 재빨리 문을 잡아당겨 걸어 잠갔다. 문이 닫히는 순간 도망치던 놈 중의 하나가 꼬치처럼 창에 등판이 꿰뚫리는 모습이 보였다. 봉심의 얼굴을 스치고 날았던 도끼가 그제야 회경전 처마를 때리고 아래로 떨어졌다. 금위들이 도끼가 떨어진 곳과 봉심의 얼굴을 번갈아 쳐다보았다. 놀란 아이들처럼 눈이 동그래져 있었다.

"왕의 대신 자네가 승평문을 지키게 됐던 건 진정 하늘의 도우심이었군."

아래에서 송행충이 말했다. 상황에 맞지 않는 칭찬이었으므로 봉심은 못 들은 척했다.

척준경의 광기에 가득 찬 고함이 들려왔다.

"장작이 될 만한 것들을 모두 모아와라!"

송행충과 금위들이 흔들렸다. 송행충이 탄식하며 부르짖었다.

"준경이 미쳤구나."

봉심은 온몸에 힘이 빠졌다. 이유가 어떻고 사정이 어떻든 간에 동생과 아들을 연달아 잃는다면 미치지 않을 자 누가 있겠는가 싶었다. 상황에 맞지 않게도 봉심은 집 생각이 났다. 문하성에 남아 상황을 지켜보겠다던 지상도 어찌 되었을까 걱정되었다.

나무들이 서로 부딪치는 소리가 쌓이고 있었다. 장작을 모아 쌓는 게 틀림없었다. 곧 타는 냄새가 문틈을 기어들어 오는가 싶더니 신봉문에 불이 붙었다. 송행충과 금위들이 뒷걸음질을 쳤다. 일단 불이 붙자 거세게 타오르기 시작했다. 봉심은 그냥 축대에 걸터앉아 있었다.

불길은 어둠 저편에서도 솟구치고 있었다. 궁성 사대문에 모두 불을 놓은 모양이었다. 불붙은 장작이 성벽을 넘고 날았다. 궁성의 전각과 대전들에도 불이 붙었다. 잠깐 만에 궁성은 거대한 불길에 휩싸였다. 불타는 문을 부수고 군사들이 밀고 들어왔다. 봉심은 눈을 감아버렸다.

36 운명

 명경은 봉심의 처 향이와 함께 자다가 꿈자리가 뒤숭숭해 일어났다. 향이와 두 딸은 옆에서 잘 자고 있었다. 그러나 명경은 더 잠이 오지 않았다.
 조용히 마당으로 나온 명경은 북편 밤하늘이 벌겋게 달아오른 것을 보았다. 명경은 놀라서 봉심의 집을 나왔다.
 내성 성벽 너머로 거대한 불기둥이 솟구치는 게 보였다. 황성과 궁성 쪽이었다. 명경은 겁에 질려 집을 향했다.
 오 주사는 사랑채 건넌방에서 술에 곯아떨어져 있었다. 문을 열자마자 방 안 가득 찼던 술 냄새가 훅 끼쳐 와 명경을 더욱 불안하게 만들었다. 오 주사는 자주 술을 마시진 않았지만 한 번 마시면 목숨을 건 것처럼 마시는 사람이었다. 명경은 방에 들어가 오 주사가 숨을 잘 쉬고 있나 확인하고는 한숨을 내쉬고 안채에 들었다. 지상은 안방에서 쥐 죽은 듯이 자고 있었다.

지상도 잘 들어와 자고 있는 것을 확인한 명경은 비로소 안심하고 지상의 옆에 누우려다가 놀랐다. 지상의 얼굴에 식은땀이 가득했다. 살펴보니 온몸이 땀에 젖어 있었다. 그러나 몸은 식어가는 시체처럼 차디찼다.

명경은 부엌으로 가 물을 데워와 무명천에 적셔 짠 것으로 지상의 얼굴과 몸을 닦았다. 어느 정도 닦아내고는 팔다리를 주물렀다. 식은땀이 다시 배어 나왔다. 명경은 행랑채로 가서 여종들을 깨워 가마솥에 물을 데우게 하고 물이 데워지는 대로 안방에 들이라 했다.

다시 안방에 들던 명경은 소스라쳤다. 지상의 머리맡에 누군가가 앉아 있었다. 그러나 다시 보니 아니었다. 잠시 헛것이 보인 것 같았다. 명경은 지상의 옆에 앉아 팔다리를 주물렀다. 그런 중에 자꾸만 이상한 느낌이 몸을 서늘하게 했다. 방 안에 다른 누군가가 있는 듯한 느낌이었다.

혹시 혼이 몸 밖으로 빠져나간 것일까. 명경은 겁이 덜컥 나서 지상의 호흡을 살폈다. 호흡은 있었다. 하지만 무서울 정도로 미약했다. 방 안의 공기가 움직인 듯했다. 명경은 돌아보았다.

"누구 있어요?"

침침한 어둠뿐이었다. 명경은 자기도 모르게 울먹였다.

"도와주세요."

명경은 뭔가가 확 덮쳐드는 느낌을 받았다. 익숙했다. 지상을 데리러 나갔던 한밤의 대동강 강둑에 다시 선 듯했다. 이상한 힘이 몸에 뻗쳤다. 명경은 왼손 손바닥이 지상의 이마에, 오른손 손바닥이 지상의 가슴에 끌리듯이 가서 달라붙는 것에 당황했다. 온몸이 따뜻한 기운으로 가득 찼다. 따뜻했으나 뜨겁지 않았고, 위로 솟구치지 않고 골고루 퍼지며 아래로 편안하게 가라앉았다. 다만 정수리를 뭔가가 내리누르는 압박감에 멍했다. 그런가 싶더니 정수리에 구멍이 나는 것 같았다. 구멍은 소용돌이를 그리며 넓이를 넓히는 듯했고, 시원하고 청량한 물줄기가 정수리로 쏟아져 들어오듯 했다. 고통은 없었다. 정수리로 쏟아져 들어온 물줄기는 따뜻한 기운과 어울리며 몸을 돌아 두 팔을 타고 손바닥으로 내달렸다.

뭔 일인가 싶었다. 무슨 이런 괴상한 일이 다른 곳도 아닌 몸속에서 일어나는가 싶었다. 그러나 명경은 알 수 없는 힘과 기운이 이끄는 대로 지상의 이마와 가슴에 손바닥을 댄 채 꼼짝도 하지 못했다. 따뜻한 기운은 손바닥을 타고 흘러 지상의 몸으로 스며들었고, 서늘하고 찬 기운이 거꾸로 타고 들어왔다. 그래 봤자 서늘하고 찬 기운은 팔뚝을 넘지 못하고 따뜻한 기운에 녹아 흔적도 없이 사라졌다.

나쁜 기분은 아니었다. 몸이 점점 편안해졌다. 편안하다 못해 나른해질 지경이었다. 명경은 눈을 감았다.

명경은 퍼뜩 눈을 떴다. 지상이 앉아서 내려다보고 있었다. 어느새 지상은 일어나 앉아 있었고 자신은 누워 있었다. 언제 누워서 잠들었는지 기억이 나지 않았다.

지상은 궐에 가보려는지 의관을 갖추고 있었다. 명경이 몸을 일으키려 하자 지상이 어깨를 지그시 잡아 눌렀다.

"더 누워 계시오."

밖은 밝아 있었다. 창호문 안으로 밝은 햇살이 비쳐 들고 있었다.

"어떻게 된 거예요?"

명경이 묻자 지상은 대수롭지 않게 말했다.

"보는 대로요. 당신은 누워 있고 나는 앉아 있고. 여긴 우리 집 안방이오."

"당신… 귀신 달고 다녀요?"

명경은 왜 그런 질문을 했는지 스스로 놀랐으나 이미 말은 입 밖으로 나와 지상의 귀로 흘러들어 가버린 뒤였다. 지상은 명경을 가만히 쳐다보더니 이내 웃었다.

"귀신은 누구나 달고 다니는 거요. 그걸 보느냐 못 보느냐, 아느냐 모르느냐인데 그 차이 또한 별로 중요한 건 아니오. 귀신은 귀신일 뿐이고 사람은 어디까지나 사람이오."

"무슨 얘기가 그래요? 당신에게 붙어 다니는 귀신은 아무래도 보통 귀신이 아닌 것 같아요."

지상은 잠시 밝은 문 쪽을 보더니 침묵을 지켰다. 명경은 그런 지상의 옆얼굴을 빤히 보다가 몸을 일으켰다.

"그냥 해본 소리예요. 몸은 어때요? 새벽에 많이 아팠던 거 기억나요?"

지상이 명경을 쳐다봤다.

"눈을 뜰 수 없었고 몸에 힘이 하나도 없었는데 당신이 애쓰는 건 느꼈소. 나를 낫게 한 건 당신이오. 나는 분명히 알 수 있소."

"그게 아녀요. 이상했어요. 누가 날 잡아서 움직이는 것 같았어요."

지상은 빙그레 미소 지었다.

"결국 당신 속에 있던 원래의 기운과 마음이 움직인 거요. 중요한 건 그거요."

명경은 무슨 소린지 알아듣기 힘들었지만 그쯤 하기로 했다. 평생 함께 할 남자이니 물어보고 캐볼 시간은 충분했다.

"정말 괜찮아요?"

지상은 더 말하지 않고 미소만 지으면서 명경의 얼굴 앞을 흘러내린 머리카락을 가지런히 다듬어주었다. 명경은 간지럽고 부드러운 느낌에 눈을 감았다.

밖에서 헛기침이 들렸다. 오 주사였다. 지상이 일어나 문을 열고 오 주사를 들게 했다. 오 주사 역시 의관을 갖추고 있었는데 들어오지 않고 마루를 더듬거리더니 걸터앉았다. 어디 가서 뒤통수를 한 대 얻어맞고 온 듯한 얼굴이었다.

"경이만 자고 있어 어찌 된 건가 했네. 언제 들어온 건가?"

"어제 술을 많이 자셨던 모양입니다. 제가 들어올 때 주무시고 계시더군요."

"그 옷은 뭔가? 그럼 들어와서 자고 아침에 궐에 다녀온 길인가?"

"제가 먼저 나가고 장인어른과 길이 엇갈렸는가 봅니다. 궐까지 다녀오신 겁니까?"

명경은 그제야 불길에 휩싸였던 황성과 궁성의 모습이 떠올랐다. 지상과 오 주사 둘 다 입궐하려다가 돌아온 모양이다. 궐이 불타 버린 건 틀림없는 것 같았다.

"지금 몇 시죠? 내가 얼마나 잔 거예요?"

"점심때가 지났소. 때때로 해가 중천에 뜨는지도 모르고 자는 것도 나쁘지 않소."

명경은 몽롱해졌다. 뭔가에 홀린 기분이었다.

"자네도 소식 다 보고 들었겠군."

오 주사는 말하면서 지상을 의심하듯 살폈다. 지상이 모른 척하자 오 주사는 더 참지 못하겠다는 듯 물었다.

"어젯밤의 일과 자넨 아무 상관 없는 건가?"

지상은 일어섰다. 명경이 놀란 얼굴로 오 주사에게 물었다.

"무슨 말씀이세요, 아버지? 이 사람이 궁궐이 불탄 것과 상관이 있다는 거예요? 이 사람은 궁궐이 불타던 그 시간에 집에서 앓고 있었어요. 그래서 내가 밤새도록 주물러 줬다고요."

오 주사는 그제야 당황하며 손을 내저었다.

"누가 뭐라느냐. 혹시나 걱정되어서 물어본 것일 뿐이다. 워낙 큰일이 터져서……."

"무슨 일이 생긴 건데요? 도대체 지난밤에 무슨 일이 생긴 거죠?"

오 주사는 공연히 딸 앞에서 말을 꺼냈다는 듯 자책의 신음을 삼켰다. 지상은 마루로 나갔다. 그리고 신발을 신으며 명경을 돌아보고 말했다.

"이자겸과 척준경을 잡으려는 움직임이 있었는데 실패한 모양이오. 그래서 궁궐이 불탄 거요. 당분간 뒷마무리가 시끄러울 것 같으니 될 수 있으면 문밖출입은 하지 않는 게 좋을 거요."

"그런 일이……."

명경은 어떤 불길한 예감에 와락 겁에 질렸다.

"설마 당신이 그 일에 가담한 건 아니겠죠?"

지상은 미소 지었다.

"그럼 내가 집에 있었겠소?"

지상은 간단하게 반문하고는 마루에서 일어서서 마당으로 나갔다.

"지난밤에 봉심이 궁성에서 숙위를 봤는데 걱정이 되니 그의 집에 잠시 다녀오겠소."

오 주사가 따라붙었다.

"그랬던가? 나도 함께 가겠네."

지상은 잠시 걸음을 멈추더니 바로 대답했다.

"예, 그게 좋겠습니다."

"집에 가만히 있어라. 밖에 나오면 안 된다. 금방 다녀오마."

오 주사는 명경에게 당부하고 지상과 함께 문을 나섰다.

명경은 불안했다. 지상의 만든 듯한 미소와 그럼 집에 있었겠느냔 반문이 자기를 안심시키려는 의도로만 여겨졌다. 아니라고는 대답을 하지 않은 것이다. 지상의 성향으로 봐서 이자겸과 척준경을 치는 일에 무관하다면 오히려 이상한 일이었다. 지난밤에 아팠던 것도 이미 실패를 알았기 때문으로만 생각되었다.

명경은 당장 척준경과 그 부하들이 대문을 박차고 뛰쳐들 것만 같은 두려움에 사로잡혔다. 명경은 대문을 노려보았다. 죽으면 그만이다. 이자겸과 척준경을 치는 일은 옳다. 옳은 일을 하다가 실패하여 죽임을 당한다면 함께 따라 죽으면 그만이다. 불안과 두려움이 사라졌다. 오색영롱한 실타래가 눈앞에서 줄을 늘였다. 명경은 그 줄을 지상과 자기를 잇는 인연의 줄이자 사랑의 줄로 보았다. 명경은 그 줄을 꼭 쥐었다. 두 손으로 쥐고 가슴으로 쥐었다.

봉심은 집에 있었다. 벽에 기대앉아 넋이 반쯤은 나간 몰골로 방바닥을 내려다보고 있었다.

오 주사가 봉심의 손을 쥐었다.

"이 사람, 천우신조였군. 척준경이 궁성에 불을 지르고 쳐들어가 닥치는 대로 다 잡아 죽였다던데 자네는 어떻게 살아 나온 건가?"

봉심의 얼굴에 실성한 사람 같은 웃음이 흘렀다.

"그랬답니까? 저는 모릅니다. 그놈들이 불을 지르고 쳐들어올 때 함께 섞였다가 재를 몸에 바르고 때를 봐서 집으로 와버렸으니까요. 집 생각이 나서 안 되겠더라니까요. 왕이 어떻게 되든 말든 나하고 무슨 상관이랍니까?"

봉심은 자책하고 자학하고 있었다. 지상은 봉심의 한마디 한마디가 가슴을 찌르는 것을 느꼈다. 봉심과 김신 등의 앞에 척준경을 세워두지 못한 것이 지녹연의 책임일 뿐일까 자문할 수밖에 없었다.

"왕은 아침에 이자겸이 불탄 궁성에 들어 제 집으로 모셔갔다고 하네. 일단 무사하신 거지. 그런데 이자겸이 불탄 궁성 바닥에 엎드려 땅을 치고 대성통곡하면서 왕께 아뢰었다는 말이 명언이더군."

오 주사가 감정이 격해지는지 방바닥을 두들기며 우는소리를 해댔다.

"황후가 궁으로 들어갈 때는 태자가 탄생되기를 원하였고, 탄생하자 신의 집으로 모셔 금이야 옥이야 먹이시고 재우셔서 오래 사시기를 하늘에 기원하지 않은 날이 없었으며, 선왕의 돌연한 병사로 새 왕에 올리고저 하지 않은 일이 없었으니 천지신명이 나의 지성을 알아주실 터인데, 도리어 오늘날 적신과 역신들의 말만을 듣고 골육을 해치고자 하실 줄은 몰랐습니다."

이자겸의 흉내를 내는 모양이었다. 궐내의 중요한 말과 글을 적어 보관하는 습관이 있는 오 주사로선 어려운 일이 아닐 듯도 했다. 오 주사는 한바탕 이자겸의 흉내를 내고는 깊이 탄식했다.

"왕께선 아무 대꾸도 못하시고 부끄러워 고개를 숙이고 이자겸을 따랐다 하니 이런 경우가 또 어디 있겠는가. 하늘이 거꾸로 선 게지."

봉심이 천장을 올려다봤다. 봉심의 눈에 눈물이 고이더니 옆으로 흘렀다. 오 주사는 봉심의 눈물을 보고 주춤하더니 지상의 눈치를 봤다.

"먼저 가 계십시오. 저도 곧 뒤따라가겠습니다."

"그래. 아무래도 그게 좋을 것 같군."

오 주사는 봉심을 한 번 더 보고 시무룩해져 일어섰다.

"자네가 지난밤 궁성에 있었다는 얘길 듣고 걱정되어 와본 거네. 무사하니 다행일세."

오 주사는 봉심을 위로하고 방을 나갔다. 봉심을 보자 지상을 의심하던 오 주사의 마음이 어느 정도 풀어진 듯했다.

"미안하네. 척준경 대신 척준신이 있게 한 데에 대해선 변명의 여지가 없네."

지상은 진심으로 봉심에게 사과했다. 봉심은 천장에 눈길을 둔 채 말했다.

"그게 어찌 자네 탓인가. 내게 척준경을 죽일 운이 없었던 것이겠지."

지상은 굳이 더 할 말이 없었다. 그저 자리에 앉아 침묵을 지켰다. 봉심도 더 말하지 않았다. 침묵이 더 무거워지진 않았다. 그렇다고 가벼워지지도 않았다.

"들어가도 돼요?"

향이의 목소리가 밖에서 들렸다. 안에서 아무 대답이 없자 향이가 문을 열고 들어왔다. 먹을 것과 마실 것을 얹은 소반을 들었다.

향이는 봉심과 지상의 눈치를 살피더니 방 한쪽에 소반을 내려놓고 살며시 나갔다. 무슨 일인가 눈치를 보러 들어온 것 같았다.

"다 죽었다던가, 궁성에 있던 자들은?"

봉심이 물었다.

"모의를 시작했던 내시 김찬과 안보린부터 시작해서 지녹연, 최탁, 오탁, 권수, 고석, 송행충……."

"금위장군 그도 죽었는가?"

"죽은 자들의 이름이 돌고 있네. 앞선 장군들을 따르던 낭장 별장들에 내시들의 이름까지 모두……."

"지난밤에 본 적이 없는데… 이중부의 이름도 있던가?"

"듣지 못했네."

"내 이름이 없으니 나를 찾는 자들이 있겠군."

"척준경이 지난밤에 궐내에서 숙직했던 자들은 모조리 잡아 죽여야 한다고 했는데 이자겸이 그쯤 하자고 했다더군. 왕을 자기 집에 모셨으니 이젠 지난일보다 앞을 보고 싶겠지."

"지녹연과 날을 맞췄던 건가?"

"그랬다네. 그들을 보고 날을 더 미룰 수 없었네."

"먼저 날을 더 미룰 수 없다고 한 건 우리였지. 자네가 중간에서 압박이 심했겠군."

"어쩔 수 없었던 것 같다. 돌이켜 보면……."

"지녹연이 죽기 전에 자네를 말했을까?"

"글쎄……."

거기서 대화가 끊기고 다시 침묵이 찾아왔다. 한참 만에 봉심이 다시 입을 열었다.

"자네에게 무슨 일이 생긴다면 무슨 일이 있어도 그자들을 다 죽일 것이네. 무슨 일이 있어도……."

"죽고 사는 문제는 생각하지 말기로 하세. 여기까지는 그렇다 치고 기왕 여기까지라면 이제 앞을 생각해야 하지 않겠는가?"

"왕께서 이자겸의 손아귀에 완전히 들어갔는데 무슨 앞이 있겠는가? 이제 이자겸이 왕이 되고 그다음 왕은 이지미가 되고… 이 씨의 시대가 열리겠지."

지상은 봉심의 자포자기를 이해했다. 같은 마음이었다. 하지만 일일이 정해졌다 해도 앞일은 모르는 것이다. 지상은 앞으로 다가올 일들에 끼인 무수한 틈과 균열을 바라보았다. 어떤 일이든 그 틈과 균열로 인해 눈앞에 닥칠 때엔 애초의 예상과 예측에서 변형될 수밖에 없는 것이다. 미리 그 틈과 균열을 노린다면 변형은 더해질 수밖에 없다. 더구나 사람의 일이다.

지상과 봉심의 사이에도, 또 지상과 명경, 지상과 오 주사, 지상과 그녀 사이에도 틈과 균열은 있다. 하물며 이자겸과 척준경 사이는 말할 것도 없는 것이다.

"이만 가보겠네."

지상은 일어섰다. 지상을 보는 봉심의 눈이 흔들렸다.

"정말 자네에겐 아무 일 없는 거겠지?"

"아들과 동생의 죽음에 광분한 척준경이 눈에 보이는 대로 잡아 죽였다는데 지녹연에겐들 나하고 입을 맞추고 척준신을 죽인 자들이 따로 있다는 걸 말할 시간이 있었을까 모르겠네."

"그렇다면 다행이지만… 그 쓸모없는 자가 그렇게 죽었다면 죽을 때나마 잘 죽었다고 할 수 있겠지."

지상은 쓸쓸하게 웃었다.

"쉬게."

지상이 나서자 영 일어날 것 같지 않던 봉심이 일어나서 따라 나왔다. 향이가 마루에서 후다닥 건넌방으로 사라졌다. 그 방에서 봉심의 두 딸이 눈을 동그랗게 뜨고 내다보았다.

지상은 봉심이 향이에게 이리저리 뜯기며 고문을 당하는 모습을 연상하며 봉심의 집을 나왔다.

봉심의 집 앞 길가에 그녀가 불어오던 바람이 그 자리에 멈춘 듯 서 있었다. 지상은 그녀가 지난밤에 찾아왔었다는 것을 알고 있었다. 지상이 앞을 지나치자 그녀는 그림자처럼 따라왔다.

"수천 년을 쌓아온 네 업장이 살아나고 있다."

"보고 있습니다."

"감당이 될 것 같으냐?"

"더 쌓여도 할 수 없는 일입니다."

"사람으로서 다른 사람의 죽음을 계획하거나 만드는 것만큼 큰 업장은 없다."

지상은 대답하지 않았다. 봉심에게 이미 말했다. 죽고 사는 문제는 더 생각하지 말자고. 그러나 그녀는 마지막 말을 경고처럼 남기고 벌써 사라지고 없었다.

37 연결

　이자겸의 중흥택은 궁궐 못지않아서 불탄 궁궐을 대신할 만했다. 진작 땅을 넘치도록 차지해 놓은 탓에 공연히 각종 서원들을 많이 지어놓았고, 마당과 뜰은 드넓었다. 이자겸은 중흥택의 한 서원에 왕을 모셨고, 조정의 문무백관을 중흥택으로 드나들게 하면서 나랏일을 보게 했다.
　왕은 이자겸이 지정해 준 서원을 벗어나지 못했고, 이자겸의 사람들과 수족에게 둘러싸였다. 문무백관은 그저 해가 뜨면 중흥택에 들어 자리를 채웠다가 해가 지면 집에 돌아가는 허수아비와 같았다. 중흥택은 누가 뭐래도 이자겸의 집이었고, 이자겸이 그곳의 주인이었다. 진실은 그것 하나뿐이었다.
　내시 김찬과 안보린에서 시작된 이자겸과 척준경 축출 거사는 지녹연을 비롯한 가담자 모두의 죽음으로 끝났다. 그들의 집은 모두 불타 없어졌고, 가족과 일가는 대부분 죽었으며, 단지 몇 살아남은 아녀자와 어린것들은 노비로 귀속되어 뿔뿔이 흩어졌다. 반대로 그들에게 죽임을 당했던 척준신과 척순, 그리고 이자겸의 수족들은 더 높은 관직에 추증되었고 부의가 후하게 내려졌다. 그것은 이자겸의 결정이었고, 왕은 형식적인 재가만 내렸다. 왕에겐 어떤 힘도 남아 있지 않았다.

이자겸은 모든 문무백관의 우두머리이자 부모와 같았고, 척준경은 나라의 모든 무력과 군사력의 중심 자리에 눌러앉았다. 왕에게 주어진 힘을 이자겸과 척준경이 나눠 가진 셈이었고, 그들의 세도와 위세에 견줄 만한 힘은 어디에도 없었다.

"그래, 네놈이 있었지."

준경은 호랑이가 먹이를 살피듯 지상을 보면서 무겁게 입을 열었다. 준경의 집이었고, 지상이 준경을 찾은 것이었다.

"네놈이 왜 안 보이나 했다. 그동안 어디 숨어 있었느냐?"

따로 빈객청을 둘 만큼 거대하고 호화로운 집을 가진 준경에게선 최고 권력자의 위엄과 기품이 줄줄이 풍겨 나오고 있었다. 지상은 결국 준경이 가장 원했고 이루고자 했던 걸 보고 있는 것인가 싶었다. 출세를 원하지 않을 사람이 어디 있을까. 천하게 태어나 무뢰배로 자란 척준경에겐 그 원이 누구보다 더했을 것이다. 이제 그것을 이루었다면 차라리 잘되었다.

"나는 원래 내 자리에 있었는데 장군께서 다른 곳을 쳐다보고 계셨던 것일 뿐이겠지요."

지상의 대답에 준경은 가뜩이나 힘이 들어간 눈에 더욱 힘을 주었다.

"내가 어디를 쳐다봤다는 거냐?"

"지금 그 자리에 올라 계시지 않습니까."

"무슨 뜻이냐? 네놈이 날 빈정대는 것이냐?"

준경의 인상이 험악해졌으나 지상은 태연히 되물었다.

"최고의 자리란 건 오르기도 힘들지만 지키기는 더 힘든 법입니다. 이제는 어디를 바라보고 계십니까?"

"이놈이 자꾸 뭔 소릴……! 네놈이 내가 어디를 보든 웬 걱정이냐?"

"국공의 권세는 드디어 하늘에 닿았으나 시작이 짧고 앞을 알 수 없습니다. 그러나 왕의 권세는 태조로부터 현왕에 이르기까지 십칠 대 이백 년을 넘게 이어져 오고 있습니다. 장군의 위엔 이제 그 둘뿐인데 과연 어디를 보셔야겠습니까?"

준경의 눈이 흔들렸다. 지상은 흔들리는 준경의 눈이 마음에 들었다.

"왕의 권세야말로 진정 하늘과 같아서 이름난 권신과 충신과 그 권세를 함께 나누고 누려왔습니다. 국공의 권세도 그러하리라고 보십니까? 어렵게 오른 자리를 지킬 수 있을 뿐만 아니라 자손만대 길게 누리게 할 길이 어느 쪽인가 잘 판단하시길 바랍니다."

준경은 잠시 뭔가를 생각하는 것 같더니 벌컥 화를 냈다.

"기분 나쁘다. 네놈이 왜 일부러 찾아와서 날 걱정해 주는 척하는 것이냐? 아니, 설마 협박인 것이냐?"

"협박은 아니며, 걱정해 주는 척하는 게 아니라 정말 걱정하는 것입니다. 장군께서 북방에 계실 때, 국공이 최홍재의 힘을 빌려 한안인 일파를 제거하고서 나중엔 그를 귀양 보낸 일을 듣지 못했습니까?"

준경은 잡아먹을 듯한 눈으로 지상을 노려보았다. 지상은 척준경의 눈을 굳이 피하지 않았다.

"국공은 필경 왕을 잡아먹을 사람입니다. 그러나 장군은 왕의 아래에서 얼마든지 자족하고 만족할 사람이니 제가 어찌 말을 하지 않을 수 있겠습니까? 제가 잘못 알고 있는 것입니까?"

준경은 한참을 더 지상을 노려보더니 이윽고 신음했다.

"나는 왕을 잡아먹은 대역죄인으로 길이길이 남고 싶은 마음은 추호도 없다."

"그러실 줄 알았습니다. 일찍이 저는 장군께 이자겸을 가까이 하지 않길 권했으나 이미 지난일, 이제부터라도 왕께 충성을 다한다면 지금과 같은 권세가 길이길이 보전될 것임을 믿어 의심치 않습니다."

지상은 자리에서 일어섰다. 이름이 빈객청이고 지상은 결코 준경의 빈객이 아니었기에 할 말을 다한 이상 더 앉아 있을 일은 없었다.

"그럼 이만 물러가 보겠습니다."

준경은 생각에 잠긴 듯 굳어 있었다. 지상이 등을 보이고 몇 발짝쯤 갔을 때 준경이 잠깐, 하면서 불러 세웠다.

"난 네놈이 마음에 들지 않아. 처음 봤을 때부터 그랬어."

준경은 아무리 생각해도 화가 치밀어 못 견디겠는 모양이었다.

"네놈 말이 무슨 말인지는 알겠는데 앞으로 또 내 앞에서 왕과 국공을 견주어 떠든다면 옳고 그르고를 떠나 네놈의 입에 흙이 들어가게 해줄 거다. 알겠느냐?"

준경의 흥분 상태를 보니 얘기가 제대로 들어간 것 같아 지상은 피차 자극받거나 자극할 필요를 더 느끼지 못했다.

"명심하겠습니다."

지상은 정중히 대답하고 준경의 집을 물러 나왔다.

"언놈은 불 지르고 언놈은 다시 세우느라 등뼈 휘고……."

투덜대면서 준경의 집 담장에 침을 뱉는 사람들이 있었다. 그들은 지상을 보자 후다닥 달아났다.

이자겸은 널리 목공들을 불러 모아 궁성 복원에 투입하고 있었고, 자주 둘러보며 탄식하는 모습을 보여주는 걸 잊지 않았다. 그것은 궁성을 불 지른 것은 자기가 아니라는 사실을 퍼뜨리려는 노력으로 보였다. 척준경의 집에 침을 뱉고 도망치는 목공들을 보니 어느 정도 효과는 있는 듯했다.

이자겸은 모든 것을 다 가지려 하고 있었다. 원래 피붙이가 아닌 한 권력을 나눌 인간이 아니었고, 권력이란 원래부터 나눠 가질 수 있는 성질이 아니었다. 지상은 이자겸의 욕심이 끝이 없기를 바랐다.

중흥택의 서원. 왕의 앞엔 금태종의 문서가 와 있었다. 금태종은 여진을 통일하여 금이라 한 금태조 아골타의 동생 오걸매(吳乞買)였다. 아골타는 선왕이 병사한 이듬해에 요의 황도 연경을 치고 금의 황도 회령부로 돌아가던 중에 병이 걸려 죽었는데, 고려왕과 금왕의 잇따른 죽음 이후는 사뭇 달랐다. 고려의 새 왕은 힘을 얻지 못했으나 금의 새 황제는 아골타의 힘과 기세를 넘고 있었다.

금의 태종 오걸매는 한 손으로 범을 때려죽이는 힘을 가졌고, 요의 마지막 숨통을 아무 반발 없이 친절하게 끊어줄 정도로 뛰어난 머리를 가졌다. 아골타가 오야속보다 나았고 오걸매가 아골타보다 나으니 그 형제들은 아래로 갈수록 뛰어나다는 평은 북방이 전해준 소식이었다.

오걸매의 문서는 이제 여진이 부모가 되고 고려가 자식이 되어야 한다는 요구를 담고 있었다. 과연 여진이 형이 되고 고려가 아우가 되자던 아골타의 요구를 돌이키면 형보다 더한 자였다.

서원 앞에 백관들을 모아놓고 왕은 오걸매의 요구를 알린 다음 가부를 물었다. 왕은 부모를 잃고 갈 길을 잃은 힘없는 소년 같았다.

백관들이 말도 안 되는 요구라고 통분하며 머리를 땅에 빻아댔다. 일찍이 선왕께서 아골타의 요구를 묵살하고 오히려 장성을 튼튼히 하여 위세를 보이셨으니 마땅히 그와 같이 해야 할 것이라고 부르짖는 자도 있었다.

그러나 왕은 힘이 없었다. 왕의 힘을 모조리 빨아먹고 있는 이자겸을 없애지 않으면 되지도 않을 일이었다. 지상은 백관들의 후미에서 그렇게 생각하면서 그저 머리를 땅에 박고만 있었다.

흥분하고 날뛰던 백관들이 일시에 잠잠해졌다. 지상은 고개를 들었다. 이자겸이 나타나 왕께 다가가고 있었다.

이자겸은 부복하지 않고 선 채로 왕을 똑바로 쳐다보며 태연하게 아되었다.

"금나라가 옛날에는 작은 나라로 요와 우리나라를 섬겼으나, 지금은 갑자기 중흥하여 이미 요를 멸하였고 대송을 넘보는데다가 정치를 잘하고 군사가 강하여 날로 강대해지고 있습니다. 또 우리나라와 국경이 연접해 있으니 일의 형세상 섬기지 않을 수 없는 일이 되고 말았습니다. 작은 나라가 큰 나라를 섬김은 예로부터 어진 왕의 도리 중 한 가지이니, 마땅히 사신을 먼저 보내어 방문해야 할 것입니다."

왕의 눈이 흔들리더니 이내 힘없이 아래로 떨어졌다.

"통촉하시옵소서."

백관들이 머리를 땅에 짓찧었다. 조금 전까지 안 된다고 하던 자들이 이자겸의 간언을 통촉하라고 합창하고 있었다. 지상은 이자겸의 욕심이 더욱 더 끝이 없기를 빌고 또 빌었다.

며칠간 안개가 자욱했다. 안개는 샛노랬다. 별 괴상한 안개가 걷히던 날은 또 하늘이 핏빛이었다.

내의 최사전이 은밀히 사람을 보내 만나기를 청해왔다. 최사전은 이자겸의 사람이 아니면서 왕께 가까이 갈 수 있는 유일한 사람이었다. 내의라는 독특한 위치가 그것을 가능하게 했고, 그가 의심받지 않고 살아남을 수 있는 까닭이기도 했다.

기다리고 기다리던 바다. 지상은 바로 최사전이 보낸 사람을 따라나섰다.

최사전은 동대비원에 나와 있었다. 사전은 지상을 보더니 대비원의 가장 깊숙한 곳으로 끌어들였다.

"왕의 고뇌가 전보다 수백 배는 더하여져 차마 눈뜨고는 볼 수가 없고 진맥을 하여 보니 육십을 넘긴 자들의 그것처럼 기가 쇠해 계셨네. 흐르는 눈물을 주체할 수 없어 통곡을 해대니 오히려 왕께서 나를 진정시키시고 남은 방책이 더 없느냐고 물으셨네. 그래서 자겸은 이미 틀렸고 준경을 아래에 둘 수만 있다면 반드시 자겸이 고립되지 않겠느냐고 했다네."

하늘은 아직 왕을 버리지 않고 있었다. 지상은 동의했다.

"그것은 틀림없습니다."

"하지만 자겸과 준경은 이미 사돈 간이고 혈맹이나 다름없는데 그게 가능하겠느냐고 왕께서 물으셨고, 나는 한번 알아보겠다고 답했다네. 나는 자네에게서 듣고 싶네."

"왕께서 준경을 신임하는 교지를 내리신다면 준경이 감읍할 것입니다."

"정말인가?"

"준경은 무인입니다. 궐에 불을 지르고 미쳐 날뛴 것도 동생과 아들을 한날에 잃은 충격 때문이지 온전히 자겸을 위해서는 아니었습니다. 왕께서 믿어주고 이끌어준다면 그는 왕을 위해 무력을 사용할 수 있는 사람입니다."

"그렇다면 왜 진작 그 방법을 말하지 않았던가?"

"그때의 준경과 자겸은 같은 곳을 바라보고 있었습니다. 지금은 달라졌습니다. 이자겸은 마지막 남은 더 높은 곳을 향한 욕심을 노골적으로 드러내고 있고, 준경은 제 욕심을 채웠다고 믿고 충분히 만족하고 있습니다. 지금은 통하게 될 만한 여건이 갖추어진 것입니다."

사전의 눈이 반짝였다.

"궐이 불타고 사라져 백관들이 제 기능을 못하는데다가 사방에 믿을 자가 없으니 자네가 준경에게 내릴 교지를 작성해 보는 것이 어떠하겠는가? 그럼 내가 왕께 올리고 윤허를 구함세."

지상이 아무 대답을 않자 사전은 허락으로 들었는지 나가서 지필묵을 준비해 오더니 손수 먹을 갈았다.

"내가 먹을 갈 동안 어떻게 쓰는 게 좋을지 궁리해 보게."

어려운 일은 아니었다. 왕께서 준경을 의지하고 싶어하신다면 그 마음을 보내기엔 지금이 가장 적기일 듯도 싶었다.

지상은 사전에게서 묵과 벼루를 받아 갈았다. 궁리를 한다 해도 그냥 하는 것보단 먹을 갈면서 하는 게 더 낫다. 먹의 점도를 확인한 지상은 잠시 왕의 고뇌와 고독이 전해지는 것 같아 저려오는 가슴을 다스린 연후에 붓을 들었다.

생각하건대, 짐이 밝지 못해서 이번에 흉도들이 일을 일으키게 만들어 그대에게 근심과 수고를 끼치게 하였으니 모두 과인의 죄이다. 이로써 몸소 반성하고 허물을 뉘우치며 하늘을 우러러 마음에 맹세하고 신민과 더불어 그 덕을 새롭게 할 것을 바라노니, 경은 다시 노력하여 지난일은 생각하지 말고 마음을 다해서 보필하여 뒤에는 어려운 일이 생기지 않게 하라.

다음날 저녁때쯤 지상은 다시 동대비원에 들렀다. 사전이 기다리고 있었다.

"왕께서 그대로 받아들이셔서 지추밀원사를 통해 준경에게 내리셨다네."

"지추밀원사면 김부일이 아닙니까?"

김부일은 김부식의 형이었다. 하지만 그는 동생과 달리 누구나 다 아는 이자겸의 사람이었다.

"그렇지. 자겸이 부일을 지추밀원사로 추중했던 것은 부식에게 형이 내 편이니 너도 그리하라는 압박을 주는 것이나 다름없을 것이네만, 부일은 기회만 오면 이자겸에게 아부하는 족속들과는 다른 사람이네. 왕께서도 믿고 계신 얼마 안 되는 대신 중 한 사람이네."

김부일은 아마도 처세가 절묘한 모양이었다.

"어쨌든 지추밀원사가 왕의 교지임을 알리자 준경이 왕이 계신 곳을 향해 삼배를 올리고 공손히 받았다 하네. 역시 준경은 왕을 거스를 수 없는 무인이란 자네 말이 맞은 듯하네."

"제 욕심을 채운 다음 얘기입니다. 지금의 준경은 더 이상 오를 곳이 없다는 것을 스스로 잘 알고 있습니다."

"이제 준경을 통해 자겸을 치는 방법밖에 없네. 준경을 좋게 봐주기로 하세."

사전의 얼굴엔 희망이 깃들었고, 어제보단 한결 밝아 보였다. 지상은 왕께서도 그러하길 빌었다.

"다음은 뭔가? 어떡해야 하는 건가?"

"자겸은 이미 금의 요구에 한술 더 떠 금과 우리나라를 군신 관계로 해야 한다고 주장한 바 있습니다. 밖에는 굽히고 안에서는 그대로 눌러앉아 제 욕심을 살찌우겠다는 의지일 것이나 준경과는 상반됩니다. 일찍이 준경이 개경에 들어 자겸과 힘을 합칠 때 추후 나라가 안정되면 금을 치기로 약조하였다는 것을 변명으로 삼은 적이 있고, 제가 어찌해서 고려 최고의 무인으로 이름을 얻을 수 있었던가를 상기시킨다면 준경은 견디기 힘들 것입니다."

지상은 말하는 중에 감정이 격해졌으나 애써 다스렸다.

"준경이 사람이라면 그것만으로도 자겸을 응징해야 마땅할 것입니다."

사전이 두려운 얼굴이 되었다.

"하지만 누가 준경에게 그것을 격발시키겠는가?"

"제가 하겠습니다. 그것은 원래부터 제가 할 일이기도 합니다."

사전이 놀란 얼굴로 지상을 쳐다봤다.

"저하고 준경을 잇는 인연이 그렇습니다. 준경도 그것을 잘 알고 있습니다."

"자네야말로 충신 중의 충신이자 나라의 보배일세."

사전은 꿈꾸듯 중얼거렸다.

충신은 무슨 놈의 충신이고 나라의 보배는 어디에 박혀 있는 게 나라의 보배일까. 지상은 그저 씁쓸하기만 했다.

결국 금나라로 사신이 떠났다. 예물을 잔뜩 준비하고 군신의 예를 갖춘 왕의 표문을 지니고 떠났으니 이자겸이 원한 바대로였다. 그날 척준경은 집에 틀어박혀 나오지 않았고, 지상은 그 사실을 확인하고 준경의 집으로 찾아가 만남을 청했다.

"안 만나시겠답니다. 돌아가라십니다."

"반드시 만나야 한다고 다시 일러라."

준경의 하인은 투덜대면서 다시 안으로 들어갔다. 무장한 군사들이 살기를 품고 대신 나왔다.

"돌아가지 않겠다고 하면 우리보고 처리하라 하시는군요."

"나를 기억하고 나하고 했던 말을 기억하고 있는 것 같으니 그것만으로 감사해하더라고 전하시게."

지상은 일단 그 정도만으로도 됐다 싶었다. 돌아서서 걷는데 아까의 군사들 중 하나가 달려왔다.

"어른께서 뵙자십니다."

준경은 편한 백포 장삼을 걸치고 있었으나 얼굴은 상기되어 있었다. 준경은 모두를 물리고 안채에서 지상을 마주 앉혔다.

"네놈이 원하는 게 뭐냐?"

처음엔 그렇게 묻고 나왔으나 준경은 도저히 참을 수 없는지 곧바로 버력 고함을 내질렀다.

"네놈이 뭔데 이토록 날 괴롭히느냐?"

집이 통째로 흔들리는 것 같았다. 지상은 고함의 여운이 사라지길 조용히 기다렸다가 찬찬히 말했다.

"이자겸이 권신의 위치에 만족하지 못하고 왕의 힘을 모조리 빼앗은 결과입니다. 여진이 보기에 얼마나 우습고 만만하겠습니까? 누가 나라 꼴을 엉망으로 만들고 있는지 더 말할 필요가 없을 것입니다."

"나보고 무작정 애들 데리고 쳐들어가서 자겸을 치라는 얘기냐?"

지상은 그런 말을 한 적이 없었다. 그러나 준경의 입에서 이자겸을 치는 얘기가 나온 것은 기대했던 것 이상으로 반가웠다.

"제가 이자겸을 치라면 치시겠습니까?"

"누굴 바보로 아느냐? 시간이 갈수록 나만 죽일 놈 되어가고 있는 걸 나도 알고 있다. 왕께 화살을 쏘아대고 궁궐에 불을 지른 건 척준경이 혼자 한 짓이라고 떠드는 놈들이 많다는 얘길 들었어. 네놈이 아니라도 내 속은 충분히 끓고 있어."

참으로 반가운 소식이었고 지상이 원한 바였다. 시키지 않아도 이자겸이 스스로 잘해내고 있었다.

"이지미를 비롯한 자겸의 아들들이 요직에 있습니다. 미리 군율을 바로잡아 놓지 않으면 감정적으로 하거나 무작정 치는 것은 위험합니다. 장군께서 바보가 아니듯 이자겸도 바보가 아닙니다."

준경이 탁자를 주먹으로 내려쳤다. 탁자가 찌억 쪼개지며 안쪽으로 주저앉았다. 준경이 무시무시한 살기를 사방으로 뻗쳐 댔다.

"그놈이 나는 안중에도 없다! 여진 놈들을 대하는 문제도 나하고 한마디 상의도 없었어!"

드디어 준경은 이자겸을 그놈이라고 칭하고 있었다.

"이자겸은 권력의 움직임에 관해서만큼은 누구보다도 영리하고 민감한 자입니다. 장군께서 어설프게 분노를 내보였다간 오히려 당할 수 있습니다."

준경이 눈을 부라리며 발악했다. 입에서 거품이 튀었다.

"누가 누구한테 당한다는 거냐? 네놈은 처음 봤을 때부터 뭐나 되는 척 잘난 체하더니 누가 누구를 봐주고 있는지 그것도 모른단 말이냐?"

지상은 대꾸하지 않았다. 준경의 흥분이 가라앉길 기다릴 수밖에 없었다. 풀무질을 하는 듯한 준경의 거친 호흡 소리가 가라앉는 데엔 한참의 시간이 걸렸다.

"왕과 상의하고 왕명을 얻으십시오. 사감 때문이 아니라 나라를 위하고 왕을 위해서 이자겸을 쳐야 합니다."

"네놈은 누굴 위해서 내게 그런 말을 하는 것이냐?"

준경의 목소리는 거짓말처럼 차분했다.

"장군을 위해서도 아니고 나를 위해서도 아닙니다. 그러나 나라를 위하고 왕을 위한다면 결국 장군도 나도 이롭게 될 것입니다."

"좋다. 그럼 때를 보자. 나는 왕명이 올 때까지 모른 척하고 숨죽이고 있겠다."

진심 어린 말로 들렸다. 진심일 것이다. 그러나 욕망을 맨 앞에 두는 자들의 진심은 상황에 따라 시시각각 변한다. 어차피 인간이 가진 것 중에 변하지 않고 항상 할 수 있는 것은 아무것도 없다. 지상은 쐐기가 필요했다.

"행하게 되었을 때 한 친구를 보내도록 해보겠습니다. 미리 말하지 않았으나 장군의 뜻이 지금과 같은 줄 안다면 마다하지 않을 것입니다."

"뭐 하는 놈인데?"

"궁중금위 산원 최봉심이란 친구인데 기령의 도움으로 귀신같은 솜씨를 갖게 되었습니다. 보탬이 될 것입니다."

과연 준경은 눈을 크게 뜨고 입을 벌렸다.

"기령이……."

반문하듯 중얼거리더니 준경은 이내 눈에 살기를 담았다.

"네놈이 어디서 거짓말을 하는 것이냐? 장군님이 아니시고는 기령이 이쪽 세상의 일에 관심 갖게 할 자는 아무도 없어. 걔가 내 앞에 나타났던 것도 내가 장군님의 이름을 욕되게 할까 봐서였던 거야."

"잘 알고 있습니다. 그러나 그녀에게도 간혹 예외가 있는 모양입니다."

진정된 줄 알았던 준경의 상태가 다시 여지없이 헝클어졌다.

"내가 예외가 아닌데 누가 예외가 될 수 있다는 것이냐? 설마 그게 그놈이란 것이냐? 도대체 어떤 놈이냐, 그놈이?"

준경은 고함을 내지르며 벌떡 일어나기까지 했다. 그 바람에 준경이 앉았던 의자가 뒤로 나자빠졌다.

"그놈을 당장 데려와라! 내가 직접 보겠다!"

예측 못한 반응이었다. 부식이 기령을 말하며 내비쳤던 것과 다를 바 없었으나 준경의 태도가 훨씬 험악하고 위험했다.

그러나 막상 준경의 태도를 보자 이해는 되었다. 지상 또한 그녀를 여인으로 보게 되었을 때부터는 너무나 힘들고 괴로웠다. 명경과 혼인을 한 이후 지금까지도 그 마음이 아주 없어진 것은 아니었다. 그녀는 완벽한 여자였다.

"그렇게 급히 청하신다면 말하기가 어렵습니다. 어차피 만나게 될 사람이니 시간을 주십시오."

척준경의 눈이 활활 타오르듯 했다.

"너도 그렇고 그놈도 그렇고, 우선 네놈에게 묻자. 네놈은 대체 기령과 무슨 사이냐?"

지상은 준경의 질투가 참으로 어울려 보이지 않는다는 생각이었지만 비웃을 수는 없었다.

"말하기 어렵습니다. 돌이켜 보면 그녀와 저 사이에서 제가 어떤 결정을 한 경우는 한 번도 없었기 때문입니다."

지상의 말에 준경의 얼굴이 시뻘겋게 달아올랐다. 준경도 그녀에 관해서는 지상과 다를 게 없는 처지 같았다. 결국 그 말이 준경의 입을 막았다.

지상은 됐다고 생각했다. 지상이 의도한 건 준경이 그녀를 상기하고 윤관 장군을 되새기게 하는 것뿐이었다.

준경의 집을 나온 지상은 준경에게 했던 말과는 달리 곧장 봉심의 집을 찾았다.

봉심은 그날 이후 아예 집에 틀어박혔다. 죽어도 궐이 아닌 이자겸의 집에는 갈 수는 없다는 게 이유였고, 아무도 그 이유를 탓하지 않았다. 지상이 갔을 때 봉심은 뒤뜰에서 장작을 패고 있었다. 장작이 뒤뜰 가득한 것이 장작 패는 일로 소일하는 모양이었다.

"자네 집에도 좀 갖다 쓰게. 이참에 나무 장수로 나서볼까도 생각 중이네."

지상은 가볍게 웃고는 준경과 나눴던 얘기를 말했다. 봉심은 묵묵히 듣기만 하더니 지상이 말을 마치자 중얼거렸다.

"척준경과 함께라……."

무슨 생각을 했는지 봉심은 야릇한 미소를 머금었다.

"고맙네. 역시 자넨 내 친구야."

38 척사

최식, 이후진, 윤한 등은 준경의 수족과도 같은 최측근들이었다. 주인이나 다름없는 준경을 닮아 하나하나가 범과 같이 용맹했고 곰과 같이 거침이 없었다. 준경이 봉심과 비무를 명하자 이후진은 어이없는 웃음을 웃었다.

"너무하십니다. 거친 북방을 뛰놀던 저보고 어찌 여염집 뒤뜰에서 자란 화초 같은 자를 상대해 보라 하십니까?"

대청마루 앞에 의자를 내놓고 앉은 준경은 웃지 않았다. 웃지 않았을 뿐만 아니라 이후진의 말마따나 거친 북방의 삭풍이 부는 듯했다.

"하라면 해라."

이후진의 얼굴이 굳었다. 그 얼굴은 봉심을 향하면서 사납게 일그러졌다.

"나는 저분으로도 사람을 죽일 수 있다. 행여 나무 몽둥이라고 안심하지 마라."

"당신이 칼을 들었더라도 큰 상관은 없소."

봉심의 무심한 대꾸가 끝나기도 전에 이후진의 발이 마당을 박찼다. 전장에서 실전으로 잔뼈가 굵은 자에게 예의나 겉멋이 있을 리 없었다. 이후진의 몽둥이는 순식간에 공기를 가르며 봉심의 이마 위로 떨어졌다. 봉심은 몸을 틀어 비켜섰다. 그 순간 이후진의 겨드랑이에서 퍽, 소리가 났다. 봉심이 비껴서면서 이후진의 겨드랑이를 몽둥이로 가격한 것이었다.

이후진은 봉심을 내려친 자세에서 얼어버린 듯 움직일 줄을 몰랐다. 봉심은 칼이 아닌 몽둥이였고 세기보단 빠르기를 위주로 했기 때문에 이후진에게 큰 충격이 가지 않았다는 것을 알고 있었다. 이후진의 충격은 자존심 탓인 듯했다.

이후진보다 덜할 테지만 마당에 둘러서서 구경하던 척준경의 부하들도 적잖이 놀란 듯했다. 최식과 윤한 정도만 이해가 잘 안 된다는 듯 곤혹스런 얼굴이었다.

준경만이 삭풍 같은 굳은 얼굴에 변함이 없었다.

"다음 한이."

윤한이 역시 어이없는 얼굴로 준경을 보는 것과 이후진이 홱 돌아선 것은 거의 동시였다.

"아, 아직 안 끝났습니다!"

척준경이 버럭 고함을 질렀다.

"진짜 칼이었으면 네놈의 팔은 겨드랑이서부터 어깻죽지까지 통째로 날아갔어!"

이후진이 벼락을 맞은 듯 얼어붙었다.

"더구나 몽둥이를 쥔 쪽이었다."

준경은 신음하듯 말하면서 눈은 윤한을 쳐다보았다.

윤한이 부하들로부터 몽둥이를 받아 들고는 어기적거리며 봉심의 앞으로 나섰다.

"준비!"

고함치자마자 윤한이 봉심을 덮쳤다. 윤한의 몸보다 먼저 봉심의 앞에 이른 몽둥이들이 수십 개로 늘어난 듯 움직였다. 그만큼 빠르고 엄밀했으며 험악했다. 봉심이 뒷걸음질 쳤다. 윤한은 발과 팔이 따로 노는 것처럼 발로는 봉심을 따라붙으며 팔로는 미친 듯 몽둥이를 휘둘렀다. 언뜻 마구잡이인 듯 보였지만 공격과 방어를 겸한 동시에 진짜 공격을 감춘 느낌을 주었다.

물러서기만 하던 봉심이 갑자기 멈추더니 몽둥이를 앞세우고 윤한의 중심을 찔러들었다. 그러자 마구잡이처럼 휘돌던 윤한의 몽둥이가 원래의 한 개로 돌아오면서 그대로 봉심의 목을 찔러갔다. 결국 둘 다 서로를 찌르는 모양이었는데, 윤한이 끝까지 찌르지 못하고 몸을 마당에 굴렸다. 봉심이 빨랐기 때문이었고, 윤한은 봉심의 몽둥이에 맞느니 바닥을 구르는 게 낫다고 판단한 것 같았다.

"뭔가 보여주려는 마음이 앞섰다. 불필요한 동작이 많았어. 그래서 늦은 것이다."

준경의 말에 윤한은 고개를 숙이고 일어나 묵묵히 옷을 털었다. 숙인 얼굴이 붉으락푸르락했지만 말은 하지 않기로 작정한 것 같았다.

최식이 은연중에 무섭게 긴장을 끌어올리는 기색이었다. 그러나 준경은 최식을 호명하지 않았다.

"그놈이 소개할 만하구나. 널 받아들이겠다."

준경은 봉심에게 말하고 의자에서 일어섰다.

"서로 얼굴을 익히고 친하게 지내도록 하라."

준경은 안으로 들어가 버렸다. 그러자 윤한도 별채 쪽으로 가 버렸고 이후진은 벌써 보이지 않았다.

봉심은 척준경이 머리를 쓸 줄 아는 자라는 걸 처음 알았다. 최식까지 상대하게 해서 봉심이 최식을 이긴다면 부하들은 내심 척준경과 봉심을 견줘볼 것이 뻔하므로 최식은 남겨둔 듯했다. 그 의도에 맞추기라도 하듯 척준경의 부하들은 최식과 봉심을 번갈아 보는 눈치들이었다.

최식은 척준경 부하들 중 맏형답게 의젓하게 봉심의 어깨를 두들겼다.

"제법 한수 하는군. 앞으로 잘해보세."

그리고는 최식도 준경이 앉았던 의자를 들고 별채로 가버렸다. 마치 의자를 옮겨놓는 일이 매우 중요한 것처럼.

남은 부하들이 슬금슬금 봉심에게 다가들었다. 그리고 질문이 쏟아졌다.

"어디서 오셨어요?"

"뭐 하시던 분이십니까?"

"그토록 간결하면서도 막측한 무술은 처음 봅니다. 혹시 무술 이름이……?"

그날부터 봉심은 낮엔 척준경의 집을 드나들었다. 윤한과 이후진은 봉심을 봐도 없는 사람인 듯 못 본 척했고, 최식은 '왔는가', '가는가' 단 두 마디만 했다. 나머지 부하들이 봉심과 친하게 지내려고 애써주는 덕에 봉심은 심심하진 않았다. 사흘째 되던 날에 준경이 봉심을 안으로 불러들였다.

"이전에 금위 산원이었다고 했는가?"

"그렇습니다만……."

"이제부턴 병부 별장이네. 그리 알게."

진급이었다. 봉심은 척준경에서 진급을 받자 기분이 묘해졌다.

"정말 기령에게서 배운 것인가?"

목소리가 무거워졌다. 준경이 보자고 한 건 그 때문인 것 같았다.

"그녀가 눈을 열어주고 몸을 열어준 것은 사실입니다."

준경의 눈이 예리해졌다.

"어떤 사이인가?"

봉심은 언뜻 이해하기 어려웠다.

"아무 사이도 아닙니다. 단지 지상의 친구이기 때문에 그녀가 마음을 써준 걸로 알고 있습니다."

준경의 눈이 흔들렸다. 준경은 그 눈에 힘을 주었다. 눈이 흔들린 걸 감추고 싶은 것 같았다.

"알았다. 나가봐라."

봉심이 나오는데 준경의 무거운 신음이 흘러나왔다.

"그놈이 거짓말을……."

그 신음 같은 중얼거림엔 노기가 묻어 있었다.

왕을 우습게 여기는 이자겸도 민심은 얻고 싶었던지 부지런히 애쓴 덕에 궁성이 그럭저럭 복원되었다.

자겸은 왕을 연경궁으로 옮겨 모셨다. 그러나 그 자신도 궁성 바로 남쪽에 거처를 지어 숭덕부라 이름 붙이고 북쪽 성벽을 헐어내 연경궁과 직접 통하게 했다. 뿐만 아니라 다시 지난번과 같은 역신과 적신들이 나타날지 모르니 예외 없이 모든 무기와 갑옷을 군기감에 반납하라는 교지를 왕을 통해 내리게 했다. 갑옷과 무기를 몰래 지니고 있다 적발된 자는 역신으로 다스릴 것이라는 엄명도 담았다.

"자겸이 결국 우리의 힘을 없애려는 게 아닐까요?"

최식이 의심했으나 왕명의 이름으로 내려온 이상 반발의 여지가 없었다.

"무기와 갑옷이 없다고 역할을 못하겠느냐. 우리가 무기를 가질 수 없다면 저희들도 마찬가지일 테지. 모두 줘버려라. 무슨 수작인지 보자."

준경도 집안의 모든 병장기와 갑옷을 걷어 반납하게 했다. 그런데도 이자겸 쪽에서는 아무 말이 없었고, 준경은 얼굴이 달라졌다.

"처음부터 내 무기까지도 거둬들일 생각이었던 건가?"

곧 자겸이 군기고의 갑옷과 무기를 몽땅 자기의 거처로 삼은 숭덕부로 옮겨 버렸다는 소식이 들렸다.

"이놈이 무슨 일을 꾸미는 게 틀림없다."

준경은 그제야 자겸이 단순히 안전을 위해서 그런 조치를 내린 것만은 아니란 걸 깨달은 것 같았다. 봉심이 나섰다.

"내시 중에 이중부란 자가 있는데 제 국자감 동기입니다. 그를 통하면 왕실과 긴밀한 연락을 이을 수 있을 것입니다."

"다녀오라."

봉심이 나가려는데 준경이 불러 세웠다.

"지필묵을 가져오라. 왕께 편지를 올리겠다."

최식을 비롯한 준경의 부하들이 놀란 얼굴로 두리번거렸다.

"지, 지필묵 말입니까?"

"저기 있는 거 아닙니까?"

곧 종이와 붓이 준경 앞에 놓였다. 준경의 부하 하나가 으깨 버릴 듯 먹을 갈아 금방 글을 쓸 만한 먹도 준비되었다. 준경은 붓을 들었다.

"왕께서 내게 잘못했다 사과하시고 충정을 당부하셨는데 답신을 올리지 못했다. 지금 써줄 테니 가져다가 올리게 하라."

준경은 손을 덜덜 떨면서 한 글자 한 글자 힘주어 써나갔고, 부하들은 잔뜩 긴장한 채 숨죽이고 준경의 붓 끝을 노려보았다.

충성을 바치겠나이다. 언제든 불러만 주십시오.

이윽고 준경이 붓을 내려놓자 부하들은 비로소 긴장을 풀고 안도했다. 준경은 글자가 마르길 기다렸다가 곱게 접어서 엄숙한 얼굴로 봉심에게 건네주었다.

봉심은 준경의 밀서를 품고 이중부의 집으로 향했다.

이중부는 집에 있었다. 훤칠하고 잘생긴 건 여전했으나 기운이 삭아들었고 나이에 맞지 않게 흰머리가 많아진 모습이었다. 이중부는 봉심을 보자마자 눈물부터 흘렸다.

"내가 내시가 되고자 했던 건 왕을 지키고자 함이었네. 그런데 정작 일이 나자 내가 한 거라곤 숨어서 벌벌 떤 것밖에 없어. 이러고도 내가 내시답다고 할 수 있겠는가? 요즘 같아서는 차라리 혀를 빼물고 죽어버리고 싶은 심정뿐이라네."

"지금부터라도 바로 하면 되지 않겠는가?"

봉심은 척준경과 함께하게 된 사연을 간추려 말하고 밀서를 건네주었다. 밀서를 받아 든 이중부는 그저 눈이 휘둥그레져있다.

"내가 척준경의 밀서를 왕께……."

"자네는 지금부터 진정한 내시가 되는 걸세. 자네가 아니면 할 사람도 없네, 지금은."

진정한 내시란 말에 이중부는 결의에 가득 찬 얼굴이 되었다.

"할 사람이 많아도 내가 하겠네. 이런 일로 날 찾아줘서 정말 고맙네. 이제야 오히려 살 것 같으니 자네야말로 내 필생의 친구일세."

"말보다 틀림없는 일로 보답해 주게."

봉심이 일어서려는데 이중부가 붙잡았다.

"기왕 척 장군이 왕을 따르기로 결심했다면 꼭 알려줘야 할 얘기가 있네."

이중부의 얼굴엔 다시 비통함이 가득 찼다.

"이자겸이 두 번이나 왕을 독살하려고 시도했었네."

봉심은 등골이 쭈뼛해지는 바람에 그 자리에 주저앉을 뻔했다.

"처음엔 떡에 비상을 섞었는데 왕비께서 몰래 알려주신 덕에 까마귀 먹이로 던져 주셨다네. 물론 그 떡에 달려든 까마귀들은 그 자리에서 죽었지. 까마귀들은 우리 내시들이 벌벌 떨면서 주워서 치웠다네."

봉심은 기가 막혔다.

"두 번째는 탕약에 독을 탔는데 역시 왕비께서 일부러 넘어지셔서 바닥에 쏟아버리셨다네. 자네도 알다시피 왕비께선 이자겸의 넷째따님이신데 이자겸 같은 자에게 그토록 정이 깊은 분이 태어나게 한 건 하늘의 뜻이 아닌가 싶네. 두 번째는 바로 어제 있었던 일이네."

이중부는 눈물을 쏟으며 비분강개해했다.

"척 장군에게 꼭 일러주게. 왕께선 하루하루가 지옥이시라고."

봉심은 그제야 이자겸이 서둘러 궁성을 복원하고 왕을 연경궁으로 옮긴 본질적인 까닭을 알았다. 자기 집에서 왕을 죽일 수는 없는 노릇일 테니 연경궁으로 옮기길 계획한 때부터 왕을 죽이기로 작심한 것이 분명했다.

이중부의 집을 나온 봉심은 곧장 척준경에게 다시 달려갔다.

"그놈이 간신들이 퍼뜨린 십팔자만 믿고 오직 왕이 될 마음뿐이니 나를 안중에도 두지 않는구나."

준경은 그 점이 가장 분한 듯했다.

"언제 무슨 일이 벌어질지 모르니 항시 대기하고 있어야 할 것 같습니다."

준경은 봉심의 말을 잔소리로 들었는지 벌컥 화를 냈다.

"네놈이 말 안 해도 그 정도는 알고 있다. 네놈도 오늘부턴 집에 가지 말고 여기서 숙식하라."

봉심도 그럴 생각이었다. 적어도 이자겸을 잡을 때까진 준경의 말을 들을 생각이었고, 개인적인 볼일은 그때까지 미뤄두기로 진작 마음먹은 상태였다.

봉심은 잠시 나가서 지상에게도 알릴까 하다가 말았다. 알려도 지금으로썬 지상이 할 수 있는 일이 없으니 공연히 마음만 괴롭게 할 것 같아서였다.

시간이 한밤중으로 가는데 준경의 집 대문이 요란하게 울렸다. 준경의 집에 불이 환하게 밝혀지고 대문이 열렸다. 이중부가 낯빛이 새파랗게 질려서 떨고 있었다.

"한시라도 빨리 척 장군의 밀서를 전하려고 입궐했는데… 이자겸이 군사들을 숭덕부로 은밀히 불러들여 무기를 나눠 주고 있다고 합니다. 왕께서 도움을 청하고 계십니다."

준경이 안채에서 뛰쳐나왔다. 이중부는 준경을 보더니 울부짖었다.

"천복전으로 피해 장군을 기다리겠다 하셨습니다. 도와주십시오, 장군."

"따라오라."

준경은 이미 대문을 나서고 있었다. 봉심은 최식, 이후진, 윤한 등과 나란히 하며 준경의 뒤를 따랐다. 뒤를 더 따라붙는 부하이자 하인과 같은 자들은 대략 이십여 명에 불과했다.

황성은 채 복원되지 않아서 그냥 걸어 들어갔다. 준경은 가는 중에 무기가 될 만한 나무 몽둥이를 구하게 했다.

궁성 동화문 어림에서 얼쩡거리는 그림자들이 보였다. 준경이 소리쳐 불렀다.

"뭐냐? 이리 오라!"

그림자들이 다가왔는데 맨 앞에 선 자는 다름 아닌 병부상서 김향이었다.

"척 장군께서 이 밤에 어인 일이신가?"

참으로 한가한 질문이었다. 준경이 버럭 고함쳤다.

"당신이야말로 거기서 뭘 하고 있었는가?"

김향이 어이없어하더니 노기를 띠었다.

"궁성의 복원이 아직 완전치 못하니 방비 중이지 않은가. 오늘은 국공이 특별히 당부하여 직접 순라를 보고 있는 중이네."

"국공 좋아하네. 그놈이 지금 뒤에선 왕을 죽이려 일을 꾸미고 있는데 병부상서란 자가 한가로이 달구경이나 하고 자빠진 것인가?"

김향이 눈을 부릅떴다.

그때 궁성 안에서부터 일단의 무리가 달려왔다. 궁성이 불타면서 함께 와해된 금위 대신 궁성의 수비를 맡고 있는 순검군들이었고, 맨 앞은 순검 도령 정유황이었다.

"상서 어른, 갑옷을 입고 무기를 든 자들이 숭덕부를 나서고 있습니다. 아시는 바가 있습니까?"

"그, 그게 무슨 소린가?"

김향이 당황하는데 이중부가 앞으로 뛰쳐나와 울부짖었다.

"왕께서 천복전에 피신해 계십니다! 척 장군께 도움을 청하셔서 모셔온 길이니 부디 길을 열고 도와주십시오!"

김향과 정유황이 아연실색해서 이중부와 준경을 번갈아 쳐다보았다. 준경이 성난 얼굴로 김향의 칼을 빼앗았다. 눈 깜짝할 새였다.

"들었으면 무기를 우리에게 넘기고 숭덕부에 가서 무기와 갑옷들을 빼오라."

최식과 이후진 등이 분분히 달려들어 병부와 순검군들에게서 무기들을 하나씩 빼앗았다. 봉심은 정유황의 칼을 뺏었다. 칼을 잡게 되자 준경은 천복전을 향해 거침없이 달려갔고, 모두 뒤따랐다.

빨리 온 것인지 늦은 것인지 천복전은 어둠에 잠긴 채 고요했다. 준경이 천복전에 들며 소리쳤다.

"왕이시여, 안에 계시옵니까?"

천복전 안은 조용했고, 척준경의 목소리만 쩌렁쩌렁 울렸다. 그 울림의 여운이 다하도록 천복전 안은 잠잠했다.

"빌어먹을, 늦은 건가?"

준경이 탄식하고 몸을 돌리는데 안에서 검은 그림자가 어른거렸다.

"척 장군, 그대가 왔는가?"

왕이었다. 내시 몇이 왕의 옆에 붙어 있었다.

척준경이 한쪽 무릎을 꿇으며 부복했다. 봉심 등도 모두 무릎을 꿇었다.

"안심하십시오, 대왕 마마. 신 준경이 왔사옵니다."

"불필요한 예는 취하지 말라. 어서 일어나서 나를 지켜다오."

왕의 목소리가 채 끝나기도 전에 공기를 찢는 소리가 덮쳐 왔다. 화살이었다.

"안으로."

준경이 왕을 끌어안고 기둥 뒤로 몸을 숨겼다. 봉심과 준경의 부하들도 급급히 화살을 피해 천복전 안으로 뛰어들고 기둥에 몸을 숨겼다. 화살이 머리 위를 날고 발치에도 떨어졌다.

기둥 뒤에서 준경이 고함쳤다.

"화살을 얼마나 가져왔는가?"

화살은 계속 날아왔다. 준경의 고함은 화살을 넘어 울려 퍼졌다.

"실컷 쏴라. 다만 화살이 다하는 순간 너희들의 목숨도 다하게 될 것이다."

화살이 멎었다. 준경의 위협은 대단한 것이었다. 화살이 더 날아오지 않자 준경은 기둥에서 나와 천복전 앞에 섰다.

"무기를 버리고 앞에 와서 무릎을 꿇는 자는 살 것이고 버티는 자들은 내일 아침 해를 보지 못할 것이다. 이 준경이 약속하마."

천복전 앞의 어둠이 움직였다. 활과 무기를 든 군사들이었다. 누군가가 가장 먼저 활을 버리자 너도나도 가진 무기들을 버렸다. 준경은 천복전 앞마당까지 나가 섰다.

"여기 왕이 계시다. 와서 무릎들을 꿇으라."

군사들이 엉거주춤 다가와서 무릎을 꿇었다.

"누가 대장이냐?"

한 사내가 일어섰다. 장군 고진수였다.

"척 장군, 나는 그저 국공의 명으로……."

번쩍하더니 준경의 칼이 고진수의 목에 떨어졌다. 고진수의 목은 채 변명도 다 하지 못하고 몸에서 떨어져 나가 피를 뿜으며 마당을 펄쩍펄쩍 뛰더니 이내 데구루루 굴렀다. 군사들이 얼굴이 하얗게 질려 벌벌 떨었다.

"아침 해를 보고 싶거든 그 자리에서 그대로 무릎 꿇고 기다릴 것이다."

준경은 나머지 군사들을 그 자리에 묶어두고 왕을 모시고 숭덕부로 향했다. 최식 등의 부하들이 날개를 펼치듯 좌우로 길게 늘어서며 뒤를 받쳤다.

여기저기서 군사들이 달려왔다. 준경은 걸음을 멈추지 않고 고함쳤다.

"왕께서 나아가신다! 모두 그 자리에 무릎을 꿇어라!"

달려오다가 엉거주춤해도 무릎을 꿇는 자는 없었다. 한 무더기가 다가

왔다.

"무슨 일이신가, 척 장군? 다짜고짜로 그럴 게 아니라 사정을 말해야……."

대장군 강호와 그 휘하들이었다. 백관들이 다 아는 이자겸의 수족들이니 준경이 모를 리 없었다.

준경의 발이 땅을 박찼다. 그것을 신호처럼 최식, 이후진, 윤한 등도 거의 동시에 나아갔고, 봉심도 늦을세라 바로 뒤에 붙었다. 대장군 강호와 장군, 낭장, 별장 급의 휘하들이 급급히 도검을 뽑아 들었다. 칼과 칼이 맞부딪쳤고 공기를 가르는 소리가 어지럽더니 곧 여기저기서 피가 튀면서 묵직한 신음과 비명이 뒤섞였다. 준경은 오른 목 줄기에서 피분수를 뿜는 강호의 왼 가슴에 마저 칼을 쑤셔 박고는 발로 몸뚱이를 걷어찼다. 강호의 휘하들은 최식, 이후진, 윤한 등의 거칠고 무자비한 손속 아래에 속속들이 죽어 나갔다. 봉심은 재빨리 셋 정도 목을 땄으나 너무 급하게 처리했는지 더 상대할 자를 찾지 못했다. 핏물이 줄줄 듣는 칼을 든 채 구경만 했다. 강호와 그 휘하 무장들이 모두 죽어 넘어지자 사방에서 다가오던 군사들이 모두 무릎을 꿇었다. 일어서 있는 자는 아무도 없었다.

준경의 부하들과 내시들이 에워싼 보호를 받던 왕이 허리를 굽히고 토악질을 해댔다. 준경이 왕에게 달려갔다.

"짐은… 더 못 가겠다……."

왕은 고통스럽게 헐떡였다. 무릎을 꿇은 자들 중에 하나가 엉거주춤 다가왔다.

"마마, 괜찮으시옵니까?"

준경이 홱 돌아보더니 그자의 가슴팍을 걷어찼다. 그자는 비명을 지르면서 나가떨어졌다.

왕이 손을 내저어 만류했다.

"척 장군, 그는 추부 승선이다. 그는 죽이지 말라……."

준경은 성큼성큼 다가가 그자를 잡아 일으켰다.

"네가 추부 승선이었더냐?"

그자는 파랗게 질려서 떨고 있었다. 그는 추부 승선 강후연으로서 조금 전에 준경이 죽인 대장군 강호의 형이었는데 무관이 아닌 문관이었다. 준경은 강후연을 밀쳤다.

"네가 승선이면 가서 왕께서 여기 계시다 하고 자겸을 불러오라."

준경은 사천왕처럼 눈알을 부라렸다.

"오지 않으면 내가 가겠다고 하라. 어서 가라."

강후연이 숭덕부를 향해 허겁지겁 달려갔다.

"그만… 이제 그만 죽여도 되지 않겠는가? 여기 내 백성이 아닌 사람이 어디 있는가……."

왕이 눈물을 글썽이며 준경에게 사정하듯 말했다. 준경은 허리를 굽히며 공손히 대답했다.

"이는 자겸이 하기에 달린 일입니다. 저를 탓하시면 섭섭하옵니다."

말투는 공손하지 않았다. 사방엔 피 냄새가 진동하고 있었으며 어둠엔 두려움과 죽음이 잔뜩 깃들었다. 피차 평상적인 정신 상태를 유지하고 있는 사람은 없다고 봐야 했다.

왕은 더 말하지 않았다. 모두 한 사람, 준경의 눈치만 보고 있었다. 준경이 이자겸을 기다려 보겠다는 듯 꿈쩍도 하지 않았으므로 움직이는 자는 아무도 없었다.

봉심은 슬그머니 왕의 곁으로 붙었다. 앞으로 언제 또 기회가 올지 모르니 지금이라도 가까이서 봐두고 싶었다.

아직 소년에 불과한 왕은 죽음이 가져다주는 불안과 두려움, 메스꺼움과 역겨움을 입술을 짓깨물면서 견디고 있었다. 떨면서 어둠의 한곳을 노려보는 눈은 지나간 죽음과 다가올 죽음을 동시에 바라보는 듯했다. 봉심은 가슴 밑바닥에서 치밀어 오르는 격한 측은감과 뜨거운 충성심에 눈물이 핑 돌았다.

숭덕부 쪽에서 희끗한 그림자가 다가오고 있었다. 그의 뒤에는 승선 강후연이 따르고 있었으니 흰 그림자는 다름 아닌 소복을 차려 입은 이자겸이었다. 사방에서 무릎을 꿇고 있던 군사들이 흔들렸다.

준경이 이자겸을 노려보았다. 이자겸은 고개를 숙이고 걸어오고 있었다.

"나를 무시하면 이렇게 될 줄 몰랐던가?"

준경이 말했으나 이자겸은 못 들은 것처럼 고개를 숙이고 준경을 지나쳤다. 이자겸은 왕의 앞에서 무릎을 꿇고 엎드려 절을 올렸다.

준경이 이자겸의 뒤에 버티고 섰다. 준경은 이자겸의 뒤통수를 잡아먹을 듯이 노려보고 있었다. 금방이라도 뒤에서 이자겸의 목을 내려칠 기색이었다.

이자겸은 준경을 의식 못하는지 쉼없이 왕에게만 절을 해댔다. 두려움은 왕의 얼굴에서 점점 커졌고, 결국 왕이 입을 열었다.

"국공을 팔관보에 가두도록 하라."

왕의 명령은 마치 이자겸을 척준경에게서 구해주려는 것인 듯도 했다. 그러나 팔관보는 팔관회를 주관하는 곳이니 곧 선(善)을 기르고 악(惡)을 물리치는 항마와 척사의 상징과도 같았다. 엄벌은 할 것이되 외할아버지이자 장인인 자의 죽음을 눈앞에서 보고 싶지 않은 왕의 마음인 것 같았다.

준경이 한 손으로 거칠게 이자겸의 덜미를 잡아 일으켜 세웠다. 이자겸은 어떤 저항도 이미 포기한 듯 흐느적거렸다.

"이자를 따르던 너희들이 직접 잡아가둬라. 그리고 지켜라. 너희들이 살 길은 그것 하나뿐이다."

이자겸은 부리던 군사들에 의해 팔관보에 감금되었다.

그때 병부상서 김향과 순검도령 정유황이 군사들과 순검군을 이끌고 달려왔다. 준경은 김향에겐 왕을 연경궁으로 모실 것을 명령하고 정유황에겐 팔관보를 지킬 것을 명령했다. 상황이 상황이어서인지 명령은 그대로 먹히고 시행되었다.

그걸로 끝이 아니었다. 준경은 부하들과 나머지 군사를 이끌고 곧장 이자겸의 아들들과 근신들을 잡으러 나섰다. 일단 칼을 빼 든 준경은 궐을 통째로 불살랐던 그때처럼 거침이 없었으며, 강력하고 빠르고 잔인했다.

준경의 기세에 대부분이 자진해서 무장 해제하고 무릎을 꿇었다. 공연히 말이라도 이상하게 입에 올리는 자들에겐 대답 없이 가차없는 칼질이 가해졌다. 와중에 봉심은 낭장 왕의를 기어코 찾아내 사타구니를 짓밟아 으깨놓았다.

날이 채 밝기도 전에 이지미와 준경의 사위인 이지원을 비롯한 이자겸의 아들들이 모조리 잡혔고, 다음날엔 이자겸을 따르던 문무대신과 관료들은 물론 그들의 자식들과 하인들까지 남김없이 스스로 걸어와 엮였다.

그들은 전국 각지로 뿔뿔이 흩어지듯 귀양 보내졌고, 개중 행실이 고약하고 해악이 심했던 자들은 귀양 도중에 참살되었다. 먼 전라 영광으로 보낸 이자겸에겐 사약이 곧장 뒤따라갔다.

비로소 불탄 궁궐에 해가 바로 비치는 듯했다. 그러나 그게 어느 정도 바르게 비치는 것인지는 아직 모를 일이었다.

39 귀환

습명의 상태는 생각보다 좋아 보였다. 살이 뽀얗게 오른 것이 전보다 오히려 나아 보이는 듯도 했다. 폐인 몰골까진 아니더라도 헝클어지고 지저분한 몰골을 상상하며 습명을 찾은 봉심은 배반감 비슷한 기분마저 들 지경이었다.

방물장수 아주머니들이 지극정성으로 거두어 먹이고 보살펴 준 것 같았다. 그러나 그것만으로 좋아 보일 수 있을지 의문이었다. 인간이 짐승이 아닌 이상 마음이 편한 것이 우선이지 않을까 싶었다.

그간 정이 들었는지 문을 나서는 습명을 방물장수 아주머니들이 눈물로 배웅했다. 봉심이 약속대로 집을 마음대로 쓰셔도 된다고 하자 아주머니들은 금방 만세라도 부를 듯 기뻐하면서 손을 흔들었다.

"목숨을 구하겠다고 숨어든 자가 무엇을 할 수 있었겠는가. 거기선 비겁함을 수치스러워하고 나약함을 한탄하는 것도 스스로를 속이고 기만하는 짓이지. 나는 나약한 인간이며 목숨을 아끼는 인간일세. 그게 나지. 내가 나를 거짓되게 하지 않으니 몸과 마음이 편안해지더군."

그렇게 해서 마음이 편해질 수 있는 것인가. 봉심은 습명이 신기해 보였다.

"방물장수 아주머니들의 살아가는 모습을 보면서 깨우친 바도 컸네. 그들의 삶은 끊임없이 포기하고 버리고 비우는 것의 연속이더군. 그러나 빈손으로 와서 빈손으로 가는 사람이 무엇을 얻고 가질 수 있겠는가. 나는 그들의 삶이야말로 지혜롭고 현명하다는 것을 알았네. 과연 바깥소식에 궁금해하고 불안해하는 마음과 충동을 포기하고 버리니 이를 데 없이 마음이 편안해졌네. 편안함은 얻는 게 아니라 불편하게 하는 것들을 버리고 비우면 남는 것이었네. 마음이 본디 편안한 것이라는 건 놀랍지 않은가?"

습명은 말이 많아진 것 같았다. 그간 적적하기도 했을 것이다.

"그사이 많은 일이 있었습니다. 그런 일들에서 떠나 마음이 편하셨다니 다행스럽기도 하고 부럽기도 하고 그렇습니다."

봉심이 그렇게 말해도 습명은 무슨 많은 일이 있었느냐고 묻지 않았다. 묻지 않은 건 말해줄 필요를 못 느꼈다. 어차피 집에 돌아가서 다시 입궐하고 일을 본다면 다 알게 될 것이니 봉심이 답답해할 필요는 없었다. 다만 습명을 다시 데리고 나오는 일을 오 주사에게 부탁할 걸 하는 후회는 들었다.

습명이 집에 도착하니 짐쇠를 비롯한 습명의 하인들이 눈물로 맞았다.

"급히 떠나셨는데 이렇게 무사히 돌아오신 걸 보니 기적만 같습니다."

"영일의 물고기를 실컷 자셨나 봅니다. 가시기 전보다 신수가 나아지신 듯하니 쇤네들이 다 살 것 같습니다요."

하인들은 습명이 고향에 다녀온 줄 아는 모양이었다. 그 틈에 봉심은 슬그머니 빠져나왔다.

영일이면 동경에 속한 바닷가 마을로 떠오르는 해를 가장 먼저 맞는다는 곳이었다. 가본 적은 없지만 각 도와 군현의 지리는 국자감 무학 공부의 한 분야이기도 해서 기억에 있었다. 김부식이 대대로 동경에 뿌리를 내려온 신라 귀족 가문의 후예이니 영일 출신의 습명이 부식을 따르는 건 그들의 고향을 닮은 것인가 싶었다.

송에 간 김부식은 언제 돌아오는가 했는데, 금에 사신으로 갔던 자들이 이자겸의 몰락을 듣고 겁이 나서 도중에서 돌아오지 못하고 금태종이 내린 조서만 보내왔다. 왕이 백관들을 편전과 그 앞뜰에 소집해 들여 승선을 시켜 금태종의 조서를 읽게 했다.

짐(朕)은 생각하노니, 망하여 가는 것은 없애 버리고 보존되는 것을 견고히 하는 것은 제왕의 할 일이며, 작은 나라로서 큰 나라를 섬기는 것은 사직을 보존하는 도리이다. 훌륭하고 큰 인물은 시기를 따라 변통할 줄 아는 원대한 사업을 품는 것이다. 경은 집안이 왕작(王爵)을 전하고 대대로 영토를 누려왔는데, 글을 올려 존경하는 정성을 극진히 하였고, 토산물을 공납하는 예절을 다하였으며, 이어 낮은 칭호를 사용하였으니 최고의 예의로 섬기는 뜻을 알겠노라. 무력으로 위협하지 않았고 예물로 회유하지도 않았는데 저절로 왔으니 역시 좋은 일이 아닌가. 또 군부(君父)로서의 나의 마음이 이미 두터우니 신자(臣子)로서의 의리를 너는 쉽게 잊지 말라.

금이 왕이 되어 짐이라 하고 고려가 신하가 되어 경으로 불리고 있었다. 금이 먼저 요구한 바였고, 이자겸이 들어주자 해서 사신이 간 것이었으나 그사이 이자겸은 사라졌다. 금은 고려가 군신의 예를 받아들인 것을 기뻐하여 답신을 내려 보냈으니 무시해도 그대로 굳어지는 것이었고, 새삼 거부한다면 전쟁은 불 보듯 뻔했다.

백관들은 모두 고개만 떨어뜨릴 뿐 말하는 자는 아무도 없었다. 준경이 얼굴이 시뻘겋게 달아올라서 자리를 차고 일어섰다. 그리고 돌아서서 연경궁을 떠나 버렸다. 병권과 군사의 요직을 한자리씩 꿰찬 최식과 이후진, 윤한 등도 준경을 따라갔다.

이자겸과 그 일파를 깨끗이 소탕한 뒤 준경은 왕으로부터 문하시중 직을 하사받았다. 왕의 바로 아래이자 백관들의 우두머리인 만인지상 일인지하의 자리였다. 받아도 보는 앞에서 뭐라고 할 자 아무도 없었으나 준경은 계품을 너무 건너뛰는 온당치 못한 일이라 하고 받지 않았다. 준경이 경우가 바른 사람이 되기로 작정한 것인지 다른 생각이 있는지는 알 수 없었다.

준경은 추충정국협모동덕위사공신(推忠靖國協謀同德衛社功臣)이란 지루할 정도로 긴 명칭의 작호에 봉해졌고, 검교태사, 수태보, 문하시랑, 동중서

문하평장사, 판호부사의 직함들이 무더기로 내려졌다. 그것은 준경 한 사람이 능히 백관들의 몫을 감당해 낸다는 상징적인 의미와도 같았고 실제로도 거기에 이의를 달 사람은 없었다.

준경이 제멋대로 자리를 떠나 버렸으나 누구 하나 그 무례를 탓하는 자 없었다. 편전은 불편하고 어색한 침묵에 빠졌다.

준경이 가질 뻔한 문하시중의 자리에 대신 오른 이위가 조심스럽게 침묵을 깼다.

"요구를 들어주다 보면 끝이 없을 것이니 차제에 준경을 서경유수사에 임명하여 상주시킴으로써 그 이상은 없다는 뜻을 시위함이 가할 줄 아옵니다."

말이 묘했다. 더한 요구를 막기 위해 준경을 서경유수사에 앉히자는 건의는 그럴듯했으나 군신 관계는 더 거론하지 말자는 뜻을 속에 깔고 있었다.

이위는 과거 윤관 장군 탄핵에 누구보다 열성이었던 자고, 서경유수이던 시절엔 이자겸 일당이 서경을 농락해도 모른 척 방관했던 전력이 있었다. 금번에 이자겸 일파가 소탕되면서 왕비인 그의 두 딸들도 내침을 당했고, 왕은 새 비를 들였는데 이위가 비의 외할아버지였다. 경험과 관록이 풍부한 늙은 대신관료가 많지 않다 보니 준경이 받지 않은 문하시중에 이위가 거론되었고, 반대가 없었던 것이다.

물론 지금으로썬 여진과의 전쟁은 불가능에 가까웠다. 무엇보다 왕이 너무 지치고 약해져 있었다. 이자겸 일파가 소탕되었어도 그때의 충격과 고통에서 회복되지 못한 듯했다.

"다른 더 좋은 의견은 없는가?"

묻는 왕의 목소리엔 힘이 없었다.

"통촉하시옵소서."

백관들이 머리를 빻았다. 이위의 간언은 그대로 추인되었고, 준경에겐 서경유수사 상주국이란 직함이 하나 더 얹혔다.

순검도령 정유황이 마지막에 줄을 잘 선 덕분에 승진하고 그 빈자리를 꿰차게 된 봉심은 예빈시에 들어 술을 모두 가져오게 했다. 순검도령 아니라 누구라도 사사로이 예빈시에서 술을 내오라 할 수는 없는 일이었으나, 봉심이 준경과 함께 앞장서서 이자겸 일파를 소탕한 일은 궐내에 이미 잘 알려져 있었다.

"나한테 용맹하고 날랜 군사 천 명만 붙여주면 지금이라도 당장 가서 오걸매의 목을 따올 수 있다."

봉심은 취해 있었다.

"나라의 자존을 수호하지 못하는 것들이 무슨 나랏일을 본다고 낯짝을 쳐들고 다니는가. 그 쓸모없는 것들을 모조리 다 죽여 버리고 혼자서라도 쳐들어갈 거다."

봉심은 탁자의 빈 술병들을 와르르 쓸어버리고는 통곡했다.

"미쳐 버리겠구나."

이미 제정신이 아닌 듯했다. 오 주사에게서 소식을 듣고 예빈시에 들른 지상은 그런 봉심을 가만히 지켜보기만 했다. 봉심은 국자감의 피 끓는 그때 그 시절로 되돌아간 듯 보였다. 그럴 만 했다. 피가 뜨거운 이 땅의 백성들이 봉심과 다르지 않을 것이란 생각도 들었다.

봉심은 탁자를 짚고 일어서는가 싶더니 탁자와 함께 요란하게 나뒹굴었다. 예빈시의 이속들이 놀라서 달려나왔다. 봉심은 몇 번 끙끙대더니 이내 곯아떨어졌다. 빈 술병이 족히 서른 개는 넘어 보였다.

지상은 이속들에게 봉심을 객청으로 옮겨 재우게 하고, 자고 일어나면 괜찮을 것이니 걱정 말라고 했다. 물론 공연히 밖에다가 떠들고 다니지 말란 당부도 잊지 않았다. 이속들은 봉심을 이해한다며, 저희들도 속이 터져 죽을 지경이라고 오히려 지상을 안심시켰다.

예빈시를 나온 지상은 잠시 갈 길을 잃었다. 앞이 보이질 않았다. 왕이 여전히 위엄과 군왕의 풍모를 갖추지 못하는 것이 가장 안타까운 일이었다. 생전은 물론 사후에도 이자겸이 남긴 해악은 상상 이상으로 컸다.

준경은 무슨 마음인지 그날 이후 궐에 나오지 않고 집에 틀어박혔다. 궐에 점점 불안하고 불길한 그림자가 드리워졌다.

"병부상서께서 좌정언을 보자십니다."

병부의 이속이 찾아와서 지상에게 허리를 굽신거렸다.

병부상서는 최사전이었다. 내의가 병부상서가 된 예는 없었지만 최사전은 왕이 가장 믿을 수 있는 근신이었다. 그런 사전에게 병권을 맡긴 것은 왕이 얼마나 무력을 불안해하고 두려워하는가를 반증하는 것과 같았다.

"왕께선 준경을 자겸 못지않게 두려워하고 계시네. 준경이 있는 한 지난 악몽을 떨쳐 버리기 힘드실 듯하네."

자삼 나포에 금어대를 두른 모습이 의외로 어울려 보이는 사전의 목소리는 그러나 무겁고 침울했다.

"준경의 충성에 대해 고마움을 느끼시는 것과 그의 존재 자체에 대해 부담을 가지시는 것은 별개의 문제가 아니겠는가? 그 고충을 밖으로 쉽게 꺼내놓지 못하시는 것부터가 위계에 맞지 않는 일이라고 보지 않는가?"

결국 준경을 처리할 방법을 완곡하게 묻는 것과 같았다. 지상은 고통을 느꼈다. 준경이 하는 것에 관계없이 왕이 준경을 꺼려 하리라고는 미처 예상하지 못했다.

"백관들 앞에선 준경을 서경에 보내자 했던 문하시중이 왕께는 따로 준경이 서경에 가면 양계의 군사들을 일으켜 모반을 할 가능성이 있으니 신중하시라 했다네. 그의 다른 간언이 노망이 의심될 정도로 황망하기 그지없으나 왕께선 두려움이 더욱 깊어지신 듯하네."

"설마 노망이겠습니까? 그는 그럼으로써 금과 우리의 군신 관계에 관한 갑론을박을 넘기고자 했을 것이니 원래 그런 사람입니다. 그러나 지금에서야 굴욕을 감수하더라도 전쟁을 피하고자 하는 그를 누가 탓할 수 있겠습니까?"

지상은 이위는 그쯤으로 정리하고 냉정하려고 애썼다. 그래도 피가 자꾸 끓었다.

"이 모두가 왕께서 힘을 가지지 못하고 그로 인해 나라의 힘이 떨어진 까닭입니다."

지상은 왕께서 바로 서지 않는 한 아무것도 되지 않는다는 사실을 직시했다.

"신하가 아무리 뛰어나도 왕이 제자리에서 빛을 발하는 것 이상은 되지 못할 것이고, 그렇게 되어서도 안 될 것입니다. 준경이 아무리 사해에 용맹함을 떨쳤다 해도 금은 준경을 보는 것이 아니라 아직은 힘이 약하신 우리의 왕을 보고 있기에 저토록 오만방자하고 자신만만한 것입니다. 잘 불러 주셨습니다. 덕분에 잠시 어두워졌던 제 눈이 밝아졌습니다."

"마침 자네도 힘들어하고 있었던가?"

지상은 잠시 사이를 뒀다가 다시 입을 열었다.

"내친다고 그냥 내쳐질 준경이 아닙니다. 준경이 발호한다면 누가 그것을 막을 수 있을지 두렵기만 합니다. 더구나 그가 이자겸으로부터 왕과 사직을 지켜낸 건 사실이므로 내칠 경우 준경이 버림받았다고 할 민심도 적지 않을 것입니다."

사전이 얼굴이 어두워지며 고개를 끄덕였다.

"왕께서 먼저 서경에 거둥케 간언해 주십시오. 준경이 가는 것 보다 왕께서 가시는 것이 여러모로 합당할 것입니다. 왕께서 먼저 힘과 의지를 보이셔야 합니다. 자신은 없습니다만 저는 그 사이 준경이 무리없이 물러나게 할 방도를 강구해 보겠습니다."

"자네가 자신이 없으면 어떡하는가? 아니 될 말이네. 왕께 반드시 자네의 말을 전해 어떻게든 서경에 거둥케 할 테니 자네 역시 반드시 준경을 물러나게 할 방도를 마련해 주게."

사전이 워낙 간절하면서도 결연한 태도여서 지상은 알았다고 답하고 병부를 물러 나왔다.

방법은 없었다. 준경과 직접 부딪쳐 보는 수밖에 없었다.

거느리고 따르던 부하들이 한자리씩 꿰차고 독립해 나간 준경의 크고 으리으리한 집은 고요하고 적막했다. 준경은 놀랍게도 벽면 가득 책을 꽂아 넣은 서재를 갖추고 거기에 앉아 있었다. 지상이 들어가자 준경은 서탁에 책은 하나도 없이 찻잔만 놓고 차를 마시고 있었다.

분위기는 중요했다. 책 냄새에 둘러싸인 준경은 새로워 보였다. 지상은 저도 모르게 의례적인 인사를 했다.

"방해가 된 건 아닌지 모르겠습니다."

"쉬고 있던 참이었다. 나는 한 번에 많은 책을 읽을 수 없는 사람이다."

책을 가져다 놓기만 한 게 아니라 읽기도 하는 모양이었다. 자리가 사람을 만든다더니 준경도 나름 애쓰는 것처럼 여겨졌다.

"어찌 입궐은 하지 않으십니까?"

준경의 눈이 힐끗 지상의 얼굴에 꽂혔다가 찻잔으로 떨어졌다. 차가 얼마나 남았던 건지 준경은 한입에 털어 넣고 빈 찻잔을 내려놓고 말했다.

"나는 기다리고 있다."

"무엇을 기다리고 계십니까?"

"백관들이 뜻을 모으고 왕께서 재가를 하셔서 금을 정벌하자고 하면 나는 일어설 것이다. 그러지 않는다면 나로서도 방법은 없다."

"그게 가능하다고 보십니까?"

준경의 눈에 못마땅한 기색이 스쳤다. 그러나 분위기는 중요했다. 준경은 책 냄새와 은은한 여운이 남은 차향에 걸맞게 쉽게 폭발하지 않았다.

"장군께선 고려의 전 국력을 기울여 오 년을 넘게 준비해서 여진을 치셨다. 그때도 끝내지 못한 싸움을 나보고 어쩌란 말이냐? 여진 놈들은 그때보다 훨씬 강해졌어. 나라를 세우더니 거란을 멸망시키고 송까지 넘보고 있어. 우리는 어떤가? 애석하고 절통한 일이지만 우리의 국력은 그때보다 훨씬 못하다. 나 혼자 나선다고 될 일로 보느냐?"

"송과 힘을 합친다면 어떻겠습니까?"

"그놈들이? 요든 송이든 그때 조금만 힘을 보탰더라면 여진은 진작 쉽게 끝났을 것이다. 그때도 이런저런 핑계와 구실을 붙여가며 몸을 사렸던 것들이 지금에서 힘을 합치고자 하겠나?"

"누가 뭐래도 장군은 현재 조정의 중심이자 구심입니다. 먼저 나서서 중지와 국력을 모아볼 생각은 없으십니까?"

준경의 눈에 서서히 험악한 기운이 감돌았다.

"그때도 조정에서 한마음 한뜻으로 장군과 우릴 지원해 줬더라면 요와 송의 협력을 구하지 않고서도 여진을 끝장낼 수 있었을 것이다. 그런데 어땠지? 전쟁이 끝나지도 않았는데 조정에선 장군의 위업을 깎아 내리는 데에 혈안이 되었었다. 될 일도 안 되게 하는 놈들이 그놈들이야."

"그걸 잘 아시면서 그들이 뜻을 모아 금을 정벌하자고 할 때를 기다리겠다는 건 무슨 말씀입니까?"

준경은 말문이 막힌 듯했다. 입이 막히자 안에서 끓어오르는 것 같았다. 지상은 나직하고 단호하게 말했다.

"그만 물러나 쉬십시오."

준경의 옷자락이 펄럭인 듯했다. 준경은 무섭게 눈을 부릅뜨고 있었다. 지상은 준경의 눈을 피하지 않았다.

"장군의 말씀은 틀리지 않았습니다. 지금은 어째도 여진과 상대하기가 어렵습니다. 우리는 다시 힘을 길러야 합니다. 그러기 위해선 왕께서 진정한 군왕의 풍모를 갖추시는 게 가장 우선입니다."

준경의 손이 찻잔을 꽉 움켜쥐고 벌벌 떨리고 있었다.

"왕께서 장군을 부담스러워하고 장군께 주눅 들어 계십니다. 왕을 위하여 모든 관직에서 물러나십시오."

퍽 소리와 함께 찻잔이 준경의 손 안에서 박살났다. 찻잔의 날카로운 파편이 손을 파고들었는지 꽉 쥔 준경의 손에서 핏물이 떨어졌다. 그 손이 천둥과 같은 소리를 내며 서탁에 떨어졌다. 천둥소리는 준경의 입에서도 터져 나왔다.

"너희들이 날 갖고 노는구나!"

준경은 벌떡 일어섰다. 준경은 악을 내려다보는 사천왕처럼 눈을 홉뜨고 온몸으로 우르르 경련하고 있었다. 준경의 배반감과 분노를 예상 못한 바가 아니어서 지상은 견뎌냈다. 여기서 피하거나 물러선다면 준경이 무슨 짓을 할지 알 수 없었다.

준경은 상처 입은 맹수처럼 거친 호흡을 내뿜었다.

"왕이 내게 가서 그리 말하라 시켰더냐?"

위험했다. 지상은 의식적으로 얼음물을 정수리에 한바가지 끼얹었다.

"왕께선 그럴 힘도 의지도 없으십니다. 그 정도로 약해져 계십니다. 그런 왕의 모습에 신하 된 도리로 장군을 찾은 것이지 다른 일과 의도는 없습니다. 장군의 분노와 고통을 이해합니다만 장군께서도 부디 신하의 위치에서 왕의 어려움과 고통을 바라봐 주시길 간청드립니다."

준경은 식식댔으나 호흡이 더 거칠어지진 않았다.

"아울러 척준경이란 이름 석 자가 후대에 어떻게 전해질 것인가를 헤아려 보십시오. 장군의 이름이 후대에 길이길이 남는 쪽이 어느 쪽이겠습니까?"

준경은 아무것도 없는 눈앞의 한 지점에 눈을 고정시킨 채 뜨거운 호흡만 내쉬고 있었다. 언뜻 준경이 늙어 보이는 듯했다. 지상은 조용히 서재를 물러 나와 준경의 집을 나왔다.

준경이 왕명과 통하고 명분을 쥐긴 했으나 이자겸이 끝까지 챙기고 배려 했더라면 준경이 이자겸을 칠 일은 없었을 것이다. 도리로써 준경에게 미안할 필요는 없었으나, 그 일을 따져 준경의 배반감과 분노를 비난하거나 공박할 수도 없는 노릇이었다. 그럴 자격을 가진 자는 아무도 없었다. 지상은 준경의 집 담장을 짚고서 허리를 굽혀 고통스럽게 기침을 해댔다.

준경은 그 뒤로도 집을 나서지 않았다. 준경에게서 어떤 기적이나 움직임이 있는 것 같지도 않았다. 또한 왕이 서경에 거둥한다는 얘기도 나오지 않았다. 폭풍의 전조인지 해결의 실마리가 준비되고 있는 건지 알 수 없는 일이었다.

그리고 송에 갔던 부식이 돌아왔다.

40 격돌

 부식은 보았다. 금의 오랑캐들이 송의 황도인 변경성을 거침없이 짓밟는 것을.
 그리고 또 보았다. 앞선 황제 휘종과 새 황제 흠종이 나란히 무릎걸음으로 걸어 머리가 깨져 피가 어깨를 적실 때까지 절하며 패배를 시인하고 삶을 구걸하는 것을.
 상대는 금태종도 아니었고 단지 토벌군을 이끌고 내려온 종망과 종한이란 금의 장수일 뿐이었다. 종망과 종한은 두 황제를 잡아 개 끌듯 중경으로 끌고 갔고, 양자강 이북의 송은 역사에서 사라졌다.
 금은 이미 오랑캐가 아니었다. 오랑캐란 말 자체가 업신여김을 붙이고 다니는 것인데, 요와 송을 연달아 거꾸러뜨리고 최강자의 자리에 우뚝 선 금을 오랑캐라고 할 수 있는 나라는 없었다.

부식은 돌아와서도 한동안 금군의 말발굽 소리 요란한 악몽에 시달렸다. 부식의 두려움은 곧 왕과 조정의 두려움이 되었고, 궐을 넘어 백성들에게도 염병처럼 번져 갔다. 금의 다음 목표가 어디인지를 말하는 사람은 아무도 없었고, 모르는 사람 또한 아무도 없었다.

"왕께서 서경까지 나아가셔야 합니다. 시급합니다. 금이 오판을 할 빌미를 줘선 안 됩니다."

지상은 사전을 압박했다. 사전은 사전대로 준경을 물고 늘어졌다.

"준경은 어찌하겠다던가? 조용히 물러나겠다던가?"

지상은 고통스러웠다. 지상으로서도 무엇이 우선이어야 하는지 알 수 없었다. 지상은 결국 다시 준경을 찾아갔다.

"네놈 마음대로 해라."

준경은 지그시 지상을 노려보며 입술을 거의 움직이지 않고 말했다. 준경은 이미 마음의 정리를 끝낸 듯했다. 지상은 준경에게 큰절을 올렸다.

준경의 다음 말은 뜻밖이었다.

"마지막으로 기령을 한 번 보고 싶구나."

회한이 서린 목소리였다.

지상도 그녀를 마음대로 오라 가라 할 처지가 아니란 걸 준경도 모르지는 않을 것이다. 결국 지상에게 그녀를 만날 방법을 묻는 것과 같았다. 물론 지상에게도 방법은 없었다. 하지만 다른 건 몰라도 스스로 마지막이라고 한 준경의 요구는 들어줘야 할 것만 같았다.

"떠나신다면 제가 무엇을 하지 않아도 장군 앞에 한 번쯤은 나타나지 않겠습니까?"

"네놈은 거짓말을 했다. 네놈 친구에게 무예를 깨우칠 정도면 기령이 네놈을 얼마나 특별하게 여기는지를 말할 필요도 없다."

준경은 흥분하진 않았다.

"내 앞에 불러다오. 기령을 불러내지 못하면 물러나더라도 네 놈의 목은 갖고 물러날 거다."

정말 보고 싶은 모양이었다.

"노력해 보겠습니다."

지상은 그 정도로만 하고 준경의 집을 나와 바로 입궐하여 상소문을 지었다.

병오년 봄 이월에 준경이 최식 등과 더불어 대궐을 침범할 적에 주상께서 신봉문(神鳳門)의 문루에 나오셔서 군사에게 효유하는 뜻을 말하니, 모두 갑옷을 벗고 환성을 올려 만세를 부르는데, 다만 준경이 조서를 받들지 아니하고 군사를 위협하여 전진시키고 심지어 날아오는 화살이 주상의 용안 위로 지나가기까지 하였으며, 또 군사를 이끌고 액문(掖門)으로 돌입하여 궁궐을 불태웠으며, 측근에 모셨던 사람을 모두 잡아 죽였으니 옛날부터 난신 중에 이 같은 자는 드물었습니다. 이자겸을 친 오월의 사건은 일시의 공로요, 궐을 불태운 이월의 사건은 만세(萬世)의 죄이니 폐하께서 오월의 일을 어여삐 여겨 도리로써 차마 어쩌지 못하시는 마음이 있으신 줄 아오나, 어찌 일시의 공으로 만세의 죄를 덮겠나이까. 부디 준경을 내치고 왕권을 바로 세우시어 굳건한 왕업을 닦으소서.

지상은 상소문을 추밀원에 들이고 그날 밤 다시 준경의 집을 찾았다.
"불렀느냐?"
"못 불렀습니다."
"그럼 무슨 수작이냐?"
"갈 데가 있습니다."
지상이 앞서고 준경이 따랐다.

약두산은 선왕이 스승으로 모셨던 동산처사 곽여의 거처 동산재가 있던 곳이다. 선왕의 병사 이후 곽여는 동산재를 떠나 사람들이 찾지 못할 곳으로 은거해 버렸는데, 세상 사람들은 벼슬을 떠나 신선처럼 살아가는 자라 해서 금문우객(金門羽客)이라 불렀다.

곽여가 없는 동산재는 경외롭고 신령스러운 기운이 거세된 그저 그런 야산에 불과한 듯했다. 지상은 달빛의 도움을 받아 동산재를 품었던 기슭을 돌아 억새 무성한 능선에 섰다. 그녀와 준경과 자신이 함께 조우했던 곳이다. 어둠 속에서 은빛 물결처럼 일렁이는 억새밭은 비밀스런 신비스러움을 가득 품은 듯했다.

준경도 그때 기억이 떠오르는지 중얼거렸다.

"그래… 여기서 네놈을 처음 봤었지."

준경이 힐끗 지상을 쳐다봤다.

"그런데 여기 와서 뭐 하자는 것이냐? 기령이 여기서 살기라도 한다는 것이냐?"

"왠지 여기서 말을 하면 그녀가 와서 듣지 않을까 생각한 것입니다."

준경은 과연 그럴까 하는 기색으로 억새밭을 둘러보더니 다시 지상을 쳐다봤다.

"저리 가 있어봐라."

지상은 준경의 말뜻을 알아듣고 준경에게서 떨어졌다. 앞쪽에서 바람이 미미하고 소리없이 어둠 속을 줄달음쳐 왔다. 바람은 지상을 쓸고 억새를 쓸며 지나쳐 갔다.

"기령아."

준경의 목소리가 들려왔다.

"나, 떠나기로 했다. 아버지의 한을 풀어드리지 못하고 내 꿈도 오래전에 잃어버려 기억도 해내지 못한 채 그만 떠나기로 했다."

준경의 굵직하고 투박한 목소리엔 기품은 없을망정 진중함은 충분했다.

"귀하게 태어나지 못했고 배우지 못했으며 가진 건 무력뿐이었으되, 그 소용을 스스로 바로 보지 못했고 한계 또한 알지 못했다. 돌이켜 보면 내가 할 수 있는 건 아무것도 없었던 것 같다."

지상은 가볍지 않은 쓸쓸함을 느꼈다. 준경의 말이 깊은 곳을 울리는 듯했다.

"나는 네가 왜 세상 밖을 돌아야 하는지 알지 못했고, 지금도 알지 못한다. 그러나 예전엔 네가 이쪽으로 오지 못하는 걸 안타깝게 여겼으나 지금은 오지 못하는 게 아니라 오지 않는 것이며, 네가 오히려 이쪽 세상을 안타깝게 여기는 듯 생각되는구나. 들어보고 싶다. 그쪽은 허허롭지 않더냐?"

준경의 물음이 어두운 허공을 맴돌다가 흩어졌다. 대답은 없었고 준경의 목소리도 더 들리지 않았다.

지상은 밤하늘을 올려다보았다. 별들이 금방이라도 뚝 떨어질 것처럼 초롱초롱한 빛을 머금고 있었다. 천문은 알지 못하나 아득한 태초에도 그랬을 것이고, 알지 못할 머나먼 앞날에도 항상 그러할 것이 밤하늘이 아닐까 싶었다. 저 밤하늘처럼 항상 그러하며 결국은 별 볼일이 없는 게 유일한 진리일지도 모른다. 항상 그러하기 때문에 별 볼일이 없을지언정 밤하늘만큼 아름다운 것도 또 없다. 그 아래서 인간만이 끊임없이 별 볼일을 찾고 기대하고 추구하며 살아가는 것일지도 모른다. 인간이 찾는 별 볼일엔 진정 어떤 아름다움도, 어떤 가치도 없는 일시적으로 스러지고 말 것들뿐일까.

지상은 준경 쪽으로 걸음을 옮겼다. 준경은 억새밭에 앉아서 주먹으로 눈물을 닦고 있었다. 지상은 걸음을 멈췄다.

준경은 한참 만에 밤하늘에 탄식을 쏟아놓고 일어섰다. 준경은 지상을 물끄러미 쳐다보더니 걸어서 지나쳤다.

"나는 결국 아무것도 얻지 못했고 아무것도 갖지 못했다. 너도 나도 누구든 이쪽 세상에선 종래엔 그게 필연일지도 모르겠구나."

지상은 부정할 수 없었다. 앞선 준경의 뒷모습이 왠지 거대해 보였다.

지상의 상소가 즉각 처리되었는지 다음날 아침 준경에게 먼 남서쪽 바다 암타도 유배령이 떨어졌다. 준경의 측근인 최식, 이후진, 윤한 등에게도 멀고 낯선 지역이 골고루 배정되었다. 준경이 집 앞마당에 나와 머리를 풀어 헤치고 부복하여 왕명을 받아 들였으므로 반발은 없었다.

준경이 떠나자 곧바로 왕이 서경으로 거둥하니 백관들은 준비하라는 교지가 내렸다. 교지가 내린 지 얼마 안 되어 추밀원 승선부에서 지상을 찾았다. 편전에 들라는 명이었다.

오 주사가 격동하여 지상의 손을 잡았다.

"드디어 왕께서 자넬 보자시는 건가. 자네가 왕을 모시고 오랜만에 서경에 가게 되는가 보이."

지상은 오 주사와 달리 왠지 모를 불길함을 느끼면서 편전에 들었다.

편전의 좌우엔 문하시중 이위를 비롯한 재신과 추신들이 도열했는데, 한가운데에 부식이 왕의 앞에 부복하고 있었다. 부식을 보는 순간 지상은 불길한 느낌의 정체를 알았다.

왕이 지상에게 부식의 옆을 손짓했다.

"좌정언은 앉으라."

지상은 허리를 굽히고 다가가 왕께 큰절을 올리고 부식의 옆에 앉았다.

"참지정사는 다시 말해보라."

부식은 어느새 종이품의 참지정사였다. 정육품의 지상과는 품계와 급에서 차이가 적지 않다. 부식이 왕에게 머리를 조아렸다.

"시기가 좋지 못합니다. 지금 서경에 거둥하시는 것은 오히려 대금을 자극하는 것이나 마찬가지입니다. 자겸과 준경의 발호로 인해 피폐해진 조정과 민심을 먼저 수습하여 내실을 기함이 마땅한 줄 아옵니다."

버젓이 대금이라 칭하고 있었다. 지상은 피가 끓었으나 억눌렀다. 왕의 눈이 지상을 향했다.

"참지정사의 말에 좌정언은 달리 할 말이 있는가?"

지상은 이마를 바닥에 댔다.

"금은 이제 활활 타오르기 시작한 불과 같아 그 기세가 실로 거침이 없고 어디까지 번질지 알 수 없습니다. 그러나 오래된 불이 아니니 눈을 크게 뜬다면 끌 수는 없어도 번짐을 막을 수는 있을 것이옵니다. 서경까지 나아가시는 것은 그런 연유로써 충분할 것이며 오히려 저들이 움직이지 못함을 만만히 볼까 두렵습니다."

부식이 즉각 지상의 말을 받았다.

"대금이 송을 만만히 본 것은 일찍이 송과 금이 동맹하여 요를 칠 때 송이 별다른 역할을 하지 못하는 것만으로도 송의 조정이 부패하고 군사가 무능한 것을 간파했기 때문입니다. 자겸과 준경의 발호가 있었던 걸 모를 대금이 아니며, 그 뒷수습이 아직 원만하지 못하다는 것을 모를 대금이 아닙니다. 이때에 서경행이란 스스로 환부를 드러내는 허장성세와 다를 바 없으니 반드시 우습게볼 것입니다."

부식의 목소리가 높아지는 것을 느끼면서 지상은 목소리를 낮췄다.

"성하면 일어서고 쇠하면 낮추는 것이 군자의 도리라 하나 나라와 백성의 안녕과 자존이 시급하다면 때때로 허장성세도 묘책이라 할 것입니다. 하오나 서경이 국조 때부터 북방의 눈으로 중시되었던 뜻을 돌이키면 서경에 거둥하심은 첫째는 그 뜻을 되살림이요, 둘째는 안팎으로 그 뜻을 알림이며, 셋째는 이백 년을 넘어 면면히 이어져 온 역대 군왕들의 풍모와 위엄을 재삼 떨치심이니 이는 허장성세가 아닌 실로 온당한 처사라 할 것입니다. 허장성세마저 요긴한 마당에 온당함을 버리신다면 달리 무엇으로 종묘와 사직의 일을 논할 수 있겠사옵니까?"

왕의 입에서 낮은 신음이 흘러나왔다. 부식이 세차게 머리를 빻아댔다.

"좌정언은 요사한 말놀음을 하고 있으며 그도 부족하여 방자하게 국조를 세 치 혀에 올려 말놀음을 가리려 하고 있으니 듣는 중에 종묘와 사직의 위태로움이 눈에 보이는 듯합니다. 모쪼록 분별하시옵소서."

왕이 손을 내저었다.

"알았다. 그만 하라. 짐은 그대들을 싸움 붙이고자 부른 것이 아니다."

왕이 지상을 바라보았다.

"일찍이 그대의 시문과 문장이 각별함을 들었다. 요즘도 시문을 짓는가?"

지상은 부식의 몸이 움찔 굳는 것을 느끼면서 깊숙이 몸을 낮췄다.

"황공하옵니다. 시간이 나면 산사를 찾아 자연을 벗하며 시흥을 돋웠으나 근래엔 여유가 없었사옵니다."

왕이 고개를 끄덕였다.

"그래… 그대가 그 여유를 찾는 날이 곧 태평성대일 테지."

"망극하옵니다."

지상은 진심으로 감복했다. 재신들 사이에서 최사전이 은근히 웃음을 보내오고 있었다.

자리가 파하고 지상이 편전을 물러 나오는데 사전이 따라붙었다.

"백 의관을 태의감으로 불러 올렸네. 내가 이부로 자리를 옮기고 상서성 지도성사까지 맡게 되니 태의감을 돌보고 살필 겨를이 없는데 백 의관이 마침 자네와 같은 고향 사람이라 믿을 만하고 의술이 나보다 나은 점이 많으니 내의로 천거했다네."

백 의관은 수한을 말하는 것이었으니 지상에겐 반가운 소식이었다. 또한 사전이 병부상서에서 이부상서가 된 것은 한결 더 어울리는 것이었다.

"모두 자네 덕일세. 자네의 도움이 없었다면 어찌 자겸과 준경을 내치고 왕께서 올바로 자리에 앉으실 수 있으셨겠는가. 이제 직접 자네를 보고 자네의 충정을 아셨으니 큰 복이 있지 않겠는가."

"간절히 원한 바로써 왕께서 선왕들의 뒤를 부족함 없이 이으신다면 그것을 제 복으로 삼을 것입니다."

사전이 친구를 대하듯 웃음을 머금고 지상의 어깨를 다독였다.

"자네 일에도 욕심을 가지게. 자네 같은 사람이 중용되는 것이 곧 조정이 올바르게 굴러가는 지표가 될 걸세."

사전은 갑자기 얼굴을 가까이 들이밀더니 정색했다.

"부식을 조심하게. 오늘 적지 않은 내상을 입은 듯했네. 이자겸이 성할 때 유일하게 자겸을 걸고 넘어갔던 부식이니 그 빈자리를 대신할 가능성이 가장 큰 사람이네. 대부분의 신료들이 언제나 구심점을 필요로 하고 거기로 모여든다는 점을 잊지 말게."

예상한 바였지만 고마운 충고였다. 지상은 사전에게 감사하고 시간을 기다렸다가 오 주사와 함께 퇴궐했다.

오 주사는 명경에게 지상이 왕을 알현한 것을 침을 튀겨가면서 자랑했지만 명경은 지상의 눈치를 살피고는 별로 기쁜 내색을 하지 않았다. 오 주사는 그제야 지상의 안색이 별로 편치 않은 것을 보고 혼자서 머쓱해했다.

지상은 사전의 충고를 되씹고 있었다. 사사로운 이익을 바라고 이자겸과 척준경을 내치는 일에 매진한 건 아니었지만 부식을 위해서는 더더욱 아니었다. 그러나 사전의 충고대로 이자겸과 척준경이 없는 조정에서 누가 가장 힘을 받을지는 거의 정해진 것이나 마찬가지였다. 왕의 서경행을 놓고 맞선 오늘의 일만 보더라도 부식과는 함께 갈 수가 없는 처지인 건 명약하게 드러났고, 진작 느끼기도 한 바였으나 그럴 수밖에 없는 까닭이 부담스럽기만 했다. 고구려의 후손과 신라의 후손, 한미한 출신과 귀족 출신, 서경과 동경, 그런 차이들이 말해주는 깊이감과 무거움을 측량하기 어려웠다.

밤에 봉심이 향이와 두 딸을 데리고 놀러 왔다. 금과 고려 간 군신 관계를 결정하는 금태종의 조서가 온 뒤부터 평정심을 잃어버린 봉심은 술을 원했고, 지상도 오랜만에 대취했다.

왕은 이튿날 분주히 준비시켜 그 다음날 서경을 향해 떠났다.

41 다른 하늘

    왕이 서경에 머무는 사이 금태종 오걸매가 조서를 내려 보냈다. 오걸매는 이자겸과 척준경을 내친 것에 찬사를 보냄과 동시에 송 태조 조광윤에서 시작되어 송 흠종 조환으로 끝난 송의 멸망을 알렸다. 왕은 오걸매의 편지를 서경에서 받아보았다.

    하늘의 명을 받들어 굳센 적을 없애고 다시 세운 것은 실로 비상한 일이며, 제후는 짐의 울타리가 되기에 사리상 당연히 알려야 될 것이다. 당초에 변주(卞州)의 송나라가 요나라의 유연(幽燕) 지방을 수복하여 주기를 요청하기에 몰래 바다를 건너가서 수고하고 거듭 이웃 나라로서의 우호를 약속하니, 선 황제 아골타께서 간곡한 심정을 긍휼히 여겨 드디어 허락하여 주었는데, 그들은 일찍이 베푼 공덕을 모른 척하고 맹약을 굳게 지키지 않더니 망명한 자를 받아들여 원한을 맺고 있었다. 그렇게 조길이 하던 일을 그 아들 조환이 그대로 되풀이하였다. 그런 대로 오랫동안 관대한 태도로 대하였지만, 마침내 잘못을 뉘우칠 줄 몰라 신과 사람이 함께 노여워하며 하늘과 땅 사이에 용납되지 못할 짓을 하기에 이르렀다.

장수에게 명하여 한 번 토벌하자, 드디어 소굴이 앉은 자리에서 무너지고 종묘는 지킬 사람이 없어졌으며, 아비와 아들이 사로잡히게 되었다. 오랫동안 쌓인 감정이 깊었기에 왕조를 바꾸는 일에까지 이르렀다. 나라에는 임금이 없을 수 없으므로 새로 책봉을 내릴 것을 도모하였는데, 백성들이 모두 어진 인물을 그리워하여 다 같이 옛날의 재상을 추대하기에, 이미 금년 삼월에 원수부에 명해서 사람을 파견하여 조(趙) 씨 왕 부자는 왕족 사백칠십여 명과 함께 압송하여 궁궐로 들어오게 하고, 멸망한 송나라의 태재(大宰)였던 장방창(張邦昌)을 책봉하여 대초(大楚)의 황제로 삼아 금릉(金陵)에 도읍을 정하게 하였노라. 아아! 흉악한 원흉을 잡아들였기에 이를 알리는 것이며, 하늘의 일을 완전히 마쳤으니 마땅히 다 같이 경하할 바이다. 이제 경에게 의대(衣帶), 서각(犀角), 금은, 비단, 피륙 등의 물품을 보내니 도착되는 대로 받으라.

왕은 서경에서 개경으로 오걸매의 조서를 내려보내 백관들이 보고 듣게 했다.

대부분이 하늘의 일을 완전히 마쳤다는 선언에 집중하여 금의 침돌이 없으리란 것에만 기뻐했다. 처음에는 비록 제후로 칭했을망정 마지막에 다시 경이라 칭하고 하사품을 내림으로써 군신 관계는 더욱 고착되는 느낌이었으나 그것을 말하는 자는 없었다. 또한 오걸매가 송의 예를 들어 경고를 삼긴 했으되 더는 전쟁 의지가 없음을 분명하게 드러냈는데, 그것이 왕의 서경행이 이끌어낸 성과임을 거론하는 자도 찾아보기 힘들었다.

"시중에는 서경이 개경을 살리고 고려를 살렸다는 말들이 많은데 조정에는 어찌 한마디도 없는가."

오 주사의 탄식처럼 개경 조정의 기류는 한쪽으로 급격히 쏠리는 듯했다. 왕이 서경에 가고 없는 조정의 일은 문하시중 이위와 참지정사 부식이 맡아보고 있었다. 이위는 칠십이 훨씬 넘어 돌아갈 준비를 걱정해야 하는 황혼이었지만 부식은 오십이 채 안 되어 중천에 뜬 해와 같았다. 쏠리고 모여드는 자들의 눈이 어디를 바라보고 있는지는 뻔했다.

"그런데 금나라 놈들도 말끝마다 하늘 운운하니 신기한 일입니다."

봉심의 말에 오 주사는 복기한 오걸매의 글을 문서함에 넣으며 간단히 대답했다.

"그놈들의 하늘과 우리의 하늘은 달라. 영 다르다니까."

봉심은 어떻게 다르냐고 묻고 싶었지만 오 주사는 더 얘기하고 싶지 않은 것 같았다. 봉심은 지상이 서경에서 돌아오면 한 번 물어봐야겠다고 생각했다.

지상이 왕을 수행하여 서경에 간 뒤 봉심은 거의 매일 지상의 집을 들렀다. 눈에 띄게 늙어가는 오 주사가 적적할까 봐서였고, 더구나 지상의 처 명경이 드디어 아기를 가진 듯했다. 때문에 지상이 없는 지상의 집이 더욱 걱정되었다.

"자겸과 준경을 치운 건 내 사원데 그 열매는 김부식이가 다 따먹고 있는 것 같아. 요즘은 입궐하고 싶은 마음이 도통 안 난다니까."

오 주사는 부식을 못마땅해하는 것으로 화제를 돌렸고, 봉심이 맞장구쳐 주길 기대하는 눈치였다.

"조정엔 쓸모없는 자들뿐인데 그런 자들이 모여봤자 무슨 일을 하겠으며 많이 모았다고 무슨 자랑이 되겠습니까? 그러러니 하고 마음 쓰지 마십시오. 그럴 만한 자들도 못 되지 않습니까."

오주사가 힐끗 봉심을 쳐다봤다.

"자네가 원래 그토록 이해심이 폭 넓은 친구였던가?"

과연 오 주사는 열심히 늙어가고 있는 것 같았다. 봉심은 그저 웃었다.

"어르신 말씀마따나 자겸과 준경도 치운 지상입니다. 부식 정도가 상대가 되겠습니까?"

만족할 줄 알았던 오 주사는 떨떠름해했다.

"자네가 사람을 바보로 아는가? 부식은 자겸이나 준경처럼 막돼먹은 하질이 아냐. 볼 것 다 보고 들을 것 다 듣고 짚을 것 다 짚어가며 반드시 치밀하고 촘촘하게 대비하여 번번이 내 사위의 앞길을 막을 걸세. 두고 보라고."

봉심이라고 지상과 부식을 놓고 보자면 부식을 편들 마음은 눈곱만큼도 없었다. 하지만 부식이 그럴 만한 까닭을 알 수 없었고, 설사 까닭이 있더라도 그렇게까지 할까 싶었다.

"지상을 믿으십시오. 부식이 어찌하든 지상이 그에게 거리낄 일은 없지 않습니까."

봉심은 불편해하는 오 주사를 위로하고 지상의 집을 나왔다. 왕이 안 계신 궐의 내순검부는 한결 여유가 있었지만 임의대로 야밤 순검을 설 수는 없었다. 이자겸과 척준경의 발호로 인해 일시적으로 편성된 순검군이었고, 조만간 원래의 금위 체제로 다시 전환될 터였지만 봉심은 둘러보고 지키는 일이 점점 마음에 들지 않았다. 역시 둘러보고 지키게 만드는 것들을 찾아 공격하고 박살 내는 일이 맞을 것 같았다. 봉심은 전후 사정 없이 일단 금나라로 쳐들어가고 싶었다. 그게 마지막 남은 할 일 같았다.

입궐하여 순검청에 드니 습명의 전갈이 기다리고 있었다. 오늘 밤이라도 보자는 전갈이었다. 봉심은 나졸들에게 순번을 정해주고 틀림없이 행할 것을 지시한 뒤 궐을 나섰다.

만나자는 곳이 기각(妓閣)인 건 뜻밖이었다. 습명이 홀아비인 것은 알았으나 기각과 습명은 아무래도 어울리는 것 같지 않았다. 무슨 다른 암수가 있는 건 아닐까 의심될 지경이었다.

습명은 깊숙한 기방에 자리를 잡아놓고 부식과 함께 봉심을 기다리고 있었다. 전갈에 일체 부식을 거론하지 않았으므로 봉심은 조금 놀랐다. 참지정사면 문하시중의 아래 급 재신으로서 봉심이 감히 눈을 바로 뜨고 바라볼 상대가 아니었다.

"와서 앉게."

부식의 목소리는 다정하고 부드러웠다. 봉심은 왠지 소름이 돋는 것을 느끼면서 부식이 권하는 자리에 앉았다.

"그래, 내가 없는 사이 자네가 큰일을 했더군."

습명이 부끄러운 듯 조용히 웃고 있었다. 봉심의 옛집에 습명을 숨겨준 일을 말하는 것 같았다.

"그리고 보면 자네와 우리의 인연이 처음부터 범상치는 않았던 듯하네. 그동안 서로 살려주길 몇 번이나 번갈은 셈인가?"

부정할 수 없는 말이었으나 봉심은 부식의 말이 치근거리며 몸을 얽어오는 느낌을 느꼈다. 단순히 부식이 그동안 단 한 번도 극진한 말투로 대한 적이 없는 까닭만은 아닌 듯했다.

향이와 혼인하던 때 말고는 또 받아본 적이 없는 거대한 술상이 들어왔다. 볼이 빨갛고 젖비린내가 풀풀한 아기 기생들이 여섯이나 달라붙어야만 하는 술상이었다.

"자네는 천상 칼밥을 먹고사는 대장부이니 시시껄렁한 음률은 치웠네. 오늘 호쾌하게 술잔에 구멍이나 내봄세."

봉심은 부담을 느꼈다. 동기들이 나가고 큰 기생들이 들어왔다.

"운정이라 하옵니다."

봉심의 옆에 앉은 기생이 다소곳이 소개를 올렸다. 봉심은 생각보다 차분하고 얌전해 보이는 운정이란 기생의 자태에 이상하게 부담이 사라지고 마음이 다소 놓였다. 부식의 옆은 몽설란이라 했고 습명의 옆은 홍춘이라 했는데, 그들은 색 되고 다소 천박한 느낌까지 주는 것이 갈데없는 기생이었다.

"최 무장이 운정이 마음에 드는 모양이군. 보기보다 눈이 높은걸."

부식은 기분이 좋은 듯 껄껄거렸다.

술은 귀하고 값비싼 소주였다. 소주 한 주전자를 얻기 위해 열 가마니의 쌀이 들어간다는 말이 있었다. 봉심은 소주를 직접 만들어본 적이 없었기 때문에 알 수 없었으나, 가마솥에 청주를 들이붓고 내내 불을 때면서 거꾸로 덮은 뚜껑에 이슬방울처럼 맺혀 떨어지는 것들을 받아내는 꼴을 보면 거짓은 아닌 듯했다. 청주도 탁주를 오랜 시간 가라앉혀 그 위에 뜬 맑은 것을 내는 것이니 도대체 소주 한 소쿠리의 가치가 가늠되질 않았다. 흉년이 들면 약속처럼 금주령이 따르는 것도 당연하다 싶었다.

소주는 술의 정화처럼 맑았고, 순하면서도 독했으며, 오장육부 곳곳에 깊고 따뜻하게 스며들었다. 그리고 사치스러웠다.

"자네가 준경이 이자겸을 칠 때 힘을 보탰다는 얘기도 들었네. 자네의 실력이 왕년의 준경 못지않다는 소문도 자자하더군."

부식의 목소리가 은근해졌다.

"자고로 주머니 속의 송곳이라 하지 않았나. 자네의 무골은 결국은 밖으로 드러날 수밖에 없는 천품인 듯한데 부와 모는 누구시던가?"

봉심은 은근이 몸을 적셔오던 술기운이 화들짝 달아나는 것을 느꼈다. 부식이 습명을 잠시 보더니 이내 허허허 웃었다.

"말하기 꺼려지면 하지 않아도 되네. 부모는 부모고 자네는 자네지. 나는 자네의 무골이 뛰어남을 말하고 싶었던 것일 뿐이네."

봉심은 습명을 힐끗 보았다.

습명은 왠지 봉심의 눈길을 피하는 눈치였다. 방물장수 아주머니들에게서 무슨 얘기를 들은 것일까. 봉심은 신경이 쓰였다.

부식이 놀라운 얘기로 다시 봉심의 신경을 잡아끌었다.

"자네의 나이와 경력이 조금만 더했더라면 자네가 나라의 병권을 맡을 수도 있었을 텐데 그 점이 참으로 아쉽네."

봉심은 다소 멍해져서 부식을 바라보았다. 부식에게 그런 말을 할 자격이 있는가 싶어서였다. 부식의 권력은 이미 알려지고 얘기되는 것 이상인 모양이었다.

"하지만 장차 그렇게 될 수도 있고, 그렇다면 자네가 그 가능성이 가장 많은 건 사실 아닌가. 어째 그것을 목표로 해서 차근차근 해볼 마음이 있는가?"

"무슨 말씀이신지……?"

봉심은 부식의 속마음을 알 수가 없었다.

"자네에게 준경 못지않은 무골이 있고 내가 돕는다면 불가능하다 할 수 있겠는가?"

그럴듯했다. 그것은 지금의 부식이라도 충분히 가능한 얘기였다. 드디어 봉심은 가슴이 뛰었다. 그렇게만 된다면 당당하게 출병을 주장하고 금나라로 쳐들어갈 수 있을 것 같았다. 앞으로 할 일 중에 그 이상은 결단코 없을 것이다.

봉심은 소주 종발을 연거푸 들이켰다. 소주가 흥분을 도왔다. 스스로 흥분을 느꼈으므로 겸손은 필수였다.

"제게 그럴 만한 능력과 자격이 있는지 스스로 의심스럽습니다."

부식이 기름을 끼얹었다.

"쓸데없는 소리. 지금 당장 둘러봐도 자네만 한 무관이 있는가? 당장 자네 말고 왕년의 준경과 비견되는 무관이 또 없지 않은가. 나는 자네나 나를 위해 이런 제안을 하는 게 아닐세. 자네의 무골이 뛰어남을 알고 종묘와 사직을 위한 충정으로 말하는 것일세. 나라와 조정의 인재가 적재적소에 있는 것만큼 종묘와 사직에 이로운 일이 또 어디 있겠는가."

봉심은 황홀해졌다. 금을 향해 치달려가는 말발굽 소리가 들리는 듯했다. 그 선봉에 선 자신의 모습도 보였다. 봉심은 말발굽 소리를 안주 삼아 소주를 비워 나갔다.

"일단 시시한 순검 일은 때려치우고 내일부터 좌우위 낭장으로 자리를 옮기게. 좌우위야말로 규모나 역할로나 육위의 으뜸이니 병을 움직이고 통솔하는 공부엔 최적일 걸세. 거기서부터 시작하는 걸세. 어떤가?"

"마침 둘러보고 지키는 일에 답답함을 돋던 차였습니다. 그저 감사할 따름입니다."

봉심의 대답에 부식이 만족한 듯 크게 웃고는 술잔을 들었다.

"역시 자넨 천상 대장부에 천품 무골일세. 들게나."

각자의 입에 딸리던 술잔들이 결국 돌았다. 부식의 잔이 봉심에게 넘어오고 봉심의 잔이 습명에게 가더니 다시 봉심에게 돌아왔다가 부식에게 넘어갔다. 나중엔 어느 잔이 누구의 것이었는지 분별이 어려웠고, 그럴 필요도 없었다. 누구의 잔이든 사치스러운 소주를 담아 비워내기엔 하등 지장이 없었다.

돌아가는 술잔만큼이나 말이 돌고 다른 무엇도 오간 듯했지만 술에 녹아버렸는지 허공에 흩어져 버렸는지 남지 않았다. 나중엔 오직 술만 존재했고, 술만이 진실이었다. 그 진실은 어디 안가고 그대로 남아 목 안이 갈라지는 듯한 갈증과 골이 빠개지는 듯한 두통이 되어 봉심을 깨웠다.

봉심은 습관처럼 머리맡을 더듬었다. 비록 제정신이 덜 돌아온 상태였지만 손이 닿아오는 감촉이 낯선 것을 알아챘다. 봉심은 눈을 뜨고 몸을 일으켰다. 눈이 어둠을 더듬을 때 코가 지분 냄새를 맡았다. 집이 아니었다. 순검청도 아니었다.

물을 담은 사발이 눈앞에 놓였다. 운정이 어제 옷차림 그대로인 채 두 손으로 물 사발을 공손히 받쳐 들고 있었다. 그러나 방은 그 기방이 아니라 작고 아담한 침방이었다.

봉심은 일단 사발을 받아 말라붙어 타 들어가는 목부터 달랬다.

"자네가 어찌 아직 나하고 함께 있고 여긴 어딘가?"

"여긴 제 침방이옵니다. 참지정사 나으리께서 나으리의 수청을 들라 하였는데 워낙 많이 취하셔서……."

운정은 눈을 내리깔고 고개를 숙였는데 어두운데도 볼이 발갛게 달은 것이 보였다.

"어지간하면 취하지 않았을 텐데 값비싼 소주에 오장이 놀랐나 보다. 가야겠구나."

봉심은 일어섰다. 운정이 당황했다.

"그냥 가시면 나중에 참지정사 나으리께서 경을 치실지도 모릅니다."

봉심은 납득하기 어려웠다.

"내가 수청을 받았다 할 것이니 너도 들었다 하려무나."

운정의 낯에 곤혹이 어렸다.

"보아하니 옷도 갈아입지 않고 뜬눈으로 앉았던 듯한데 네가 마음이 있었으면 내 옆에 누웠을 것이 아니냐. 마음이 따르지 않는 사람은 나도 내키지 않느니라. 나는 괜찮으니 공연히 마음 쓸 것 없다."

"그것이 아니오라……."

봉심은 나서려다 말고 돌아보았다.

"나으리께서 어제 여기로 옮겨져 누우실 때 저들의 하늘과 나의 하늘은 다르다고 하셨습니다. 그 말을 듣고 천기는 참지정사 나으리의 명만으로는 나으리의 곁에 누울 수가 없었습니다."

봉심은 멍해졌다.

"내가 그런 말을 했단 말이냐?"

"비록 혀는 꼬부라졌고 웅얼거리는 소리였지만 분명히 그러셨습니다. 그러고도 몇 번이나 하늘이 달라, 다른 하늘이야 하시다가 잠드셨습니다."

봉심은 스스로 왜 그런 말을 했는지 이해하기 어려웠다.

"예전에 천기를 친언니처럼 잘 보살펴 줬던 자난실 언니는 하늘은 하나지만 사람마다 제각각 다르게 본다고 했습니다. 기분이나 취미, 마음 같은 것이 다른 건 극복할 수 있지만 하늘을 다르게 보는 사람들끼린 결코 함께할 수가 없다고 했습니다. 그래서 천기는 나으리의 말씀을 가볍게 듣지 못했습니다."

봉심은 운정이 기생으로 보이지 않았다.

"네가 말하는 그 하늘이란 게 도대체 무엇이냐?"

운정은 잠시 망설이더니 고개를 숙이고 답했다.

"천지간에 가득한 지극히 올바른 순리이자 기운이며 어디 한 군데 깃들지 않은 곳이 없어 인간에게도 깃들며 인간의 육신이 죽어 사라져도 그대로 남는 것이라고 들었습니다. 천기는 그 말뜻을 헤아리지 못하지만 말은 그대로 잊지 않고 간직하고 있습니다."

"놀랍구나. 나도 그게 무슨 말인지 모르겠다."

"어차피 인간은 하늘을 다 볼 수 없다고도 했습니다. 그러기에 제각각 볼 수 있는 만큼만 볼 수밖에 없다고 했습니다."

봉심은 다시 앉았다.

"그렇다면 다른 하늘을 보는 자들끼린 함께할 수 없다 했으니 모든 인간이 함께할 수가 없겠구나."

"옛날에는 모두 같은 하늘을 바라보고 살았고, 그래서 그들을 천손(天孫)이라 했다고 합니다."

"천손… 그래, 나도 우리가 천손이라 배웠다. 그게 뭐 말라비틀어진 소린가 싶었는데 네 얘기를 들으니 조금은 알 것 같다."

"자난실 언니가 예전에 한 손님을 모셨는데, 그 손님께서 하늘은 위에 있는 것이 아니라 옆에 있는 것이며, 사람은 사람을 통해 하늘을 보는 것이 옳다고 했다 합니다. 그 말씀을 돌이키면 다시 서로서로 같은 하늘을 보는 길이 열릴 듯도 합니다."

"옳거니. 이른바 홍익인간이란 게 그런 것이겠구나."

"자난실 언니도 마침 그렇게 말했습니다. 그러면서 그 손님을 무척이나 그리워했습니다."

봉심은 잠시 헤아렸다. 아마도 술에 취한 봉심은 오 주사에게서 들은 금과 고려의 하늘이 다르다는 말에 비유하여 부식과 자신을 말했던 모양이다. 제정신이 아니었을망정 스스로 그 말을 반복했다면 결국 부식의 제안을 받지 않는 것이 옳지 않은가 싶었다. 술에 취했을 때 저도 미처 몰랐던 본심이 나온다는 얘긴 귀가 따갑게 들었다.

"내가 몇 번이나 그 다른 하늘을 말했던가?"

"한 번 꺼내시고는 코를 고실 때까지 계속 반복하셨습니다."

봉심은 갑자기 운정이 지극히 사랑스러워졌다.

"내가 값비싼 소주를 마신 보람을 이제야 찾은 듯하다. 오늘은 이만 가고 다음에 한 번 다시 오마."

봉심은 기각을 나와서 입궐해 순검청에 들었다. 날이 밝아오고 있었.

마지막 순라를 돈 나졸들이 들어오는 것을 확인하고 퇴궐 준비를 하는데 습명과 함께 좌우위에서 사람이 왔다.

봉심은 왕명의 재가가 떨어지지 않은 관직 이동은 아무래도 곤란하다는 핑계를 들어 거절했다.

습명은 아침부터 당황한 듯했다.

"모르는가? 낭하 무관들의 관직 이동은 판병부사의 재가만으로 충분하고 이미 재가를 득한 상태네. 여기엔 이미 어떤 문제도 없네."

지난밤 술기운을 덜 씻어냈는지 몰라도 습명의 목소리는 급했고 떠 있었다. 마음이 본디 편안한 것이라더니 그사이 스스로 했던 그 말은 잊어버렸는가 싶었다. 봉심은 습명에겐 진심으로 미안했다.

"죄송합니다. 다시 생각해 보니 아무래도 무관의 일과는 거리가 있는 참지정사 어른의 결정으로 자리를 옮기는 것이 부담스럽습니다."

봉심은 결국 솔직히 말했고, 습명은 한동안 봉심을 넋 나간 듯 보다가 탄식하고는 돌아갔다.

습명에게 미안한 마음과는 별개로 봉심은 마음이 편해지는 것을 느꼈다. 잘했구나 싶었다.

42 천인술법

왕이 서경에서 돌아왔다. 어가는 좌우로 시위군을 거느리고 동행한 문무 대신들과 함께 선의문을 통해 입성했고, 개경 조정의 백관들이 의장과 악부를 갖추고 나아가 맞았다. 대악(大樂)과 관현(管絃)의 음률이 어우러지는 가운데 개경의 온 백성들이 길을 메웠다.

개경 백성들에게는 영 낯선 자가 왕의 수레에 함께 올라 곁을 지키고 있었다. 그는 머리카락이 단 한 올도 없었고, 갈색 승복에 자색 바랑을 둘렀으며, 명아주 지팡이를 들었다. 그는 묘청이었다.

묘청은 눈을 지그시 감고 있었는데 이따금씩 눈을 뜰 때마다 안광이 쏟아지는 듯했고, 그 눈은 모든 사람들을 내려다보듯 했다.

"뭐냐, 저 물건은?"

"행색과 몸 기운이 예사롭지 않다. 서경에서 주워 오신 듯한데."
"말들 곱게 해라. 왕께서 모신 분이면 뭐가 있어도 있지 않겠는가."
"왠지 무서워 보여. 저것 봐라. 어린 아기들이 운다."
납작 엎드린 개경 백성들이 길바닥에 머리를 박고 수군거렸다.
왕은 입궁하자마자 서경에서 이미 갖춰온 것인 듯 조서를 내렸다.

짐이 천지의 큰 명을 받아 조종조의 남기신 기업을 이어받고 삼한을 모두 차지한 지 이제 육 년이 되었다. 일을 처리할 지혜가 없고 사리를 감별할 만한 안목이 없어 재변이 서로 잇달아 조금도 편안한 해가 없었다. 작년 이월에 난신적자가 이 틈을 타서 일어났다. 음모가 발각되어 짐은 어쩔 수 없이 모두 법으로 다스렸다. 이로부터 허물을 반성하고 내 몸을 자책하니 부끄러운 일이 많았다. 이제 서도(西都)에 행차하여 지난 날의 잘못을 깊이 뉘우치고 새롭게 할 수 있는 가르침이 있기를 기대하여 중앙과 지방에 포고하여 모두 듣고 알게 하려 하노라.
첫째, 나라 각 곳의 산신과 토지의 신에게 제사 지내어, 천지사방의 기운을 맞아들일 것. 둘째, 사신을 지방에 보내어 자사, 현령의 잘잘못을 조사하여 그를 포상하거나 좌천하게 할 것. 셋째, 수레나 복장의 제도를 검약하게 하도록 힘쓸 것. 넷째, 쓸데없는 관원과 급하지 않은 사무를 제거할 것. 다섯째,

농사일을 권장하여 토지에 힘써 백성의 식량을 풍족하게 할 것. 여섯째, 시종관이 모두 한 사람씩을 천거해 인재를 모으되, 천거한 사람이 형편없으면 그를 벌할 것. 일곱째, 관곡 저축에 힘써서 백성의 구제에 대비할 것. 여덟째, 백성에게서 거두어들이는 것에 제도를 세워 일정한 지세와 호세 이외는 함부로 걷지 못하게 할 것. 아홉째, 군사를 보살펴 일정한 시기에 훈련을 실시하는 것 이외에는 복무하지 말게 할 것. 열째, 백성을 보살펴 지방에 정착하게 하여 도망하여 흩어지지 말게 할 것. 열한째, 제위포(濟危鋪)와 대비원(大悲院)에는 저축을 풍족히 하여 질병에 걸린 자 구제에 만전을 기할 것. 열두째, 국고의 묵은 식량을 강제로 빈민에게 나누어 주게 하고 무리하게 그 이자를 받지 못하게 하며, 또 묵고 썩은 곡식을 백성에게 찧으라고 강요하지 말 것. 열셋째, 선비를 선발하는 데에 다시 시(詩), 부(賦), 논(論)을 쓰게 할 것. 열넷째, 모든 고을에 학교를 세워 교육을 확충할 것. 열다섯째, 산림이나 못에서 생산되는 이익을 백성들이 함께 공유하게 하며 침해하지 말 것. 이를 반드시 시행하여 지키고 따르라.

이른바 유신 십오훈으로 불렸다. 왕께서 새로운 시작을 다짐하고 알림에 맞아떨어졌다. 백관들이 기뻐하고 칭송하기를 다투었다.

"다 좋고 옳기만 한데 첫째 것이 걸린다. 산신과 토지신에게 제사 지내어 사방의 기운을 받으라는 건 대체 무슨 뜻인가?"

부식의 물음에 습명 또한 그것은 대답이 어려웠다.

"글귀에서 그 묘청이란 요망한 중의 냄새가 나는구나."

"듣건대 지상이 건의했고, 조서 또한 그가 지은 것이라 합니다."

"서경에서 온 놈들이다. 그놈이 그놈 아니겠느냐?"

습명은 지상을 찾아 서경에 갔을 때 들었던 얘기가 떠올랐다.

"그렇겠군요. 서경 사람들은 묘청과 백수한, 그리고 지상을 서경삼절이라 부르며 높인다 했습니다."

"서경삼절?"

부식은 고약함을 숨기지 않았다.

"참으로 같잖구나. 백수한은 또 무슨 물질인가?"

"태의감에 내의로 있습니다. 이부상서 사전이 끌어올렸는데 수 해 전에 가뭄이 극심하고 늦장마가 들이닥쳐 역병이 창궐하던 때에 큰 구실을 했다 합니다. 이번에 내의로서 왕을 따른 듯합니다."

부식의 눈매가 사나워졌다.

"그러니까 이르자면 서경삼절이란 것들이 개경에 다 들어온 셈이 되는 것이냐?"

반문하더니 부식은 웃고 말았다.

묘청은 궐내 어디에 박혔는지 보이지 않았다.

곧 연경궁 북쪽 천구전(天丘殿) 깊숙이 들어앉아 혼자서 도량을 열고 천인술법(天引術法)을 시행 중이라는 얘기가 들렸다. 말 그대로 하늘을 끌어오는 술법이란 것인데, 개경에 닿자마자 개경의 지덕(地德)이 몹시 쇠해 있는 것을 바로 알아차렸고, 지덕이 쇠한 것은 곧 하늘이 멀어졌음이며, 하늘의 기운을 끌어와 개경의 지덕을 되살리겠다는 것이었다. 묘청이 그동안 고난과 환란이 끊이지 않은 것도 모두 개경의 지덕이 쇠한 때문임을 상기시키며 왕께 그렇게 건의했고, 왕이 흔쾌히 받아들여 천구전에 자리를 만들어줬다고 했다.

묘청은 자지도 않고 먹지도 않으면서 밤낮으로 주문을 외워 천인술법을 행하는데, 간혹 새벽녘에 사천감(司天監) 관천대(觀天臺)에 올라 있는 모습을 봤다는 자들도 있었다. 그것은 잠깐잠깐 달과 별의 음기를 얻어 기력을 보충하는 것이며, 먹지도 않고 자지도 않을 수 있는 까닭이라고도 했다. 그러나 밤 내내 궐을 도는 금위들 중에서도 관천대의 묘청을 봤다는 자들은 없었다.

막상 묘청은 볼 수도 없고 보이지도 않았지만 궐내의 관심이 온통 묘청에게 쏠리고 있었다.

"천인술법? 별 요망한 자가 오더니 궐내 분위기마저 요상해지는구나."

부식은 진심으로 화가 난 듯 내뿜어지는 콧김이 몹시 후끈했다.

"예선 그런다 치고, 서경에선 어찌했길래 왕께서 눈에 넣으시고 예까지 데려왔더란 말인가?"

습명은 내시 조진약을 데려와 부식 앞에 앉혔다. 조진약은 중간 내시로서 금번 왕의 서경행에 따랐던 자다.

"묘청은 내의 백수한이 천거했습니다."

"좌정언이 아니란 말인가?"

"좌정언은 왕께서 대동강에 용주를 띄우고 뱃놀이를 하실 때, 서경의 신하들과 함께 시문을 지을 때나 왕의 곁에 있었습니다. 그때 이미 묘청은 왕의 곁에 앉았는데 백수한과는 달리 좌정언은 묘청과 단 한 번도 눈을 맞추지 않는 것 같았습니다."

"둘은 사이가 좋지 않은가?"

"좋은지 나쁜지를 분간할 만한 일은 없었습니다."

"그건 그렇고, 왕께선 어찌하여 일개 내의의 천거만 듣고 묘청을 곁에 두게 되신 건가?"

"수한의 천거로 왕을 알현하게 되었을 때, 묘청에게서 서경과 대동강에 관한 장황한 말이 있었는데 알아듣기 힘들었습니다. 다만 왕께서 서경에 오셨으니 이런저런 까닭으로 인해 필경 금이 위축되어 내려올 마음을 내지 못할 것이라 장담하는 건 분명히 기억합니다. 그러고 나서 오걸매의 조서가 닿았습니다. 왕께서 떨리는 손으로 오걸매의 조서를 여셨는데 읽기를 마치시더니 과연 그대의 말이 옳다고 묘청에게 탄복하셨던 것입니다."

부식이 낮게 신음했다. 입속에서 이빨을 씹는 듯했다.

"장황한 말이라 했는데 그중 기억나는 말이 도저히 없는가?"

조진약이 눈을 들어 허공을 더듬었다.

"대동강이 서경을 가르는 모양새가 높은 데서 보면 초승달과 같기 때문에 항상 성한 것이란 말이 있었고… 산이 사방을 두른 서경은 천지간의 기운이 모여들고 쌓였다가 산을 타고 사방으로 뻗쳐 나가고… 대개가 그런 식의 말들이었습니다."

습명이 끼어들었다.

"풍수와 도참에 관한 얘기들이었던 것 같습니다."

부식은 망연한 얼굴이었다.

"과연 눈에 보이지 않고 볼 수도 없는 허황되고 황탄스런 것들로 사람을 홀리는 그런 종류였구나, 묘청이란 자가. 풍류니 도참이니 하는 것들이 대체 어느 때 미신들이냐."

부식의 어조가 너무 심각하여 습명과 조진약은 감히 대꾸를 달지 못했다. 부식은 스스로 심각함을 달래듯 속 깊은 탄식을 흘려냈다.

"왕께서 어찌 그런 맹랑한 요설에 귀를 여셨단 말인가……."

그래도 부식은 도저히 진정이 안 되는 모양이었다. 부식은 어떤 결의를 얼굴 밖으로 드러내고 자리를 차고 일어났다.

습명은 궁성 승평문 앞까지 부식을 따라갔고, 부식은 조진약과 함께 연경궁에 들었다. 조진약은 제자리로 돌아가는 것이고 부식은 왕을 알현할 작정이 분명했다.

승평문의 좌우를 지키고 선 금위들이 얼쩡거리는 습명을 쳐다봤다.

"문하성 기거랑님께선 찾으시는 거라도 있으신지……."

습명은 문하성 기거랑으로 궁성 출입이 자유로웠으나 봉심을 만나보려던 참이었다. 왕이 서경에서 돌아오신 후 여러 가지 조치들이 빠르게 이루어졌는데, 순검군이 해체되고 다시 금위가 편성된 것도 그중 하나였다. 그러면서 봉심은 금위 낭장이 되었다.

"최 낭장은 어디 있는가?"

"아, 서화문 쪽에 계실 겁니다만……."

습명은 서화문으로 가볼까 하다가 말았다. 봉심이 병권의 최고권자로 키워주겠다는 부식의 제안을 거절한 뒤로는 한 번도 보지 못했다. 부식 또한 그 후로는 봉심에 관한 일은 입에도 올리지 않았으니 끝난 얘기였다. 습명은 봉심에게서 묘청에 관한 얘기를 들을 수 있을까 해서 보려던 것이었는데 앞의 일 때문에 일부러 찾아다니는 것까진 주저되었다.

연경궁 쪽에서 조진약이 내시 몇과 황급히 걸어오고 있었다. 습명은 뭔가 잘못됐는가 싶어 가슴이 덜컥했다.

"무슨 일인가?"

조진약이 습명을 지나치며 답했다.

"왕께서 좌사간을 불러오라 하십니다."

"좌사간이면……?"

"좌정언이었던 지상입니다."

조진약은 벌써 문하성 쪽으로 멀어지고 있었다.

지상이 승직한 모양이었다. 기거랑은 사관직(史官職)이니 기록과 문서가 주된 일이라면 좌사간은 우사간과 더불어 문하성 낭사의 우두머리로서 나랏일을 놓고 찧고 빻는 간쟁과 봉박이 주된 일이었다. 품관은 기거랑보다 두 급이나 아래였으되 지상에겐 어쩐지 지극히 어울렸다. 어느 정도 품관을 갖추면 어울리는 일을 제대로 해내는 자가 곧 힘있는 자였다.

습명은 왕께서 또 부식과 지상을 싸움 붙이려는가 보다 싶어 불안해졌다.

습명은 연경궁을 향했다. 일없이 편전에 들 수는 없었지만 근처에서 분위기라도 볼까 해서였다. 마침 진작부터 내시 직으로 빠진 습명의 동기 김충효가 편전 앞을 지키고 선 내시들 사이에 있었다. 습명을 보자 김충효가 다가왔다.

습명은 편전의 옆으로 돌았다. 김충효가 따라와 앞에 서더니 빙그레 웃었다.

"자네 어르신이 걱정되어 온 것인가?"

"혹시 말씀을 심하게 올리신 건가?"

"뭐가 걱정인가? 부식 어르신이야 워낙 대가 차신 분 아닌가. 미신이 된 풍수와 도참이 얼마나 나라와 백성을 좀먹고 있는지 일일이 예를 드시고선 묘청을 서경으로 돌려보내라고 직설하셨다네. 모두 말은 하지 않아도 통쾌해하는 분위기였다네. 천인술법이란 게 도대체 무슨 수작이란 말인가."

김충효는 제 일처럼 흡족해했으나 습명은 불안했다.

"조상들 묫자리 잡는 일부터 해서 길복을 부르고 흉화를 쫓아주길 바라는 마음으로 큰 사찰을 찾아 시주를 올리는 일이야 위로 갈수록 더한 것 아닌가. 그런 일들이 모두 풍수와 도참인데 그 점을 공박한다면 무엇이라 할 것인가."

"그게 그렇게 되는 건가?"

김충효는 대수롭지 않게 대꾸했다.

조진약과 내시들이 지상과 함께 부지런히 오고 있는 모습이 보였다. 습명은 더욱 불안해졌다. 부식을 못 믿어서라기보단 묘청이란 자에 대해 아는 게 너무도 없는 탓이었다. 왕께서 어느 정도 묘청을 생각하는지, 지상과 묘청은 어느 정도의 관계인지도 알 수 없었다. 부식이 너무 성급하게 부딪친 것만 같았다.

앞을 지나쳐 편전으로 향하는 지상의 옆얼굴이 왠지 몰라도 썩 편치 않아 보였다. 습명은 그 점이 그나마 다행으로 여겨졌다.

"우리도 가보세."

김충효가 앞섰고, 습명이 따랐다. 앞뜰로 나가니 지상은 벌써 편전으로 들고 있었다.

곧 왕의 옥음이 흘러나왔다.

"좌사간이 왔는가? 앉으라."

편전 앞을 지키고 선 내시들은 하나같이 귀가 안으로 쏠리는 기색들이었다.

"참지정사의 말에 합당한 점이 있는 까닭에 그대를 청했다. 짐이 우연을 너무나 필연으로 쉽게 믿었던 것이 아닌가 하는 자책도 있다."

"말씀하시는 우연과 필연이란 묘청의 일과 금태종의 서신을 말씀하시는 것이옵니까?"

"진작 그대에게 묻지 못했다. 그대도 서경의 기운이 짐을 맞아 크게 떨쳐 일어난 까닭에 금 황제의 야욕을 눌렀다고 보는가?"

"소신이 진작 서경행을 올렸던 것은 이미 말씀 올린 바이지만, 우리가 국조로부터 내내 서경을 중시해 온 뜻을 금도 잘 알 것이기에 단지 서경행만으로도 외침을 막기에 충분할 것이라 여겼기 때문입니다."

습명은 조금 놀랐다. 지상은 묘청을 변호할 마음이 없는 듯했다.

"짐은 묘청의 서경 기운론과 금 황제의 서신이 우연히 맞아 떨어진 것인지 필연적으로 인과가 있는 것인지를 알고 싶구나."

"묘청처럼 여러 가지로 이유를 댈 수는 없으나 또한 전혀 근거가 없다 할 수 없는 것이, 서경의 상징성은 국조 이전까지 거슬러 오릅니다. 서경은 과거 고구려 번성의 터전이었으며 그 유구한 역사성과 기운이 엄존하고 있는 고로, 국조께서도 그를 되살려 북방의 눈으로 삼으시고 대대로 중시하길 유훈으로 남기신 것으로 알고 있습니다. 결국 주상께서 서경에서 머무르시어 금태종의 조서를 끌어낸 것은 우연이 아닌 필연이라 할 것이며, 묘청은 그것을 묘청의 방식으로 주상께 아뢴 것으로 이해하고 있습니다."

어려웠다. 지상이 묘청을 감싸고자 하는 것인지 따로 거리를 두자는 것인지 그 분간이 힘들었다.

"좌사간의 말대로 그 방식이란 것이 문제일 것입니다. 좌사간의 말에도 거부감이 없지 않은 건 아니나 묘청이 입에 올리는 풍수와 도참의 황탄스러움에 비할 바는 아닐 것입니다. 그런 것들을 미신하여 방방곡곡에 흉물스런 사당을 지어 길흉화복을 다스려 주길 비는 건 어리석은 백성들이 이미 넘쳐 나게 하고 있으니 절대 조정까지 끌어올 일은 아닙니다. 부디 묘청을 멀리하소서."

부식의 목소리에 힘이 실리고 있었다. 왕이 탄식하는 듯하더니 지상의 목소리가 뒤이었다.

"풍수와 도참을 어찌 황탄하다고만 하겠습니까. 백성들이 모여 사는 곳을 보자면 크고 작음이 있고 성한 곳과 쇠한 곳이 있는데 세월을 두고 간혹 뒤바뀌기도 하니 그것이 곧 풍수의 이치를 저절로 따른 것이고, 까치 울음을 듣고 반가운 손님을 기대하는 것과 같은 일상의 흔한 일들이 곧 도참이라 할 것입니다. 곳곳에 사당을 짓고 길흉화복을 점치고 비는 일이라 해도 삶의 고단함과 지난함에 연유하는 것이니 그들의 삶을 윤택하고 기름지게 해야 할 관인으로서 책임을 느끼지는 못할망정 어찌 어리석다 손가락질할 일이겠습니까? 그는 오히려 어려움 중에서도 삶을 지탱하고 이끄는 방편으로 이해하고 백성들을 지혜롭고 현명하다 칭찬해야 할 일일 것입니다."

습명은 긴장했다. 지상이 본색을 드러내는 느낌이었다.

"좌사간의 시각이 짐을 부끄럽게 하는구나. 과연 그렇게 볼 수도 있겠구나."

"전하, 송이 허황되고 황탄한 것에 기대다가 멸망을 맞았습니다. 송이 멸망한 까닭을 말하자면 도교를 미신했음에 있다 할 것입니다. 조 씨 황제부터가 그러했으며 위급 시에도 오로지 곽경이란 도사만을 믿었다가 결국 멸망을 보았습니다."

"그랬던가? 송 휘종께서 도교를 신봉했던 것은 익히 아는 바이나 곽경이란 도사의 일은 처음 듣는구나."

"곽경이란 자가 육갑법이란 것을 써 비와 바람을 부르고 하늘의 힘을 빌어 금군을 물리치겠다 큰소리친 것만 믿고 방비케 했다가 오히려 황성이 무너지고 짓밟히는 걸 재촉했던 것입니다. 호풍환우의 도술을 쓰기는커녕 곽경과 그 휘하 소위 도사군들은 금군에게 비와 바람처럼 속절없이 날려갔을 뿐입니다. 신은 묘청이란 자의 무슨 천인술법이란 얘길 전해 들었을 때 저 송나라의 멸망을 부른 곽경의 육갑법을 떠올리지 않을 수 없었습니다."

내시들이 입을 가리고 쿡쿡거렸다. 습명도 부식의 예가 어쩔 수 없이 묘청을 옭아매는 그물인 듯 여겨져서 비로소 안도감이 들었다.

"과연 송의 멸망을 재촉한 것이 도교를 맹신한 송 황제와 곽경인 것은 사실인 듯합니다. 하오나 먼저 금군을 불러들인 것은 경전과 몇 줄의 글귀만을 신봉하고 조정과 황제를 제대로 떠받치지 못한 무능한 유학자들과, 그로 무장하여 실제의 일에선 나태했던 송의 관료들이니 일의 앞뒤를 분명히 하고 선명한 본보기로 삼아야 할 것입니다."

지상의 반격이 독랄한 느낌이었다. 부식의 목소리가 높아져서 편잔 밖에서도 애써 귀를 기울일 필요가 없었다.

"좌사간이 국기를 흔드는 망발을 하는데 어찌 듣고만 계시옵니까? 일찍이 승로가 국조의 눈에 들어 논어를 읽어 올려 학문의 깊이와 재능을 인정받았으며, 훗날 성종조에 이르러 유학으로써 이십팔조의 시무를 지어 올려 국가의 근간과 기틀을 바로 잡아 오늘에 이르고 있는데, 좌사간이 말마다 함부로 국조를 입에 올리더니 급기야 본색을 드러내고 말았습니다. 징치하여 주옵소서."

부식의 말을 바로 받는 지상의 목소리는 낮아서 귀를 기울여야 했다.

"어찌 거기까지 내다보고 유학의 폐단을 거론했겠습니까. 근자의 고난과 환란 때만 보더라도 유학을 신봉하여 경전을 끼고 사는 자들이 엎드리기와 눈치 보기, 줄서기 그 세 가지 외에 또 무엇을 했는지 알지 못하겠습니다. 그들은 바깥을 향해서도 늘 흥하면 일어서고 쇠하면 낮추는 군자의 도리를 말하나, 송과 거란, 여진을 대함에서 이미 낮추는 것밖에 할 줄 모르니 장차…….”

"좌사간은 그만 하라. 말이 너무 강하다."

왕이 지상의 말을 잘랐다.

"보십시오. 좌사간이란 자가 주상 앞에서도 말을 가릴 줄 모르고 함부로 주워섬기니 직분과 근본마저 상실한 것이 도저히…….”

"참지정사도 그만 하라. 너무 뜨겁다."

왕의 목소리는 차분했다. 그러나 밖에서 듣던 습명과 내시들은 이미 험악한 분위기에 얼굴이 굳을 대로 굳었다.

"묘청의 일은 좀 더 두고 보겠다. 왕도의 기가 쇠했다고 하늘의 기를 끌어오겠다는 것도 충정에서 비롯된 것일지니 어찌 도중에 말라 할 수 있겠는가. 혼자서 조용히 시행하는 것이니 소용이 아니다 한들 해악이야 있겠는가.”

이번에도 왕께선 지상의 손을 들어주시는 듯했다. 어쩌면 자리에는 있지도 않은 묘청의 손을 들어주는 것일지도 몰랐다. 부식의 애써 가라앉힌 듯한 목소리가 뒤따랐다.

"세 가지밖에 할 줄 모르는 신이 감히 청하옵니다. 조정의 신료들이 먼저 바로 서면 묘청 같은 자가 요상한 짓을 하지 않아도 능히 기운이 모여들어 왕도와 왕권이 빛날 것입니다. 자겸과 준경에 의해 유배된 공미와 충, 극영 같은 유능한 신하들을 불러올리시옵소서. 유능하고 충직한 신하들이 아래를 떠받치게 하소서."

"불필요한 말이 앞섰어도 그 뒤엣말이 가상하다. 그리하겠다."

내시들이 급급히 부동자세를 취했다. 습명은 급히 편전 앞에서 물러나 뜰에 내려섰다. 부식이 먼저 나왔다.

부식의 낯빛은 붉게 상기되어 있었으나 표정은 차분했다. 습명은 허리를 숙여 읍을 하고 부식을 기다렸다. 부식이 습명의 앞을 지나치며 말했다.

"드디어 약관을 바라보시는 왕께서 한결 기개가 살아나고 의젓해지셨다. 오늘은 그를 확인했으니 기뻐하고 위안 삼을 만하다."

습명은 부식의 뒤를 부지런히 따랐다.

"묘청 같은 자 없어도 잘할 수 있다. 필요없는 자다."

부식의 뒷모습은 단호해 보였다.

43 이상한 밤

 밤마다 관천대에 오르는 자는 묘청이 아니라 백수한이었다.
 백수한은 어느새 태의감의 내의이자 천문(天文)과 역법, 측후, 각 루를 관장하는 사천감의 일관(日官)도 함께 맡고 있었다. 의술은 취미 정도이며 천기를 살피고 하늘 일의 앞뒤를 두루 꿰는 것이 백수한의 본연이란 말도 들렸다.
 봉심은 백수한이 관천대에 오르는 것은 못 보았지만 올라 있는 것은 보았고, 그럴 땐 아래서 기다렸다. 한밤에 그저 인사라도 나누자는 정도였다. 봉심과 백수한은 구면이었다.
 인사가 몇 차례 반복되니 숙위 중엔 안 될 일이었지만, 봉심은 약간의 술과 안주를 준비해 백수한과 마주 앉을 수 있었다. 궁금한 걸 묻는 건 자연스럽게 이루어졌다.

"내가 보기엔 밤하늘은 매양 그 모양인데 무엇을 보는 것인지요?"

"언뜻 별은 무질서하게 밤하늘에 박혀 있는 듯하나 엄연한 질서를 이루면서 흐르고 있지요."

차분하게 말하는 수한의 용모는 그때나 지금이나 옥골선풍이었다.

"아, 별은 흐르는 것입니까?"

"보기엔 멈춰 있지만 매일 밤 살피다 보면 흐른다는 것을 알게 됩니다. 별은 끊임없이 흐르고 있습니다."

봉심은 밤하늘의 별을 올려다보았다. 그러고 보니 언제 밤하늘의 별을 올려다봤던가 기억에 아득했다. 아주 어릴 적에나 올려다보며 신기해했던 것도 같았다. 실제로 별은 아이들이나 쳐다보는 것이며 크면 안 보게 되는 것이라고 은연중에 믿어왔던 것인가도 싶었다.

"땅의 일들은 별들의 움직임에서 자유로울 수 없습니다. 아니, 정확히는 저 별들의 지배를 받는다고 해야겠지요."

뭔 소린가 싶어 봉심은 수한을 쳐다봤다. 수한은 재미를 머금은 듯한 미소를 짓고 있었다.

"간혹 별들이 흐름을 깨고 질서를 흐트러뜨릴 때가 있습니다. 그땐 반드시 이 땅에서 작지 않은 일이 일어납니다."

봉심은 놀랐다.

"흔히들 별들이 그런 일들을 미리 알려주는 것이라고 말들 하지만 실은 그 흐트러진 기운이 직접적으로 이 땅에 영향을 끼치는 것이라고 보는 게 맞습니다. 때문에 별을 살피는 일이 중요하게 된 것이지요. 밤하늘에 질서가 깨지는 모습이 보이면 반드시 땅에선 대비를 해야 합니다."

봉심은 수한의 얼굴을 살폈다. 수한은 진지했다. 수한이 지금 만약 거짓말이거나 지어낸 말을 하는 거라면 전무후무한 최고의 거짓말쟁이를 눈앞에 두고 있는 거라는 생각이 들었다.

수한은 더욱 미소를 짙게 했다.

"그러나 걱정하진 마십시오. 별은 고의나 악의를 품고 일부러 질서를 깨는 것이 아닙니다. 그저 일시적인 흐트러짐일 뿐입니다. 저 별에겐 우리가 딛고 사는 이 땅이 또 별이 되고, 그렇게 서로서로 바라보고 영향을 끼치기 때문에 악의를 품고 다른 별을 공격하거나 망칠 수 없습니다. 결국 자기를 망치게 되기 때문이지요. 그것은 작게는 우리 사람들을 봐도 잘 알 수 있습니다. 사람과 사람의 관계를 보면 제 말을 쉽게 이해하실 수 있을 겁니다."

봉심은 무한한 밤하늘의 별들에 둘러싸인 듯 그저 망연해졌다.

"묘청 스님이 천인술법을 행하는 이치도 그와 같은 것으로 보고 있습니다. 보이고 존재하는 모든 것이 하나처럼 서로 연결되어 영향을 끼치고 있기 때문에 상대의 도움을 빌어 좋은 기운을 끌어오자는 것입니다."

수한은 미소를 머금은 채 밤하늘을 올려다보았다.

"저는 저 밤하늘의 별들이 이 땅에서 보내는 묘청 스님의 요청에 얼마나 호응을 하는지 그것을 살피고 있는 것입니다. 저 별들의 일이 이 땅에서도 일어나듯 이 땅의 일들도 저 별들에게 비치는 까닭이지요."

봉심은 할 말을 잃었다. 설마 묘청이 밤하늘의 별들까지 움직인다는 것인가.

"잘 마셨습니다. 덕분에 새벽 공기를 들인 속이 따뜻해졌습니다."

수한이 일어섰다. 봉심도 엉거주춤 따라 일어섰지만 무슨 말이라도 해야겠는데 떠오르는 말이 없었다. 수한은 봉심에게 목례하고 사천감 본전으로 사라졌다.

봉심은 생각했다. 같은 말을 묘청에게서 들었으면 반감부터 치밀었을 것이다. 그런데 수한에게서 듣자 점점 그럴듯하게만 여겨졌다. 과연 사람과 사람끼리가 서로를 끌고 밀치듯이 별과 별끼리도 그런 거구나 싶었다.

"사람은 사람만 봐도 될 것이네. 밤하늘의 별들까지 올려볼 필요가 있겠는가."

오랜만에 마주 앉은 자리에서 지상은 봉심의 얘기를 다 듣고 그렇게 말했다. 지상의 집이었고, 지상은 퇴궐했으며 봉심은 비번이었다.

"묘청의 천인술법이란 것이 결국 조정의 관료들과 개경 백성들의 마음을 한데 끌어 모으겠다는 의도 아니겠는가. 그들이 한마음 한뜻으로 왕을 바라보고 나라를 위하는 마음을 갖는다면 무슨 일이 벌어지겠는가. 필히 왕께서 힘을 받으시고 나라가 성하겠지. 그것으로 충분한 거라네."

부연하는 지상의 표정은 그러나 어쩐 일인지 밝지 않았다.

"하지만 이미 그 방법에서부터 많은 사람들이 의혹과 의심을 얻고 좋게 보지 않고 있으니 본래의 의도가 성취되겠는가. 오히려 사람들과 민심이 더욱 갈라지지 않을까 걱정스럽게 보는 중이네."

봉심은 고개를 끄덕였다.

"자네 말이 맞아. 나부터도 묘청이란 중은 도저히 마음에 들지 않으니까."

지상이 봉심을 바라보았다. 지상의 눈과 표정은 왜냐고 묻는 듯했다.

봉심은 서경에서 있었던 일을 말했다. 묘청이 무예를 시비 걸었던 일, 그 일로 백 일을 넘게 서경 관내 대자암 법당에 앉았던 일, 묘청이 서경의 잡귀와 잡령들을 쫓겠다고 남포 앞 대동강에서 벌였던 제(祭) 등등. 지상은 가만히 듣기만 했다.

다 듣기를 마친 지상은 봉심을 가만히 바라보았다.

"사실 형수가 내 처에게 그 얘길 하셨던 모양이네. 처로부터 진작 그 얘길 전해 들었네."

봉심은 여자들의 입에 대해 적이 놀랐다. 가장 가까운 친구 사이에 끼어서 모르는 사이에 봉심이 깊게 갈무리해 뒀던 말을 이미 전해 버린 것이다. 봉심은 맥이 풀렸다.

그러나 지상은 이미 봉심이 원한 것 이상으로 묘청에게 거리를 두고 있는 듯했다.

"묘청의 눈이 어디까지 두루두루한지 알 수 없으나 가까운 사람들부터 귀하게 여기지 않는 듯하니 다른 게 문제겠는가. 사람의 하늘을 발아래 뭉개고 앉은 자가 무슨 하늘을 보고 그 하늘을 끌어오겠다는 것인지 걱정하며 지켜보는 중이네."

지상의 탄식 같은 중얼거림을 듣자니 봉심은 문득 기각의 운정이란 기생이 떠올랐다.

"자네와 시간이 맞는 날이 많지 않으니 오늘 밤 나가서 한잔함이 어떻겠는가?"

봉심의 청에 지상은 안방에 가서 명경에게 말하고 허락을 구하는 듯했다. 언뜻 명경의 배가 눈에 띄게 부른 것 같았다. 봉심은 공연히 미안해졌으나 안방을 나온 지상은 편한 얼굴로 가자고 했다.

봉심은 기각으로 가는 길에 운정이란 기생에 대해 말했다. 지상은 듣기만 했다.

교방에서 직영하는 기각은 일반 백성은 출입이 어렵다고 봐야 했다. 내성에 사는 고관대작들이 주종이었고, 외성까지 나가 사는 중, 하급 관직들이 간간이 무리해서 이용하는 것이 고작이었다. 술잔을 돌리며 희롱하는 거야 어쩔 수 없다 해도 매매춘은 원칙적으로 금지였는데, 자리가 높아질수록 지켜지는 것 같진 않았다.

봉심이 알려 출입구에서 가까운 작은 기방을 하나 배정 받았고 거기에서 지상과 마주 앉았다. 관직에 따라 차별 받는 느낌이 있었다. 어쩌면 자주 이용하지 않아서인지도 몰랐다.

"그 뭐냐… 운정이를 오라고 해라. 그리고 그와 가까운 아이가 하나 더 있으면 좋겠구나."

봉심이 술과 안주상을 들여온 아기 기생에게 말했다. 아기 기생은 알았다고 하고 나가더니 조금 있다가 다시 들어왔다.

"운정 언니는 이미 다른 손님을 받고 계신데요."

"꼭 개가 있어야 한다. 개가 없으면 여기 술이 비싸고 불편한 물건이 되어버린다. 하늘을 함께 말하던 손님이 오셨다고 일러 봐라."

"안 될 건데……."

동기가 쫑알거리면서 나갔다. 그러더니 다시 오지 않았다.

"거참, 조그만 게 벌써부터 말 안 듣게 생겨먹었으니 커서가 걱정이구나."

봉심은 씁쓸하게 웃고 말았다. 지상이 술잔을 들어 마시길 권했다.

"기왕 왔으니 옆은 가리지 말고 편하게 마시고 가세."

술은 저자의 탁주와 귀한 소주의 중간에 낀 청주였다. 저자에선 그마저도 귀하고 비싼 술이다. 몇 잔쯤 주거니 받거니 했는데 얌전히 문이 열리더니 운정이 조심스럽게 들어왔다.

봉심은 놀랍고도 반가웠다.

"어찌 왔는가? 안 되는 줄 알고 있었는데……."

"역시 나리셨군요."

운정이 사뿐히 앉아 봉심과 지상에게 차례대로 목례하고 봉심의 옆에 앉아 술 주전자를 들었다.

"잠시 칫간에 다녀온다 하고 나왔습니다. 한잔 올리겠습니다."

"친구 먼저."

봉심이 지상에게 먼저 따르길 말했다. 운정이 지상에게 술 주전자를 가져가고 지상이 잔을 들었다.

"이 아이 아니었으면 내가 부식이 주는 독배를 덥석 받아 마실 뻔했던 거지. 지나고 보니 그게 점점 분명해지더군."

"독배랄 것까지야 있겠나. 부식은 순하게 자넬 생각해서였는지도 모르지."

"아니, 지금 생각해 보면 자네하고 나 사이를 떨어뜨려 놓으려고 했던 수작이 분명하네."

봉심의 단언에 지상은 그저 싱긋이 웃기만 하더니 운정을 보고 물었다.

"자난실은 여기 없는 건가?"

운정의 눈이 동그래졌다.

"언니를 아세요?"

"한참 전에 내 옆에 앉은 적이 있다네."

"지금까지 있을 수가 없죠. 나이를 넘겨 진작 다른 데로 옮겼는걸요."

"다른 데?"

"모르시나 봅니다. 여기 있다가 권세 있는 나리들의 뒷방을 차지하지 못하면 먼 지방이나 민간의 여각들로 옮겨갑니다. 그러다가도 나이가 더 들면 대개 함께 모여 살면서 방물장수나 하는 거고, 따로 떨어지면 주막이라도 차릴 수 있으면 다행이고……. 자난실 언니는 여기서 나이가 차도록 첩실로 거둬주는 분이 나타나질 않았죠. 언니가 거부하는 것 같기도 했고요."

운정의 목소리에 점점 우울함이 어렸다. 지상은 묵묵히 고개를 끄덕였지만 봉심은 걸리는 게 있었다.

"방물장수들이란 게 그렇게 생겨나는 것인가?"

"대개 그렇습니다. 아무래도 저희들이 방물을 가장 많이 쓰기도 하니까요."

용수산 아래 방물장수들을 아느냐고 물으려다가 봉심은 관뒀다. 어머니마저 안 계신 그곳에 다시 갈 일은 없을 것 같았다.

"가봐야 하는 것 아닌가?"

지상이 걱정스런 얼굴로 말했다. 운정이 대답 없이 잠시 지상의 얼굴을 살피더니 되물었다.

"혹시 자난실 언니가 자주 말하던 분이 아니신가 모르겠어요."

지상은 잠시 뜸을 들이더니 정색했다.

"인연이란 묘한 것이긴 하군."

"역시 그러셨군요."

봉심은 놀랐다.

"그럼 자네 언니가 말했다는 그 사람이 바로……."

그때 거칠게 문이 열렸다.

"너는 여기가 칫간이냐?"

떡 벌어진 위압적인 사내가 문을 열어젖히고서 눈을 부릅떴다. 운정이 놀라서 엉거주춤 일어서는데 사내가 달려들어 거칠게 머리채를 잡아 쥐었다. 운정이 짧게 고통스런 비명을 냈다.

"네가 예서 일급 기생이라더니 칫간 간다 거짓말하고 다른 손님 몰래 받는 게 일급인 것이냐?"

봉심이 사내의 손목을 잡고 일어섰다.

"말로 해도 될 걸 너무 심하게 하는구려."

사내의 험악한 눈이 봉심에게 꽂혔다.

"너는 원래 남의 여자 훔쳐 먹고 뺏어 먹는 게 취미인 놈인가 보구나. 그래서 기생도 남의 걸 몰래 빼돌려……."

뻑 소리와 함께 사내가 미처 말을 끝내지 못하고 얼굴에서 피를 뿜으며 문짝과 함께 요란하게 복도로 나가떨어졌다. 봉심이 이마로 사내의 면상을 찍어버린 것이었다.

"너 이 새끼……."

얼굴이 피 떡칠로 망가진 사내가 악귀처럼 일그러져서 벌떡 일어났다. 그의 가슴팍에 다시 봉심의 발길질이 박혔다. 사내는 요란하게 복도를 거꾸로 뒹굴었다. 봉심이 천천히 따라갔다. 말리기엔 늦었다. 봉심은 묵묵히 사내의 목을 발로 밟아 짓눌렀다. 사내가 발버둥 치며 캑캑거렸다.

한 기방의 문이 열리면서 역시 기골 좋은 사내들이 놀란 얼굴로 내다보았다. 그들은 봉심과 사내를 보더니 기방 안으로 사라졌다가 칼을 빼 들고 다시 나왔다. 무관들이었다.

무관들은 봉심을 향해 칼끝을 겨눠 쥐었다. 봉심은 칼을 집에 놓고 온 것을 생각했으나 발에 힘을 풀지 않았다. 밑에 깔린 사내는 숨이 넘어가고 있었다.

"물러서라."

무관들이 낮게, 그러나 위협적으로 말했다. 봉심은 담담하게 대꾸했다.

"너희들이 그 칼을 치우고 물러서라. 아니면 이놈 죽는다."

무관들이 멈칫거렸다.

"뭐냐?"

뒤늦게 기방에서 한 중년사내가 더 나왔다. 그는 쉽게 눈앞의 무관들의 위로 보였다. 잘 다듬은 수염에 호랑이 눈을 한 것이 전형적인 무골형이었다. 갑옷과 관복 차림이 아니니 관급을 알 수 없었으나 최소한 봉심보단 상급인 듯했다.

"칼을 치워라."

무관들이 칼을 거두고 물러났다. 중년사내는 봉심의 앞에 섰다.

"그를 죽일 셈인가?"

사내는 이미 축 늘어져 있었다. 봉심은 사내의 사타구니가 흥건히 젖어 있는 것을 보고 발을 뗐다. 봉심은 중년사내에게 말했다.

"아랫것들 훈육을 바로 시키시길 바랍니다."

"감히……."

봉심이 말을 맺기가 무섭게 한 무관이 칼을 내쏘아왔다. 봉심은 허리를 젖혀 그의 칼을 피함과 동시에 손목을 낚아채 잡아당기면서 발목을 걸어찼다. 무관은 거꾸로 돌아 복도에 내동댕이쳐졌고, 그의 칼은 이미 봉심의 손에 옮겨졌다. 봉심은 무관의 칼로 그의 목을 겨눴다. 무관은 목에 겨눠진 칼끝을 보며 낯빛이 해쓱해져서 감히 일어서지 못했다.

"어느 나라 군인인데 칼을 그리 가벼이 쓰는가?"

봉심은 가볍게 질책하고 칼을 거두었다.

"자넨 어디 소속인가?"

중년사내는 봉심을 지그시 노려보고 있었다. 봉심은 중년사내를 가만히 쳐다보기만 하고 대답하지 않았다. 노기를 애써 다스리는지 중년사내의 얼굴 근육이 씰룩였다.

"나는 이번에 천우위(千牛衛) 장군을 맡게 된 이신의다. 자넨 누군가?"

"궁성 순찰을 맡고 있는 금위 낭장 최봉심이라 합니다."

중년사내 천우위 장군 이신의의 눈이 흔들렸다.

"자네가 그럼 동지추밀원사를 지내셨던 홍재 어른의 그……."

봉심은 그 순간 머릿속에서 폭발이 일어나는 소릴 들었다.

이신의가 아차 하는가 싶더니 복도 안쪽을 힐끗거렸다. 봉심의 눈이 번쩍 빛났다.

봉심은 이신의를 밀치고 복도 안쪽을 향했다. 이신의의 뒤에 섰던 무관들이 주춤주춤 비켜섰다.

복도 맨 안쪽 기방이 불이 환했다. 봉심은 그 기방 문을 사납게 밀어젖혔다. 몇 개의 놀란 얼굴이 봉심을 향했다. 그중 눈에 익은 얼굴 두 개가 있었는데, 하나는 부식이었고 하나는 습명이었다. 봉심은 습명을 노려보았다.

"자네가 있었던가?"

부식이 물었지만 봉심은 습명만 노려보았다. 습명은 그저 놀란 얼굴이더니 이내 봉심의 눈을 피했다.

누군가가 봉심의 손에서 칼을 거뒀다. 지상이었다. 지상은 부식 등에게 읍을 해 보였다. 부식의 얼굴이 딱딱해지면서 지상을 지그시 노려보았다.

"자네들이 같은 날 여기 온 줄은 몰랐군."

"이번에 불러올리신 분들인가 보군요. 보기에 좋습니다."

지상은 담담히 말했으나 부식은 무서울 정도로 얼굴을 굳혔다. 부식과 함께 앉은 자들이 헛기침을 했다. 과연 그들은 일찍이 이자겸이 유배를 보냈던 한안인 일파의 사람들이었다. 이제는 부식의 사람들이 될 모양이었다. 이미 된 건지도 모를 일이었으나 부식이 원한 바일 테니 이상할 것은 없었다.

지상은 다시 목례를 하고 봉심을 잡아끌었다. 봉심은 지상이 끄는 대로 따라갔다. 지상은 복도에 선 이신에게 칼을 돌려주었다. 무관들은 봉심이 밟아놓은 동료를 그들이 마시던 기방 안으로 들여서 살피고 있었다. 그는 깨어나 있었으나 아직 제정신이 덜 돌아온 듯했다. 봉심이 지나치면서 힐끗 보자 그는 놀라더니 재빨리 봉심의 눈을 피했다. 비로소 제정신이 돌아온 것 같았다.

술을 더 마시긴 다 틀렸다. 봉심은 앉았던 기방 앞에서 잠시 섰다. 운정이 혼자서 고개를 떨어뜨리고 앉아 있었다.

"여기 있기 불편하겠구나."

운정이 고개를 들어 봉심을 보았다. 봉심은 가슴이 저렸다. 운정이 왜 가장 막돼먹은 놈 옆에 앉혀지게 되었는지는 치사해서 생각도 하기 싫었다. 하필 부식이 유배지에서 불러올린 자들과 함께하는 자리에 날을 맞춘 게 그저 눈앞의 가련해 보이는 기생 때문인가 싶었다. 최홍재는 생각 않기로 했다.

"나랑 갈래?"

봉심이 묻자 운정의 눈에 금방 눈물이 글썽였다.

봉심은 운정을 기각에서 데리고 나왔다. 지상은 걱정하는 기색이긴 했으나 말리지는 않았다.

봉심은 지상을 집 앞까지 바래다주고 운정을 데리고 용수산 쪽을 향했다.

봉심은 옛집을 찾아 방물장수 아주머니들을 깨웠다. 그리고 운정을 부탁했다. 봉심은 운정의 손을 꼭 잡아주고 옛집을 나왔다.

'그 아비에 그 아들이구나' 하는 소리가 어디선가 들린 것 같았다.

봉심은 밤하늘을 올려다보려다가 말았다. 지상의 말대로 사람만 보기로 했다. 그것도 이미 벅찼다.

44 왕

    묘청이 천구전에서 나왔다. 혹자는 백 일 만이라 했고, 혹자는 정확하게 백팔 일이라고 했다. 대부분이 스님이니까 아마도 백팔 일이 맞지 않겠느냐고 했다. 밖에서는 정확하게 날짜를 헤아려 본 자가 없는 것 같았다. 언제 들어갔는지를 아는 자가 아무도 없었다.

    "하늘이 개경을 위해서 움직이지 않습니다."

    이중부는 편전 입구를 지키고 서서 묘청이 왕께 아뢰는 얘기를 들었다. 다른 대신들은 아무도 없었다. 왕과 묘청, 그리고 왕의 옥음을 기록으로 남기는 정육품의 직사관 단 셋뿐이었다.

    "개경의 지덕이 너무 쇠했고 남아 있는 기운이 없습니다. 기운이 남아 있어야 기운을 끌어올 수 있는 것입니다. 배고픈 자가 잠을 이루지 못하는 이치와 같습니다."

"그 정도인가? 하지만 짐은 서경에 다녀온 이후로 예전보다 좋아졌다는 얘길 많이 듣고 실제로도 그렇게 느끼고 있다. 그래서 나는 그대의 천인술법이 잘 이뤄지고 있는 줄 알았다."

"그것은 서경에서 받아오신 기운입니다. 왕께선 아직 서경과 연결되어 계십니다. 그러나 개경에 오래 머무르시면 결국 기운이 다시 허해지실 수밖에 없습니다. 개경의 기운이 너무 허한 탓입니다."

"그럼 서경에 자주 다니는 수밖에 없는 것인가?"

"개경은 더 안 됩니다. 이참에 서경으로 왕도를 옮기심이 가한 줄 아옵니다."

왕께서 놀라신 듯했다. 귀와 손만 있어야 할 직사관도 붓을 멈칫거렸다. 이중부 또한 크게 놀랐으나 편전을 지키는 것 외엔 다른 아무 생각이 없다는 것을 얼굴에 나타내려고 애썼다.

"개경은 썩어가고 있습니다. 천인술법을 행하는 중에 숱한 마군의 공격에 얼마나 시달렸는지 모릅니다. 천인술법을 비웃고 의심하는 조정의 대신들과 개경 백성들의 부정적이고 비뚤어진 혼백들이 만들어내는 마구니들이었고, 그들이 개경의 지덕을 망가뜨리고 기운을 쇠잔시킨 원흉들이라는 것을 똑똑히 보았습니다. 그러나 그들도 모두 왕과 나라의 신민들이고 백성들인데 어찌 벌할 수 있겠습니까. 다만 왕도를 옮김으로써 저절로 해결될 것이옵니다."

"태사의 말이 무슨 말인지는 알겠는데 내 비록 왕이라 하나 왕도를 옮기는 문제는 나 혼자서 결정할 일이 아니다."

왕은 곤혹스러워했다.

"종묘의 역대 군왕들께 알려 뜻을 내려 받아야 하며, 공론에 부치는 것으로 사직에 물어 조정의 대신들은 물론 백성들의 뜻이 어느 정도 모아져야 가능한 일이다. 쉽지 않다."

"역으로 생각하셔야 합니다. 그들의 대부분이 마구니에 씌어 있어 개경과 함께 서로를 망치고 있습니다. 그들은 이끌어야 할 자들이지 물을 자들이 아닙니다. 개경에 종묘는 있어도 사직은 사라진 것이나 마찬가지입니다. 왕께서 먼저 확고한 뜻을 세우시고 결심을 공고히 하셔야 합니다."

"사실은 태사의 말이 짐에겐 아직 벅차다."

"다시 서경에 거둥하시어 찬찬히 살펴보시길 청하옵니다. 왕께선 종묘와 사직의 주인이자 만백성의 어버이십니다. 왕께서 먼저 결정하셔야 할 일이옵니다."

왕은 생각에 잠긴 듯했다. 묘청은 눈을 감고 염주를 굴렸다. 왕의 대답을 기다리는 듯했다. 왕이 이윽고 입을 열었다.

"종묘와 사직을 위한 일이라면 무엇을 못하겠는가. 마땅히 해야 할 일이다. 그럼 태사의 청대로 서경을 다시 한 번 살펴본 연후에 합당함을 보도록 하겠다."

"망극하옵니다."

묘청이 합장하고 머리를 숙였다. 왕이 직사관에게 손짓했다.

"짐과 태사의 말은 없애도록 하라."

직사관이 깊이 허리를 숙여 복명의 자세를 취했다.

"태사도 서경에 가기 전까진 다시 거론하지 말라. 미리 시끄러울까 두렵다."

"황송하옵니다."

왕의 옥음이 높아졌다.

"오늘의 말이 밖에서 짐에게 되돌아온다면 너희들이 먼저 무사하지 못할 것임을 알라."

내시들이 움찔했다.

이중부는 편전의 입구와 밖을 지키고 선 내시들을 보았다. 왕과 묘청의 말이 과연 직사관이 어록을 삭제하듯 내시들의 귀에서도 씻겨질지 의문이었다. 천도는 엄청난 문제였다. 당장 자신부터 벌써 근질거리기 시작하는 입을 어찌해야 할지 자신이 없었다. 무엇보다 묘청이 천구전을 나와 왕을 독대한다는 사실이 이미 알려졌고, 눈으론 확인할 수 없어도 조정의 관심과 이목이 온통 이곳으로 집중되어 있을 게 뻔했다. 이 시간 편전을 지키게 된 내시들은 이래저래 무사하기 힘들 것 같았다.

묘청이 어디로 나갔는지 보이지 않았다. 왕은 내의이자 일관 백수한을 불러들이라 했다. 이중부는 하급 내시 몇을 태의감과 사천감에 나누어 보냈다. 사천감에 갔던 내시들이 백수한을 데리고 나타났다.

왕은 백수한에게 천문과 측후에 대해 물었고, 백수한이 근래 천문과 측후가 모두 고르지 못함을 아뢰었다.

"태사가 천인술법을 중단한 것과 연관이 있는가?"

왕이 물었고, 백수한은 머리를 조아렸다.

"어찌 연관이 있다 없다 함부로 말할 수 있겠습니까. 다만 어떤 신묘함도 천지간의 작용 안에 있고, 그 안에선 따로 떨어진 게 없는 줄 아옵니다."

결국 연관이 있다는 말이었다. 백수한을 물린 왕은 근심을 얻은 듯했다.

왕은 다음으로 문하시중을 비롯한 재신과 추신들을 모두 편전에 들게 했다.

"백성들의 원성에 대해 아는 바 있으면 낱낱이 말하라. 경들의 불만을 허심탄회하게 풀어도 좋다."

왕이 불러들여 자리를 깔아주자 대신들은 당황한 듯했다.

문하시중 이위가 머리를 조아렸다.

"황공하오나 갑작스럽습니다."

"근래 천문과 기후가 고르지 못하고 민심이 조각조각 난 듯하여 할 수 있는 수습을 해보고자 한다. 갑작스러운가?"

추밀원부사 한충이 우렁차게 아뢰었다.

"비로소 군왕의 풍모가 뻗치시는 듯하니 신은 눈이 부시어 감격의 눈물이 터져 나올 듯하옵니다. 먼저 서경에서 온 묘청의 천인술법이란 것부터 막아주옵소서. 말들이 분분하여 서로 갈라지고 있으니 가장 큰 연유인 듯하옵니다."

왕의 얼굴이 굳었다.

"그것은 이미 중지시켰다. 더 말하지 말라. 앞으로 할 수 있는 것을 말하라."

대신들이 술렁였다.

"어찌 백성들을 위하여 말을 내놓는 자가 하나도 없는가?"

왕의 옥음에 노기가 어렸다. 편전엔 일시에 찬물이 끼얹어진 듯했고 대신들은 숨을 죽였다.

"알리겠다. 학사승지는 받아 적으라."

한림학사 승지 정항이 급히 머리를 조아리고 일어나 지필묵을 준비해 다시 앉았다.

"각지의 수령들이 조세와 취렴을 저들의 이익으로 여길 줄만 알고 먼저 근검하여 절약하여 백성을 보살피는 일을 잊은 모양이다. 나라와 백성들의 곳간과 창고가 텅텅 비고 당장 백성들부터 궁핍한데다가, 쓸데없는 부역으로 노동력을 징발하여 백성이 수족을 둘 곳이 없어 서로 모여 도둑질을 하니, 나라를 풍부하게 하고 백성을 편하게 하려는 본의가 아니다. 모든 주와 군현에 명령하여 필요치 않은 일을 정지케 하고, 급하지 않은 정무는 철폐토록 하라. 아울러 반드시 그 성과와 득실을 문서로 작성하여 연내에 짐의 앞에 닿게 하라."

대신들이 눈을 크게 뜨고 긴장하는 가운데 정항의 붓질 소리만 슥슥거렸다. 왕은 멈추지 않았다.

"중앙과 지방의 유사에 알려 모든 죄수들을 다시 살펴 일죄(一罪)를 제외한 이죄(二罪) 이하의 죄수들은 사면케 하고, 늙은이 및 병든 자들과 절부, 의부, 효자, 홀아비, 과부, 고아, 자식 없는 늙은이에게 음식을 먹이고, 차등 있게 물품을 내리게 하라. 이 모든 것을 교지가 닿는 대로 즉시 시행케 하라."

대신들이 떨면서 머리를 바닥에 빻았다.

"망극하옵니다."

왕은 노력하고 있었다. 이중부는 눈물을 쏟을 뻔했다.

"요즘 가끔 준경이 생각난다. 좌사간 말대로 비록 이월의 죄는 만고의 죄이고 오월의 공은 일시적인 것이었다 하나, 그 일로 짐이 이 자리에 앉아 있으니 어찌 그 공이 작다 할 것인가. 준경을 암타도에서 꺼내어 그의 고향 곡주에서 편히 여생을 보내게 하라."

왕의 쏟아지는 교지에 대신들은 그저 망연해할 뿐이고 학사승지 정항의 붓만 바빴다.

"더 보탤 경들의 의견은 없는가?"

왕이 묻자 부식이 입을 열었다.

"이참에 홍재도 불러올리소서. 왕년에 홍재가 비록 자겸과 결탁하였다 하나 훗날 자겸에 의해 내쳐진 것이니 불러올림이 마땅할 것입니다. 나라의 근간이자 기틀인 군사와 병권을 맡을 만한 자로 홍재 이상이 없는 줄 아옵니다."

"그래, 그가 있었구나. 잊고 있었다. 깨우쳐 줘서 고맙구나."

"황공하옵니다."

"자겸이 발호할 때마다 제동을 걸어줬던 경의 은공 또한 잊지 않고 있다. 앞으로도 많이 도와달라."

"망극하옵니다."

부식이 격동하여 넙죽 부복했다.

자리가 파하고 편전을 물러 나오는 대신들은 부식을 제외하곤 불시에 한 대 맞은 듯한 얼굴들이었다. 그 얼굴들을 보면서 이중부는 왕이 자랑스러웠다. 왕권과 신권이 묘하게 힘겨루기를 하는 듯한 분위기를 자주 봐온 이중부로선 대신들의 낭패한 얼굴들이 왕께서 바야흐로 용(龍)으로 성장하고 계신 증거인 것만 같았다.

왕께서 먼저 자리를 간 게 효과가 있었던지 묘청과 서경을 입에 올리는 자는 나타나지 않았다. 그날 편전을 지켰던 내시들이 하나같이 입을 닫았을 리는 만무했다. 미리 가서 고하지는 않더라도 몇몇 권신들과 주종과도 같은 관계를 맺어 그들이 물어보면 입을 열 수밖에 없는 처지인 내시들이 거의 전부라 해도 무방했다. 개중엔 아예 부자지간인 경우도 많았다.

이중부는 내시란 오로지 왕을 위해서 살고 왕을 위해서 죽는 존재인 줄 알았다. 그러나 막상 내시부에 들고 나서부턴 왕과 힘 있는 권신들 사이에서 눈치를 볼 수밖에 없는 갈대 같은 존재라는 것을 깨닫게 되었다. 언제부터 그렇게 되었는지는 알 수 없으나, 내시를 선발하는 가장 중요한 잣대 중 하나가 명문가의 후손이냐는 것이니 어쩌면 필연일지도 몰랐다. 그렇게 내시들은 편전 밖을 향해서는 왕의 손발이었지만 편전 안을 향하면 권신들의 눈과 귀이기도 했다.

이중부는 애초의 꿈과 목표대로 오로지 왕을 위해서 죽고 사는 일만 붙잡아왔다. 아비를 권신으로 둔 동료 내시의 은근하고 끈질긴 권유도 수차례 있었고, 받아들이기 전엔 경로를 알 수 없을 향응과 뇌물, 때때로 위협도

심심치 않았다. 그러나 이중부는 그 모든 것을 사양하고 물리치면서 내시다움을 꿋꿋이 지켜왔다.

이중부는 오랜만에 봉심이 보고 싶었다. 봉심은 내시의 꿈과 목표를 가장 잘 이해해 주고 믿어준 유일한 친구였다.

이중부는 금위청에 들렀다. 봉심은 보이지 않았다. 안부를 물으니 금위들이 저마다 한마디씩 했다.

"요즘 상태 안 좋으십니다."

"낭장님과 친하신 것 같으니 안 이르실 줄 알고 말씀드리자면, 번이 되어도 자주 자릴 비우시고 저희에게만 맡기고 그러십니다."

"어디 불편하신 데 있냐고 묻지도 못했습니다. 말을 걸면 뭔가가 날아올 분위기입니다."

이중부는 궐을 나가면 봉심을 한 번 찾아봐야겠다고 생각했다.

다시 내시부로 돌아오니 홍이서가 기다리고 있었다. 홍이서는 상급 내시로서 이중부에게 큰 힘이 되어주는 몇 안 되는 내시다운 내시였다. 홍이서가 없었다면 권신들과 줄을 댔을지도 모를 정도로 이중부에겐 큰 버팀목이었다.

"어디 갔다 오는가?"

"잠깐 금위청에… 거기 친구가 있어서요."

"재주 참 용하네. 어찌 딱 맞춰서 자리를 비우는가? 왕께서 보자시네."

이중부는 놀랐다. 놀란 가슴을 진정시키면서 부지런히 뒤를 따르는데, 홍이서는 편전인 건덕전이 아닌 침전인 중광전으로 향했다. 밤이었으니 당연하긴 했지만 이중부의 가슴은 더욱 뛰었다. 생각해 보니 야밤에 침전으로 부르신 경우는 없었다.

왕께선 새하얀 비단 침의를 걸친 편안한 차림으로 간단한 술상을 놓고 중광전 침방에 앉아 계셨다. 이미 몇 명의 내시가 부름을 받았는지 무릎을 꿇고 왕께서 따라주는 술을 두 손 쳐들어 받고 있었다.

"늦었구나. 와서 앉거라."

이중부는 무릎걸음으로 기어갔다. 동료가 주는 술잔을 받으니 왕께서 술 주전자를 기울여 왔다. 이중부는 잔뜩 몸을 낮추고 두 손으로 술잔을 머리 위로 쳐들었다. 또르르, 맑은 소리가 머리 위에 떨어졌다.

"기억한다. 그대가 아니었으면 자겸이 군사들을 보낸다는 소식을 듣고 천복전에 숨었던 그날 밤 준경이 그렇게 빨리 달려올 수 없었을 것이다."

"망극……."

이중부는 울컥 목이 메었다. 왕은 주전자를 홍이서에게 가져가며 웃었다.

"망극이니 황공이니 하지 말고 편히 하라. 그대들은 짐의 친구나 다름없는 사람들 아닌가."

홍이서가 술을 받으면서 머리를 쪓었다.

"망극하옵니다."

"하지 말래두."

왕은 술 주전자를 내려놓고 불러 모은 내시들을 둘러보았다.

"그대들은 내가 백성들을 위한 교지를 내리던 그날 편전을 지켰던 사람들이다. 오늘 그대들을 부른 건 그 이후의 민심을 보고 싶어서다."

왕의 옥음은 편안했다.

"나가서 민심을 살펴 더하지도 말고 빼지도 말고 본 대로 들은 대로만 전해주면 된다. 짐은 이 기회에 그대들의 눈과 귀가 제대로 박혔는지도 확인해 볼 참이다."

내시들이 긴장했다. 왕이 웃었다.

"마지막 건 농담이다. 다만 모두의 말을 들어본 연후에 내 알아서 지나친 것은 쳐내고 모자란 것은 보탤 테니 그리들 알라."

왕이 술잔을 들었다. 내시들이 분분이 두 손으로 술잔을 받쳐 올렸다.

"들자."

왕은 단숨에 들이켰고, 내시들은 일제히 몸을 옆으로 틀어 술잔을 비웠다. 이중부는 매운 목에 술이 걸려 재채기가 밀고 올라왔으나 필사적으로 참고 넘겼다. 눈물이 나왔다.

중광전을 나온 내시들은 홍이서에게 둘러볼 곳을 배정받았다. 그리고 평복으로 갈아입은 뒤 궐을 나서 사방으로 흩어졌다. 주어진 날은 사흘이었다.

정확히 사흘 뒤, 내시들은 중광전 앞에 다시 모였다. 왕은 하나씩 순서없이 불러들여 얘기를 들었다. 홍이서가 마지막으로 들어갔다 나온 뒤는 꽤 늦은 밤이었다. 이중부는 밖에서 홍이서를 기다렸다가 함께 내시부를 향했다.

"고관들의 매관매직이 여전하고, 생각보다 금나라와 군신 관계를 맺은 것에 응어리가 차 있는 백성들이 많았어. 그대로 말씀 올렸지."

"왕은 애쓰시는데 신하들이 따르지 않는다는 얘기도 들리더군요. 저도 눈에 밟히고 귀에 걸린 것들은 다 담아다가 그대로 전해 올렸습니다."

"생각보다 묘청 스님을 비방하는 목소리들이 없지 않던가? 말들은 없어도 조정엔 불만이 가득 차 터질 듯한데……."

"아직 잘 모르는지 관심들이 없는 건지 저는 아예 그 스님에 대해선 들은 얘기가 없습니다."

홍이서는 고개를 끄덕였다.

"어쩌면 자네 말이 더 옳겠군. 백성들은 아직 묘청 스님이 누군지, 뭘 하는 건지 모른다고 보는 게 더 맞겠어."

다음날 왕은 서경 거둥을 알렸다. 조정은 한바탕 크게 흔들린 것 같았다. 진작 왕과 묘청이 나눈 말들이 흘러나간 것은 틀림없었다.

부식이 아뢰기를 청해왔다. 왕은 거절했다. 다시 청해왔다. 왕은 부식을 편전으로 불러들였다.

"한 해 동안 서경에 백 일 이상을 머물도록 하신 건 국조의 유훈이시다. 경은 거기에 대해서 말할 요량이면 물러가도록 하라."

왕은 미리 쐐기를 박았다. 부식은 한껏 몸을 낮추고 피를 토하듯 외쳤다.

"승로의 상서문을 되살리소서."

왕은 옥음을 억눌렀다.

"무슨 말인지 모르겠구나."

"국조께서 대업을 여신 이래 신하의 상서문 중 그만한 안목과 지혜와 충정이 담긴 것이 없었고, 그만큼 나라에 반영된 게 없었기에 말씀드리는 것이옵니다. 다시 살펴본즉 과연 명문은 세월을 타지 않으며 오늘에도 그 가치가 여전함에 새삼 탄복하였사옵니다."

"알았다. 반드시 다시 볼 것이니 그리 알고 그만 물러가도록 하라."

왕은 승선을 시켜 행렬을 짜게 했다. 그것을 이틀간 추리고 추리게 해서 최대한 가볍고 간소화한 다음 서경을 향해 출발했다. 왕은 특별히 홍이서와 이중부에게 내시들의 좌우변 수장을 맡겨 곁을 지키게 했다. 이중부에겐 꿈을 꾸는 듯한 감격의 날이었다.

45 윤언이

지상은 서경 거둥에 따르지 못했다. 남아서 최승로의 상서문과 시무 이십팔조를 검토하고 정리하란 왕명이 떨어진 까닭이었다.

최승로는 신라 왕조 육두품 귀족의 후예로 학문적 능력과 성취가 출중하여 일찍부터 태조의 눈에 들었다. 당시 신라 귀족들의 자제들은 당나라로 건너가서 유학을 배워오는 것이 유행처럼 되어 있었는데, 신라의 멸망과 함께 그들의 대다수가 고려의 조정으로 유입되었고, 최승로는 그중 군계일학이었던 모양이다. 초기 왕조들은 사대조 광종을 제외하곤 자리에서 채 십 년을 채우지 못했고, 최승로는 육대조 성종에 이르러서야 비로소 요직에 등장하게 된다.

"승로의 시무 이십팔조란 게 대부분 불교를 비판하는 내용이 주류이네."

오 주사는 종이뭉치를 서탁에 잔뜩 쌓아놓고 뒤적였다.

"민생에 관한 것들도 꽤 있는데 과연 뛰어나긴 했던 모양이네. 특히 이십일조에서 볼 수 있는 민생의 안정이 나라의 안정과 발전을 위한 기반이자 기틀이란 생각은 오늘에서도 틀림없는 진리라 할 수 있지 않겠는가."

"불변의 진리지요."

지상은 함께 애써주는 오 주사가 감사해 일단 맞장구를 쳐주었다.

"다만 스물여덟 조항의 내용들끼리 서로 충돌하는 면이 있는 것 같으니 어느 쪽을 보느냐에 따라 사뭇 달라질 여지가 많습니다."

지상의 말에 오 주사는 궁금한 얼굴을 했다.

"민생의 안정이 최우선이란 생각은 승로 이전에도 있었던 전통적인 것입니다. 이 땅에 있었던 모든 군왕과 군주들이 그것을 지키려 하였으나 표나게 이루지 못했을 뿐이지요. 골백번 거론해도 지나친 일이 아니나 그 뒤엔 최승로만 있는 건 아닙니다. 최승로만 보이는 걸 골라내야 합니다."

"자네 말이 옳으이. 먼저 그것들부터 집중적으로 골라내야겠군."

그때 낯선 목소리가 오 주사의 말 뒤를 바로 이었다.

"승로에겐 그만의 독창적인 부분이 제법 있습니다. 하지만 그것들은 좌사간 말씀대로 승로 본인이 거론한 전통적인 가치들과 충돌하는 모순들을 보입니다."

멀쑥한 장년의 유관(儒官)이 내전 문가에 서서 지상과 오 주사를 향해 말을 보내고 있었다.

지상은 잠시 눈을 의심했다. 유관의 모습에 그녀가 겹쳐진 것이었다. 유관은 지상의 놀람에 관계없이 정중하게 읍을 해 보였다.

"예부시랑 윤언이라 합니다. 왕께서 가서 도우라고 말씀하셨습니다."

윤언이. 지상은 머리를 쳤다.

윤관의 아들들 중 언식과 언이가 관직에 있는 줄은 알고 있었다. 하지만 일부러 찾아볼 일은 없었고, 우연히 만날 일도 없었다. 지상은 여기저기 뒤지고 다니는 걸 좋아하지 않았고, 그들 또한 워낙에 조용히 지내는 듯했다. 어쩌면 아버지 관이 남기고 간 굴레를 아직 쓰고 있는 것일지도 몰랐다.

그녀는 윤관 장군과는 연결이 되어도 그의 아들들과는 연결이 되지 않았다. 지상은 그렇게 인식하고 있었다. 그럼에도 윤언이의 모습에서 그녀의 모습이 비치는 것이 적지 않은 놀라움이었다.

"오셔서 도움을 주십시오."

지상이 일어나서 언이를 자리로 청했다. 오 주사도 엉거주춤 일어섰다. 지상과 오 주사는 원래 서탁의 넓은 쪽에서 마주 보고 앉았는데, 오 주사가 자리를 비켜주려 하자 언이는 사양하고 서탁의 좁은 쪽에 굳이 자리를 잡고 앉았다.

"승로가 민생에 관해 거론했던 것들은 왕께서 내리신 유신 십오훈과 그 뒤에 내리신 교지들에 들어 있습니다. 그것들은 새삼 다시 살펴볼 일이 없을 것입니다."

언이의 목소리는 한 점의 탁기가 없었고 단정했다.

"앞선 오대조 왕들을 치적을 평한 상서문 머리글에 승로의 사상과 철학이 다 들어가 있다고 보면 되겠습니다. 뒤의 이십팔조는 그것을 조목조목

풀고 부연한 것이나 다름없습니다."

지상은 고개를 끄덕였다.

"거칠게 쭉 훑어 내려 보았는데 걸리는 것이 많았습니다. 특히 삼대조 정종을 특별한 근거 없이 친 것과 사대조 광종을 틈나는 대로 혹평한 것이 인상적이었습니다."

"일찍이 본 적이 없었습니까?"

"원래 관심을 끈 자가 아니었습니다."

"시문에 따를 자가 없다는 소문이 있던데 그 공부가 원래……."

"따를 자 운운하는 말투부터가 그저 말 만들어내기 좋아하는 사람들의 것입니다만 제 시문은 유학에서 배운 것이 아닙니다. 시문을 짓고 엮고 읊는 것이 유학에만 국한된 것이겠습니까?"

"어쩐지 시문의 독창성과 사물을 보는 시각이 전에 없이 유별나다는 평을 누군가로부터 얼핏 들은 것 같기도 합니다."

지상은 대화가 옆길로 새는 느낌에 입을 닫았다. 그러나 언이는 최승로에 관한 얘기보다는 다른 얘기를 하고 싶은 눈치였다.

사실 깊이 검토하고 말 것도 없었다. 최승로는 삼대조 정종이 왕규의 반란을 진압하고 왕통을 잇게 한 위대한 왕이라 칭찬하고, 밤낮으로 정무에 힘써 그 훌륭함을 모두가 경하하였다고 말하다가, 서경 천도를 하려 했던 게 큰 잘못이라 거론하면서 고집 세고 생각을 바꿀 줄 모르는 위인이라고 격하시키고 있었다. 그 때문에 재앙이 닥쳐 결국 서경 천도를 이루지 못하고 왕위를 떠났다는 글귀에선 조롱의 느낌마저 전해졌다.

부식은 아무래도 최승로의 그 주장을 가장 먼저 왕께 상기시키려는 것 같았다.

또한 최승로가 사대조 광종을 상서문과 뒤이은 이십팔조의 시무에서 줄기차게 거론하며 혹평한 것은 결국 광종의 왕권강화책에 대한 불만의 나열과 같았다. 쌍기를 내세워 내내 왕권강화책을 쓴 사대조 광종과 최승로의 시무 이십팔조를 대부분 받아들여 신권을 세워준 육대조 성종은 극명하게 대비되고 있었다.

결국 부식은 최승로의 상서문을 통해 왕께서 아무리 서경 천도를 강행하더라도 반드시 저지하겠다는 의지를 드러낸 것이나 다름없었다. 보태서 최승로가 변변치 못한 재주를 가진 자가 외람되게 날뛰었다고 평한 쌍기를 묘청에 견주고 있을지도 모를 일이었다.

"왕권이 신권을 억누르고 독주하는 것도 위험하고, 신권이 왕권을 넘어 비대해지는 것도 위험한 일입니다. 최승로가 그 경계를 거론한 것은 참으로 빛난다고 볼 수 있겠으나 딛고 선 바탕이 좁은 것 같아 답답함이 있습니다."

지상이 다시 본연의 일로 화제를 끌고 오자 언이는 담담하게 웃었다.

"최승로는 몇 조에서 신라를 계승할 것을 내비치고 있는데, 아마도 답답함의 연유가 그것과 무관치 않을 것입니다."

언이는 다시 보지 않아도 최승로의 상서문을 훤히 꿰고 있는 듯했다.

"물론 천도가 간단한 일은 아닙니다만, 일개 신하로서 삼대조의 서경 천도 계획을 신랄하게 붓질한 것도 그에 연유하는 것이 아니겠습니까?"

지상은 언이에게 다시 한 번 놀랐다. 마치 지상의 속을 들여다보고 거기에 맞춰주는 것처럼 느껴졌다.

"부식과 승로의 근본적인 공통점은 신라 귀족의 후손이자 동경 출신이라는 데에 있습니다. 거기에 그들이 서경을 바라보는 인식이 같을 수밖에 없는 까닭이 있을 것입니다."

곰팡내 나는 종이를 뒤적이며 더 앉아 있을 필요를 느끼지 못했다. 지상은 밖으로 나가자고 했다.

밤바람이 시원하고 청량했다. 속은 그렇지 못했다. 길게 호흡을 해도 나아지지 않았다.

"집으로 가서 밤새 이야기를 나눠도 어떨지 모르겠습니다."

지상이 말하자 언이가 웃었다.

"불감청이언정 고소원이지요. 첫눈에 그러고 싶은 마음이 있었습니다."

지상이 쳐다보자 오 주사도 주저없이 고개를 끄덕였다.

집으로 가는 길에 언이는 부식과 있었던 일을 말했다.

오관산 영통사에 천태종을 연 대각국사 의천의 유해가 안치되었는데 그 비문을 지은 사람이 윤관이었다. 그런데 윤관이 죽고 나서도 한참 뒤, 부식이 비문의 몇 구절이 매끄럽지 못하다 하여 고쳤다. 윤관의 자손인 언이 등에겐 사전 양해도 없었고 사후 언질도 없었다.

"부식이 비록 자칭 타칭 고려제일의 대문호라 하나 앞선 고인에 대한 예의를 모르는 자가 제아무리 대문호면 뭐 하겠습니까. 그의 글에 꾸밈이 많고 격식이 심한 것이 모두 바탕이 그와 같기 때문이 아니겠습니까."

감정이 섞여 나왔다. 지상은 언이가 시문과 글에 관한 이야기를 하고 싶어한 까닭을 알 것 같았다.

"승로가 역대 왕들을 함부로 쉽게 평한 것도 역시 부식과 같은 바탕이기 때문입니다. 그들은 어쩐 일인지 자기들만이 옳고 틀림없다는 병을 앓고 있는 듯합니다. 저는 그것을 그들끼리 대대로 대물림하는 병으로 보고 있습니다. 아마 자손만대로 가도 고쳐지지 않을 악질 고질병이지 않을까 싶습니다."

부식에 대한 유감이 작지 않은 것 같았다. 지상은 옳고 그르고를 떠나 감정에는 맞장구쳐 줄 수가 없었다.

봉심이 집 앞에서 서성대고 있었다. 봉심은 부식이 최홍재를 불러 올린 뒤 방황하고 있었다. 최홍재는 돌아오자마자 문하시랑 평장사 자리에 복귀하여 예전의 권력을 곧바로 회복했다.

"아, 손님이 있으셨던가?"

당황하는 봉심이 안쓰러웠다. 지상은 함께 들어가길 청했다. 봉심은 사양하고 돌아섰다. 봉심은 집 쪽이 아닌 용수산 쪽으로 발길을 잡고 있었다. 지상은 어둠 속으로 멀어지는 봉심의 뒷모습을 한참 쳐다보았다.

손님맞이를 하려고 나서는 명경을 오 주사가 되들여 보냈다. 일찍이 한 번의 유산을 겪고 새롭게 얻은 아기는 아직 젖먹이였고 썩 튼튼하지 못했다. 어미가 건강하고 아비가 멀쩡한데 어쩐 일인지 알 수 없었다. 오 주사는 행랑채의 하인들에게 술상을 볼 것을 말하고 제 방으로 지상과 언이를 들였다.

언이는 의외로 속에 쌓인 게 많은 듯했다. 술잔이 더해질 때마다 조금씩 풀려 나오는 것이 끝이 없을 듯했다. 없으면 이상할 것이었다. 윤관이 남기고 간 한과 꿈을 얼마나 품고 있는지는 알 수 없었으나 그로 인해 겪은 고통은 작지 않은 듯했다.

지상은 언이에게 그의 누이에 관해 물을 수는 없었다. 다만 스스로 말해 주길 기다리는 마음이 내내 고개를 들고 있었다. 언이는 누이에 관해서는 단 한 마디도 하지 않았다. 그러나 지상은 언이의 모습에서 자주 그녀의 모습을 보았다.

"혹시 제가 감정이 많다고 비웃고 계신 건 아니십니까?"

적당히 취기가 오른 언이가 얼굴이 붉어진 웃음을 머금고 물었다. 지상이 주로 듣기만 하는 게 걸린 모양이었다. 지상이 그저 웃자 언이는 갑자기 시 한 수를 읊었다.

曙色明樓角
春風着柳梢
鷄人初報曉
已向寢門朝

새벽빛은 다락집 모서리에 밝고,
봄바람은 버드나무 가지 끝에서 분다.
계인은 막 새벽을 알리고 나서,
침문에 조회하러 이미 떠났다.

짤막한 오언율시였다. 언이는 히죽 웃었다.

"부식이 자랑하는 동궁춘첩(東宮春帖)이란 시올시다. 어째 자랑할 만한 것 같습니까?"

지상은 딱히 뭐라 할 말이 없었다.

"부식의 시란 것들이 모조리 그와 같습니다. 아무것도 없습니다. 그저 보이는 대로 읊고 앞뒤도 없습니다. 자기만 옳고 자기만 틀림없다고 믿고 있으니 아무 고민할 것도 없고 아무 감정도 없습니다. 새벽빛이 어쩌고 봄바람이 저쩌고 하더니 갑자기 시간 알려주는 놈이 나타났다가 조회하러 갔다네요. 그게 어쨌다는 겁니까? 전 부식이 그 시로 무엇을 말하고자 하는지 도대체 알 수가 없습니다."

언이는 또 한 수의 시를 읊었다.

堯階三尺卑
千載稱其德
秦城萬里長
二世失其國
古今靑史中
可以爲規式
隋皇何不思
土木竭人力

요 임금 섬돌은 석 자로 낮았지만,
그 덕이 천 년을 넘어 칭송받고,
진시황 만리장성 길었어도,
이세에 나라 잃었네.
고금의 산 역사가 그러하니,
마땅히 귀감으로 삼아야 할 일 아닌가.
수양제는 어찌 생각도 없이,
토목공사 남발하여 백성 힘 소모했을까.

언이는 얼굴에서 웃음을 지웠다.
"부식이 지은 결기궁(結綺宮)입니다. 나머지 시는 남의 나라 역사 끌어다가 가르치고 훈계하는 게 전부입니다. 그런 자가 자칭 타칭 고려제일의 대문호입니다. 이름마저 송나라 소 아무개에서 따와놓고 부끄러운 줄을 모르는 자가 우리나라의 대문호라는 자입니다."
언이의 목소리가 조금 떨려 나왔다. 화가 난 듯했다.
"결기궁은 제 선친께서 여진을 밀어낸 자리에 동북구성을 지으실 때 부식이 지어 흘린 시입니다. 아버지가 왜 그랬고 백성들의 성원이 얼마나 따랐는지는 그에게 중요하지 않았습니다. 그때 가장 먼저 아버지를 반대하고 나와 물줄기를 돌려놓았던 김인존이 신라 선덕왕 때 상대등을 지냈던 김주원의 후손이 아닙니까. 김춘추의 후손은 결기궁을 지어 올려 민심을 어지럽히고 김주원의 후손은 왕의 앞에서 손사래를 치고……. 과연 그 태생에 그 바탕들이 아니겠습니까."

언이의 눈에 물기가 비쳤다.

"최승로가 씨를 뿌렸고 그 태생에 그 바탕들이 계속 물을 줘가더니 오늘날 부식에 이르러 개경을 완전히 장악하고 있습니다. 나도 나지만 좌사간께선 어쩌시렵니까?"

지상은 깊게 한숨을 내쉬었다. 언이의 말대로 그들의 깊은 뿌리는 익히 아는 바였다. 비하면 서경 출신들은 개경에 아예 뿌리조차 내리지 못했다는 것을 누구보다도 잘 알고 있었다.

"왕권과 신권이 조화를 이뤄야 한다면 삼국의 통일로 탄생한 이 나라도 그 세 뿌리가 조화를 이루는 게 맞을 것입니다. 그런데 백제 쪽은 아예 말살 수준이고, 고구려 쪽은 서경을 통해 간신히 명맥을 잇고 있으니, 이대로는 고려라는 나라 이름부터가 무색할 지경입니다."

언이는 통탄하듯 하더니 정색하고 은근히 말을 낮췄다.

"그 바탕에 그 태생들이 힘을 얻어온 것과 이 나라가 힘이 빠져 온 과정이 완벽하게 일치하는 것을 보고 계십니까? 그들이 득세할 땐 반드시 나라가 힘을 잃고 좁아졌고, 나라가 힘이 없을 땐 반드시 그들이 득세했습니다. 역사가 그렇습니다."

"그쪽으론 공부가 예부시랑만 하지 못합니다. 그러나 참으로 새길 만한 것 같습니다."

지상이 오랜만에 대꾸하자 언이가 눈을 가늘게 떴다.

"왜 좌사간께선 서경 출신이면서 그 묘청이란 스님과 힘을 합쳐 서경 천도를 강력하게 간언하지 않으십니까? 왕도가 개경에서 서경으로 옮겨지는 것만으로 그 바탕에 그 태생들의 힘을 상당히 빼내어 비로소 균형을 맞출 수 있지 않겠습니까?"

지상은 언이에게 세 번째 놀랐다.

과연 서경으로 나라의 중심을 옮기는 문제는 지상이 은연중에 깊이 품어온 복심이었다. 언이의 말이 비록 거칠고 감정이 많이 실려 있다 해도 지상의 생각과 크게 다르지 않았다. 다만 묘청이 언이와 같은 생각을 하고 있다고 볼 수 없었다. 지상이 보는 묘청은 오히려 부식 쪽에 가까웠다.

상대를 인정하지 않는 것. 가능하면 완전히 말살시키려 드는 것. 작게는 봉심이나 자신에게 행했고, 행하고 있는 행태가 꼭 닮은 꼴이었다. 그들에겐 사람이 눈앞에 없고 발아래에 있는 것과 같으니 그 형태가 크게는 백성과 나라는 물론 심지어 대대로 이 땅을 살았고, 살아갈 민족에 미치지 말라는 보장이 없었다.

그런 일은 되어서도 안 되지만 될 일도 아니었다. 상대를 죽이면 자기도 죽는 게 인간이다. 지상은 부식과는 함께 갈 수 없었지만 묘청과도 함께 갈 수 없음을 진작부터 느끼고 있었다.

언이에게 그것을 말할 수는 없었다. 지상은 그저 침묵할 수밖에 없었다.

언이는 지상의 얼굴을 골똘히 쳐다보더니 무슨 생각을 했는지 빙그레 웃었다.

"우리 서로에게 날개를 달아주는 게 어떻겠습니까?"

지상은 언이의 말뜻을 헤아렸다. 은근히 바라보며 대답을 기다리는 언이의 모습에 다시 그녀가 비쳤다. 거부할 수 없는 유혹이나 다름없게 여겨졌다.

"시랑의 고견과 제 생각이 다르지 않음을 알았습니다. 고마운 말씀입니다."

언이가 소리 내지 않고 밝게 웃으면서 술잔을 들어 보였다. 지상도 술잔을 맞들었다.

밤이 얼마나 깊었는지 알 수 없었다. 많이 늙어버린 오 주사는 어느새 벽에 기댄 채 잠들어 있었다. 언이는 술을 마지막 한 방울까지 다 비우고 동이 틀 무렵에야 돌아갔다. 지상은 뜻하지 않게 동지를 얻게 된 묘한 감흥에 설레면서 그의 속 응어리가 밤사이에 많이 풀렸기를 빌었다.

46 제나라

　신 등이 서경의 임원역(林原驛) 지세를 관찰하니 이것이 곧 풍수가들이 말하는 큰 꽃 모양의 터입니다. 이른바 대명당이자 대길지인 대화세(大花勢)를 이룬 곳입니다. 만약 궁궐을 지어서 거처하면 천하를 병합할 수 있으며, 금나라가 폐백을 가지고 스스로 항복할 것이며, 사해 삼십육국이 모두 신하가 될 것입니다

　"태사의 말을 좌사간은 어찌 보는가?"
　서경에서 돌아와 따로 불러들인 자리에서 왕이 물었다. 지상은 난감했다.
　"풍수와 도참이 반드시 황망하다고 볼 수만은 없으나 나라의 중차대한

일을 오로지 그것만으로 결정하기엔 어려움이 따를 듯합니다."

"하지만 거짓말이라도 기분 좋은 말이 아닌가?"

지상은 놀라서 왕의 용안을 잠시 정면으로 봤다가 황급히 고개를 숙였다. 왕은 이십 세 청년의 열기와 호기심에 스스로 전율하고 계신 듯했다. 왕이 서경에 다녀올 때마다 힘과 활력을 얻어오는 것만은 분명해 보였다.

"서경에 궁궐 하나 더 짓는 게 무슨 큰일이겠는가? 그래서 태사가 말한 절반, 아니, 그 절반의 반만이라도 이루어진다면 나라와 백성들에게 홍복이 아니겠는가?"

왕의 생각이 그러하다면 지상은 감히 올릴 말이 없었다. 지상이 왕께서 현명하고 지혜로운 힘을 갖추길 바라는 마음은 반대든 찬성이든 그 윗길에 있었다.

다행히 왕은 대답을 더 구하지 않고 정색하면서 말길을 돌렸다.

"그래, 승로의 상서문은 살펴보았던가?"

지상은 머리를 조아리고 스스로 살핀 것과 언이의 의견을 더한 것을 조목조목 아뢰었다.

왕은 간간이 고개를 끄덕이면서 때때로 신음하면서 들었다. 듣기를 마친 왕의 얼굴은 굳어 있었다.

"짐작은 했지만 역시 그 때문이었군."

지상은 황급히 덧보탰다.

"묘청이 풍수와 도참에 치우쳤듯 부식과 동경 출신들은 신권과 유학에 치우쳤습니다. 신과 언이는 그 치우침이 주상과 나라에 이롭지 않다고 보았고, 일시적인 치우침은 어쩔 수 없다 해도 그것들이 반드시 균형과 조화에 목표를 두어야 비로소 가치를 가질 것이라고 결론을 맺었습니다."

"그렇다면 태사 쪽에 어느 정도 힘을 실어주는 것도 그다지 나쁘지 않겠구나."

지상은 말이 막혔다. 왕의 결심은 이미 확고한 듯했다.

"그대의 말대로 중차대한 일이니 천도는 쉽게 결정하지 않으려 한다. 하지만 서경에 새 궁궐은 지어보도록 하겠다."

새 궁궐을 짓겠다는 결정은 떨어졌다.

조정은 술렁였으나 파장은 생각보다 높지 않았다. 묘청의 계획인지 왕의 뜻인지 몰라도 천도도 아니고 서경에 궁 하나 더 지어보겠다는 데엔 심한 반발이 어려운 듯했다.

왕은 서두르지 않다가 가을이 끝나갈 무렵에 홍이서를 내시낭중으로 끌어올린 다음 서경으로 보내 새 궁궐을 짓게 했다. 부식은 참을 만큼 참았던지 결국 편전을 들이닥쳤다. 한겨울이 다가오고 있었다.

"어찌 추운 한겨울에 급하지도 않은 일을 벌이십니까? 백성들의 원망이 두렵습니다."

"경이 그토록 서경 백성들을 염려하고 아끼는지 몰랐다. 하지만 농사일이 바쁠 때 궁궐 짓는 일을 도와달라 할 수는 없지 않은가. 그래서 일부러 겨울을 기다린 것이다. 또한 경에겐 급하지 않은 일일지 모르나 짐에겐 급하다."

말을 쏟아내는 왕은 부식을 기다렸던 듯했다.

"서경은 일찍이 분사를 시행하여 그 관아가 왕도의 조정을 그대로 옮겨 놓은 듯 거대합니다. 거기에 무슨 새 궁궐이 또 필요하며 그것이 어찌 급한 일이라 하시는지 신은 그 마음을 헤아릴 길이 없습니다."

"짐이야말로 경의 마음을 모르겠구나. 서경이 아닌 다른 곳에 지어도 경이 지금처럼 할 텐가?"

"무슨 말씀이온지 알아듣기 어렵습니다."

"경은 왜 그리 서경을 싫어하는가? 짐이 마음을 바꿔 동경에 새 궁궐 하나 더 짓겠다고 하면 어쩔 텐가?"

"논점이 아닙니다. 신은 한겨울에 서경에 굳이 새 궁궐을 짓는 문제를 말씀드리고 있습니다."

"내가 전혀 무관한 말을 하고 있다는 것인가? 서경이 아니면 경이 지금과 같지 않을 것이란 게 과인의 억지란 말인가?"

왕과 신하가 맞서고 있었다. 조정은 숨을 죽였다.

"신이 아니라 대금에서 서경에 새 궁궐을 짓는 까닭을 물으면 어찌실 것이옵니까? 대금 또한 다른 곳도 아닌 서경이기에 반드시 묻고 나올 것입니다. 넓고 크게 보시옵소서. 여러모로 온당하지 못한 처사입니다."

"경은 신하된 자로서 온당한 말을 하고 있는 것인가? 내 나라에서 궁궐 하나 마음대로 못 짓는 사람이 과연 왕이라고 할 수 있겠는가?"

"신이 어찌 그런 뜻으로 말씀을 올리는 것이겠습니까? 오히려 만백성의 어버이시자 나라의 주인이시기에 간곡하게 청하고 있는 것입니다."

"경의 말은 짐이 백성과 나라를 돌보지 않고 마음대로 하고 있다는 뜻인가? 혹시 경이 말하는 백성과 나라가 짐이 보는 백성과 나라와 서로 다른 것은 아닌가?"

"달리 백성이라 이르겠습니까. 신은 미숙하고 부족하여 모든 백성을 두루 살필 수 없기에 다만 보다 많은 백성을 위하고자 노력할 따름이옵니다."

"짐은 백성을 하나로 보고자 하는데 경은 진작 나눠 보고 있었던가? 경이 말하는 보다 많은 백성들이란 어떤 백성들을 말함인가?"

"당장 개경의 백성들부터 서경을 지나치게 중시한다면 흔들릴 것이옵니다. 통촉하시옵소서."

"경의 말에 자주 가시가 돋은 듯하고 그 속엔 칼을 품은 듯하구나. 머지 않아 경도 저 승로처럼 짐을 고집 세고 생각을 바꿀 줄 모르는 사람으로 평하겠구나."

"전하!"

스물의 왕은 쉽게 자극받았고, 쉰의 신하는 노회했다. 말은 점점 격해졌고, 격해질수록 불리한 쪽은 결국 신하였다.

홍이서는 새 궁궐을 짓는 책임자가 되어 이미 서경으로 떠났고, 왕은 그를 다시 개경으로 불러들이지 않았다. 궁궐을 짓는 일엔 서경의 관이 나서고 서경 백성들이 동원되었다. 때는 혹한의 한겨울이었다.

부식의 말대로 과연 금에서 금주 관찰사 사고덕 등을 직접 통하게 해 요지를 전해왔다.

보주(保州) 땅은 이런저런 사정으로 다시는 되찾지 않기로 한 것이나, 귀국이 당연히 옛 법을 따라 우리 왕실을 받들 것으로 생각하고 조정에서 그 땅을 아끼지 않고 특히 갈라주었는데, 그 뒤에 몇 해가 지나도록 귀국에선 아직 맹세하는 표문을 바치지 아니하며, 위에 말한 주성(州城)을 점령하여 지키니, 도리에 어찌 온당하다 하겠습니까. 또 위협을 당하여 왔거나 도망하여 옮겨 사는 호구(戶口)가 적지 않을 터인데 모두 사망하였다 하니 자못 믿을 수 없습니다. 귀국이 과연 정성을 다하여 황제를 섬긴다면 곧 그를 맹세하는 표문을 정식으로 지어 올리시오. 그러면 조정에서도 약속하는 조서를 회답하여 줄 것이니, 겸하여 따로 지휘(指揮)를 내려 거듭 경계를 획정하고 모든 것을 힘써 관대하게 처리하여 장구한 계책을 이루도록 하시오.

　일개 관찰사를 통해 왕에게 닿은 글치고는 사뭇 위협적인 어조였다. 서경을 직접 거론하지 않고 국경의 일을 들먹였으나 때가 묘했다. 더구나 대대로 군신 관계를 맹세하는 정식 표문의 요구였다.
　왕은 예의를 갖추고 답을 주었다. 그러나 맹세는 뒤로 미뤘다.

　황제의 뜻이 그와 같다면 감사하고 송구함을 견딜 수 없다. 차후에 마땅히 표문을 올려 말하겠다.

금에선 더 반응이 없었다. 다만 새해가 오고 정월이 되자 금의 영주 관찰사 양공효를 보내와 왕의 생신을 하례했다. 순하게 생신을 하례하러 온 것인지 거듭 맹세의 표문을 요구하는 것인지 알 수 없었으나, 일단 양공효는 표문 얘기는 입 밖에도 꺼내지 않고 돌아갔다.

 그리고 석 달 만에 묘청이 터를 본 자리에 새 궁궐이 세워졌다. 터는 안팎으로 넓게 닦고 다졌으나 왕께서 머물고 나랏일을 보실 정전인 건룡전(乾龍殿)과 사해팔황(四海八荒)의 기를 끌어들이고 모아 종묘와 사직을 보호할 팔성당(八聖堂)을 먼저 지은 것이었다. 묘청은 그곳을 대화궐(大華闕)이라 이름 지었다.

 홍이서가 내려와 그를 고하자 왕은 곧장 서경으로 행차했다. 근신으로 홍이서와 이중부 등이 왕을 모셨고, 대신으론 동지추밀원사 문공미와 추밀원부사 임경청 등이 수행했다.

 "뭐가 쐬이신 것이다. 묘청이란 중놈이 진실로 요망한 중놈이렸다."

 개경에 남은 부식은 묘청을 저주하며 탄식했다.

 부식은 금의 반응이 가장 신경 쓰였다. 금에서 트집을 잡자고 하면 얼마든지 잡을 수 있는 일이었고, 못마땅하게 여겨 당장 밀고 내려온다면 부식이 보기엔 방법이 없었다.

 엎친 데 덮친다더니 서경에서 미친 소식이 날아왔다.

 묘청 일당이 왕을 대화궐이란 데에 모셔놓고 앞으로 왕을 황제라 칭하게 하고, 제(齊)와 동맹하여 금을 협공하자고 떠들고 있습니다.

부식은 펄쩍 뛰었다.
"미친 것들이다, 그것들이. 아직 크고 계신 왕을 현혹하여 이참에 아예 나라를 말아먹고 말 작정이구나."
습명은 바짝 엎드렸다. 말을 걸었다간 뭐라도 날아올 기세였다.
"그런데 제가 뭐냐? 지금 어디에 그런 나라가 있느냐?"
부식이 씨근벌떡대며 물었다. 습명도 처음 들어보는 나라였다. 부식이 다시 노기를 폭발시켰다.
"이젠 있지도 않은 나라까지 들먹여 가며 아주 왕을 희롱하는구나, 그것들이!"
습명은 부식을 진정시킬 재간이 없었다. 그럴 수도 없는 일이었다. 습명은 도망치듯 부식의 집무전을 빠져나와 보문각(寶文閣)을 향했다.
습명이 아는 제나라는 춘추전국시대의 제나라밖에 없었다. 다른 제나라가 또 있는지 책을 뒤져서라도 찾아볼 참이었다. 존재하지 않는 나라가 분명한 이상 부식은 왕이 돌아오면 그것으로 묘청을 공격할 게 뻔했다. 그러나 만약 존재하는 나라라면 사정이 완전히 달라져 오히려 부식이 공격당할 수가 있었다. 묘청이 왕을 바보로 볼 정도로 미친 자가 아니라면 있지도 않은 나라와 동맹을 말하며 금을 치자고 했을 것 같진 않았다.
보문각의 관구(官句)가 습명을 보더니 졸린 눈을 뜨고 게으르게 물었다.
"책 보시게요?"

습명은 보문각의 사방 벽에 꽂힌 책들을 보자 아득해졌다.

"찾으시는 걸 말씀해 주시면 뽑아드리지는 못하더라도 어디쯤인지 찍어 드릴 수는 있습니다. 그게 제 할 일이니까요."

목소리마저 나른하고 권태로운 듯한 관구는 그러나 제법 친절했다.

습명은 어쩔 수 없이 전국시대의 제나라 말고 다른 제나라를 아는 게 있느냐고 별 기대감 없이 물었다. 한 마리 게으른 책벌레 같은 관구는 졸린 눈으로 말했다.

"꼭 나라가 아니라면 바다 건너 산동(山東) 땅을 지금도 제라고 하지 않습니까?"

습명은 처음 듣는 얘기였다. 그러나 묘청 일당이 제와 동맹하여 금을 협공 운운했으므로 위치를 따지자면 바다 건너가 맞긴 맞았다.

관구는 고개를 갸웃거렸다.

"아무리 생각해도 나라라고 할 수는 없을 것 같은데요."

습명은 갑자기 관구가 자기보다 훨씬 박학하고 다식하게만 보였다. 관구의 졸린 눈은 원래가 그런 것 같았다. 습명은 매달렸다.

"나라든 아니든 그거라도 좀 자세히 말해줄 수 있겠는가?"

관구는 어울리지 않게 수줍은 웃음을 머금었다.

"거기에 대해서라면 문하성 기거주께 물어보시는 게 빠를 겁니다. 서경에서 오신 분이니까요."

"문하성 기거주?"

관구의 졸린 눈이 아주 조금 커졌다.

"아, 마침 저기 오시네요. 뭐, 우리 보문각엔 워낙 자주 오시니까."

습명이 돌아보자 지상이 보문각을 들어서고 있었다. 지상이 그 사이 좌사간에서 기거주로 승직한 모양이었다. 습명은 왠지 위축되는 느낌이 있었다. 까닭은 알 수 없었다.

지상은 습명을 보자 먼저 고개를 숙여 예의를 보였다. 습명도 고개를 숙였다가 들었다. 말을 꺼내기 힘들 것 같다는 생각을 하는데 관구가 습명을 도와주었다.

"국자사업께서 제에 대해서 알고 싶어하십니다. 기거주께선 아무래도 잘 아시지요?"

습명은 요즘엔 국자감 일을 맡고 있었다. 부식이 젊은 인재들을 살피길 원한 까닭이었다. 지상은 습명을 쳐다보았다. 그걸 왜 알려 하느냐는 표정이었다. 모르는 얼굴은 아니었다. 습명은 염치불구하고 지상에게 다가갔다.

습명은 몽롱했다. 무슨 얘기를 들은 건지 말들이 어지럽게 머릿속을 뛰놀았다. 두렵고 겁이 났다. 반드시 큰일이 터지고 난리가 날 것만 같았다.

"어디 갔다 온 것이냐?"

부식은 좀 진정된 듯했다. 습명은 부식의 앞에 무릎을 꿇고 앉았다.

"어딜 가서 뭘 하다 왔기에 얼굴이 그 모양인가?"

"묘청이 말한 제나라란 바다 건너 산동 땅에 대대로 자리를 잡고 살고 있는 고구려의 후손들을 말함이랍니다."

부식의 호흡이 멎은 듯했다.

"그들은 팔신(八神)에게 제례를 지내는데 곧 묘청이 서경에 지은 팔성당과 통하는 것 같습니다."

"네가 지금 어디서 무슨 소릴 듣고 와서 무슨 얘길 하는 것이냐?"

"팔신의 첫째가 하늘이고, 둘째가 땅이며, 셋째는 사람인데, 곧 치우(蚩尤)와 호태왕(好太王), 곧 광개토왕이라 합니다."

"너도 홀린 것이냐?"

"넷째는 음(陰)이고, 다섯째는 양(陽)이며, 여섯째는 월(月), 일곱째는 일(日), 그리고 여덟째는 사시(四時)를 주관하는 신들이라 합니다. 그들은 그렇게 팔신에게 제례를 올리면서 고구려와 고구려를 있게 한 하늘의 정신을 그대로 계승하고 있다고 합니다. 사대조 광종 때 강력한 왕권을 제창하여 훗날 승로의 혹독한 비판을 받았던 쌍기가 원래 거기서 건너온 자랍니다. 그들은 언제나 왕이 옛날의 치우와 호태왕과 같기를 빌며 신과 같은 존재이길 바란다고 합니다."

"정신 차려라."

"산은 우리보다 적으나 달리 옥황산(玉皇山)이라고도 부르는 태산(泰山)이 있고, 평지는 우리보다 훨씬 넓다 합니다. 그들은 거기서 대대로 뿌리를 내렸는데, 모이면 능히 하나의 나라라고 할 수 있다고 합니다. 즉, 제나라는 없으면서도 있고 있으면서도 없는 나라입니다."

"시끄럽구나!"

부식의 고함과 함께 습명은 이마가 번쩍하는 느낌에 아찔해졌다. 부식이 벼루를 집어 던진 것이었다. 이마가 화끈거리고 뜨듯해졌다. 이마에선 먹물 대신 피가 흘러내리고 있었다.

부식의 얼굴은 무섭게 일그러져 있었다.

"네놈마저 망령된 소릴 지껄인다면 어쩌란 말이냐? 그래서? 묘청의 말이 사실이니 그대로 따르자는 것이냐?"

부식이 습명의 얼굴에 종잇장을 던졌다.

"뒤이어 바로 닿은 소식이다."

왕께서는 묘청 일당의 말에 일언반구도 없으셨으니 곧 듣지 않기로 하신 듯합니다.

습명은 무릎 위에 떨어진 종이의 글귀를 가만히 바라보았다. 그 위로 붉은 핏물이 떨어졌다. 종이는 툭툭 떨면서 핏물을 받았다. 그 검붉은 색과 종이의 떨림에 정신이 조금씩 맑아져 왔다.

"왕께서는 요망한 무리에 둘러싸여 계시면서도 현명함을 잃지 않고 계시다. 그런데 우리가 요설에 현혹되어서야 되겠느냐?"

부식은 눈에 불을 켜고 이를 갈아붙였다.

"지금 금과 전쟁을 벌인다면 그 결과는 불을 보듯 뻔하다. 우리가 왕을 지키고 나라를 지켜야 한다. 정신 차려야 한다. 정신 차리자."

습명은 눈앞이 뿌옇게 흐려졌다. 피를 보더니 다음은 눈물이었다.

저물녘에 부식은 참지정사 임원애와 승선 이지저를 불러들였다. 부식은 이미 문하시랑 평장사였다.

"묘청의 말을 들어 서경으로 천도를 하실 염두가 아주 없다고 말할 순 없지 않겠습니까? 이젠 거기까지 생각하고 대처를 하셔야 할 것 같습니다."

임원애가 먼저 말을 냈다. 임원애는 문하시중 이위의 사위이자 왕비 임씨의 아비였다. 즉 이자겸의 뒤를 이은 왕의 장인인 것이다.

"개경이 갈라져선 안 됩니다. 하나처럼 움직여 반드시 환도만은 막아야 할 것입니다."

"그런 각오를 듣고 싶어 자네들을 부른 것이야."

부식이 말길을 잡자 이지저가 심각한 투로 말길을 돌렸다.

"윤언이의 행실이 수상합니다. 예부에 있을 땐 죽은 듯 없는 듯 지내더니 문하성 기거랑으로 자리를 옮긴 뒤 부쩍 사람들과 접촉이 잦습니다."

이지저는 한림원에 있을 때부터 부식이 가장 아끼는 젊은 피였다. 나이 마흔에 가깝지만 벌써 추밀원의 승선이었고, 조정의 요직에 앉은 자로선 아직도 젊었다.

부식은 느낌이 좋지 않아 물었다.

"언이에게 그럴 만한 건수라도 있는가?"

"때가 묘합니다. 게다가 금번에 기거주로 승직한 서경 출신 정지상과 가까이 지내는 모양입니다. 둘이 무슨 남녀가 밀회하듯 보문각에서 자주 만나는 듯합니다."

부식은 좋지 않는 느낌의 실체가 보이는 듯했다.

"그것들이 개경에 남아 서경을 지원할 계책을 꾸미는 것이 틀림없구나."

임원애가 눈을 크게 떴다.

"막아야 합니다. 조정 신료들의 의견이 반반으로 갈라져도 장차 왕을 막을 수 없을지도 모릅니다."

부식이 눈을 매섭게 했다.

"막는 것이 아니다. 지켜드리는 것이다. 반드시 그리 알라."

47 소망

"서경 소식을 듣고 좀 놀라긴 했습니다만, 묘청의 금나라 정벌론은 현실성이 있는 것입니까?"

언이가 물었다. 지상이 답했다.

"요와 송을 연이어 넘어뜨린 기세를 보면 금을 바라보는 부식의 두려움과 경외감은 엄살이 아닐 것입니다. 그러나 묘청의 말대로 제지(齊地)에서 힘과 뜻을 모아 호응해 준다면 영 망령된 이야기도 아니라고 생각됩니다."

지상은 보탰다.

"하지만 그들이 거기서 자리와 터를 잡은 게 벌써 오백여 년 가까이 되고 이쪽과는 소통이 단절된 지 오래입니다. 묘청의 계획이 언뜻 가슴 뛰고 벅찬 일이긴 하나 제에서 어떻게 반응할지 알 수 없는 일입니다. 알 수 없는 일을 계획에 넣은 것이라면 묘청은 오히려 일을 망치고 있는 것입니다."

언이는 고개를 끄덕였다.

"그렇다면 묘청이 제와 미리 얘기가 된 것인지 아닌지 알기 전까진 묘청에 대해서 판단을 유보해야겠습니다."

언이는 아쉬운 듯 입맛을 다시면서 물었다.

"역시 우리의 힘만으론 어렵겠지요?"

언이는 그의 선친을 생각하는 것 같았다.

지상은 척준경을 떠올렸다. 준경은 전 국력을 모아도 나라를 이루지 못한 여진을 결국 꿇리지 못했는데, 그들이 나라를 이룬 지금에 그때보다 못해진 우리가 싸움이 가능하겠느냐고 했다. 전쟁에서 자란 준경의 판단이 가장 정확할 것이다.

"지금은 금이 내려오지 못하게 막는 것으로 충분할 것입니다."

지상은 우울한 목소리처럼 들리지 않게 신경 써서 답했다. 지상의 생각을 읽었는지 언이가 짐짓 밝은 목소리로 활기차게 말했다.

"장차 우리의 힘만으로도 가능하게 하자면, 역시 왕과 나라의 힘을 빼먹어 자기들 힘으로 삼는 자들에게서 그 힘을 도로 빼앗는 게 가장 우선이어야 하겠습니다."

지상이 바라는 바도 그것이었다. 다만 굳이 다른 나라를 공격하자는 게 아닌, 스스로 떳떳하고 당당할 수 있는 그런 힘이면 되었다.

왕이 서경에서 돌아왔다. 새 궁궐을 짓는 데에 한겨울 수고를 다한 서경의 백성들에게 관의 곳간을 열어 곡식을 나눠 주고, 올해엔 모든 조세를 면제케 해주었다는 소식이 뒤를 따라왔다. 수행한 시종관과 서경의 문무관들에게도 관직을 일급씩 올려주는 은택이 주어졌다는 소식도 묻어 있었다.

개경은 긴장하여 돌아온 왕의 입을 주시했다.

왕은 사면령부터 내렸다. 일죄에 해당하는 중죄인들을 제외한 자들이 어두침침한 형옥을 나와 밝은 햇빛을 보게 되었다. 이어 각 주, 현의 나이 많은 늙은이와 효자, 순손, 절부, 의부, 홀아비, 과부, 자식 없는 늙은이, 고아와 몹쓸 병에 걸린 사람들에게 술과 음식을 주고 차등에 따라 물품을 하사했다. 그들에겐 또한 금년 조세도 면하게 했다. 왕은 서경과 새 궁궐에 대한 얘기는 꺼내지 않았다.

왕은 다음으로 국자감을 시찰했다. 국자감의 대사성은 김부식이 겸하고 있었다. 부식이 왕을 모셨다. 왕은 돈화당(敦化堂)에 나아가 부식에게 주역(周易)을 직접 강연하게 하고 국자감 학생들과 함께 들었다. 부식이 강연을 마친 후 왕은 기거랑 윤언이에게 학생들과 토론을 하게 했다.

거기서 부식과 언이가 불편해졌다. 언이가 먼저 어린 학생들과 토론 중에 부식의 강연을 대놓고 문제 삼은 까닭이었다.

"육십사괘(六十四卦) 삼백팔십사효(三百八十四爻)에 천지만물의 이치와 변화가 모두 들어 있는 게 아니다. 역(易)은 무한한 것이다. 무한함을 어찌 책에 담겠는가. 육십사와 삼백팔십사의 괘효는 눈으로 볼 수 있게 드러낸 상징일 뿐이다. 역은 그 상징들의 여백에 진실로 존재한다."

부식의 얼굴은 벌게졌고, 국자감 학생들은 당황했다. 바로 조금 전까지 대사성께서 입에 침이 마르도록 육십사괘와 삼백팔십사효를 아는 것이 곧 천지만물의 이치와 변화를 아는 것과 같다면서 그 생성과 변화에 대해 주구장창 설명하신 까닭이었다.

언이는 태연자약했다.

"여러분이 강을 건너야 한다고 생각해 보자. 강에 징검다리가 있다. 여기서 강을 건너는 것이 역이고, 징검다리는 육십사괘 삼백팔십사효와 같다. 육십사괘 삼백팔십사효에만 매달리면 여러분은 징검다리 위에서만 머물고 있는 꼴이 되는 것이다. 영원히 강을 건널 수 없다. 주역에는 끊임없이 징검다리만 그려져 있고 강을 건너는 방법은 나와 있지 않다. 다만 그 징검다리가 전에 없이 훌륭하고 뛰어난 것이긴 하다. 그러나 여러분이 찾아내고 취해야 할 것은 징검다리가 아니라 강을 건너는 방법인 것이다. 여러분은 그것부터 이해하고 주역을 다시 대해야 할 것이다."

학생들은 비로소 수긍하는 듯했다. 한 학생이 일어나서 도발했다.

"선생께선 드디어 그 징검다리들을 딛고 강을 건너는 방법을 찾아내셨습니까?"

언이는 웃었다.

"나도 찾는 중이다."

학생들이 실망했고, 일부는 야유하듯 했다. 부식의 낯빛이 좀 밝아지는 듯했다. 언이는 여유를 잃지 않았다.

"찾았다 한들 그것이 여러분께 소용이 있겠는가? 여러분은 여러분의 것을 찾아야 한다. 이미 말했다. 주역이란 징검다리는 무한한 방법을 암시하는 것이다. 그래서 역(易)이다. 찾았다 해도 또 찾아보고 끊임없이 찾는 것이 도리이자 즐거움이지, 어찌 하나 찾아냈다고 끝내는 것이 자랑이겠는가. 게다가 건너야 할 강이 하나뿐이던가?"

학생들은 더 도발하지 못했다. 부식의 낯빛도 다시 굳어들었다. 그러나 언이는 이미 칼을 준비하고 있었다.

"괘와 효의 상징과 그 주석을 공부는 하되 거기에만 집착하고 매달려 그게 전부인 줄 착각하지 마라. 그것은 여러분이 미신이라 비웃는 도참과 하등 다를 것이 없으니 누워서 제 얼굴에 침 뱉는 것과 같다."

곧 묘청이 헛된 망령과도 같은 풍수와 도참으로 왕을 현혹한다고 주장하는 부식을 겨냥한 칼이었다. 언이는 마지막으로 부식을 향해 그 칼을 내쏘고는 토론을 끝냈다.

왕은 강연과 토론에 참석한 재신과 추신들, 그리고 학생들에게 술과 음식을 내리고 치하했다. 부식은 어디로 갔는지 보이지 않았다.

언이는 국자감의 일을 지상에게 말해주고는 크게 웃었다.

"왕께서 시키신 일이 아니고 묘청을 편들자고 한 것도 아닙니다. 그저 부식의 공부가 얕은 것 같아 한마디 보탠 것뿐입니다."

지상이 그저 미소만 짓자 언이는 정색하고 목소리를 낮췄다.

"왕을 수행해 서경에 다녀온 자들이 묘청을 지지하는 쪽으로 돌아서는 기색들입니다. 묘청에게 사람을 끌고 압도하는 뭔가가 있긴 있는 모양입니다."

지상은 부정하지 않았다. 묘청에게 사람을 홀리는 재주가 있는 줄은 서경에서부터 아는 바였다.

"결국은 반반으로 가지 않겠습니까? 머릿수에 관계없이 서경으로 가자는 쪽과 말자는 쪽이 충돌하게 될 것입니다. 그땐 저도 결정을 내려야겠지요."

언이는 지상에게 눈을 맞췄다.

"기거주의 결정은 역시 가는 쪽으로……?"

"먼저 묘청을 만나보려 합니다. 저는 그의 방법에는 아무래도 찬성을 하기 힘듭니다."

속을 내보인 지상의 말에 언이는 무겁게 고개를 끄덕였다.

"그럼 기거주께서 묘청을 만나보시고, 그런 김에 묘청에 대한 제 궁금증도 좀 풀어주십시오. 저는 기거주와 제 뜻에 맞는 사람들을 계속 찾아보겠습니다."

그쯤 하고 지상은 언이와 헤어졌다.

봉심이 문하성 대전 앞에서 서성대고 있었다. 여전히 마음을 잡지 못하고 있는 듯했다. 봉심은 지상을 보자 곧장 다가왔다.

"서경에 가볼 참이네. 오랜만에 처조부도 뵙고 서경 사람들도 보고 싶고 그렇네."

지상은 친구의 방황에 가슴이 저렸으나 내색하지 않았다.

"장 노인께선 연세가 연세이니만큼 지금쯤은 모든 일을 놓고 쉬고 계시겠군. 형수와 아이들도 함께 가는가?"

"아니. 혼자서만 좀 다녀오려 하네."

"문제는 없는가?"

"위에다 알리긴 했네. 자리 제대로 안 지킨다고 삭탈관직하면 어쩔 수 없는 일이지."

지상은 봉심에게 왜냐고 단 한 번도 묻지 않았고, 앞으로도 묻지 않을 생각이었다.

"잘 다녀오게. 자네 집엔 처를 자주 놀러 가게 하겠네."

봉심은 지상의 손을 잡아주고는 돌아섰다. 지상은 봉심의 뒷모습을 보지 않고 하늘을 올려다보았다. 하늘은 퍼런색보다 흰색이 많았다. 구름이 많은 날이었다. 한참 만에 고개를 돌리니 봉심은 보이지 않았다.

지상은 문하성에 들어 젊은 낭관들을 불러 모았다.

"판이부사 최홍재가 유배 중에 재산을 다 잃었다면서 아주 드러내 놓고 매관매직한다는 소문을 들었다. 너희들은 들었는가?"

낭관들이 쭈뼛거렸다.

"나도 들었는데 너희들이 어찌 듣지 못했는가? 이미 자자한 소문이 아니던가?"

"들었습니다만……."

누군가가 기어들어 가는 목소리로 답했다. 지상은 목소리를 억눌러 냈다.

"젊은 자들이 늙은 자들을 손가락질하는 모습을 자주 보는데, 도대체 저희들이 다른 무엇을 가졌다고 그리들 하는 것인지 아는가?"

낭관들이 모두 고개를 떨어뜨렸다. 지상은 그 모습들에 오히려 화가 치밀었다.

"진정 젊다고 자부할 일이면 입과 손가락이 아니라 붓과 손발을 놀려야 마땅하지 않겠는가?"

이튿날 문하성에서 매관매직을 들어 최홍재를 탄핵하는 상소가 올라갔다.

지상은 일부러 낭관들을 하나하나 찾아 가벼운 일상의 안부를 나누고 백수한을 찾았다.

백수한은 태의감에서 직접 탕약을 달이고 있었다. 왕께 올릴 탕약이라고 했다. 지상은 순간적으로 수한이 탕약에 사람을 흥분시키는 물질을 넣는 것이 아닌가 하는 의심이 들었고, 그 의심에 스스로 놀라 자책했다. 그럼에도 의심은 쉽게 사라지지 않았다.

"단기간에 정기신을 크게 신장시키는 약이 있습니까?"

수한이 지상을 봤다가 웃었다.

"그런 건 마약이지요. 자고로 약이란 음식처럼 장복으로 서서히 효과를 보는 게 바른 것입니다. 빠른 효과는 반드시 부작용을 부르게 마련이지요."

지상은 수한의 깨끗하고 맑은 웃음을 보면서 스스로 낯이 뜨거웠고, 수한에게 미안했다.

"왕께서 날로 기개가 헌앙해지시고 신품이 헌걸차게 나시는 것 같아 혹시 백 내의께 특별한 비방이 있나 싶었습니다. 무식을 꾸짖어주십시오."

지상이 사과하자 수한은 담담하게 웃었다.

"오히려 기거주께서 이자겸과 척준경을 치워주신 덕이 아니겠습니까? 근자엔 묘청 스님의 천하를 뒤덮을 만한 호기와 기상에 감화되신 덕분이기도 하겠지요. 제 탕약은 그저 옥체의 보존을 돕는 정도일 뿐입니다."

수한은 묘청을 천하를 뒤덮을 호기와 기상을 가졌다고 말하고 있었다. 묘청에게 감화된 건 먼저 수한인 것 같았다. 지상은 마음 한구석이 무겁고 어두워지는 것을 느꼈다.

"묘청 스님은 계속 서경에 머무는 것입니까?"

"아마도 그럴 것입니다. 대화궐을 마저 증축해 개경의 황성과 궁성 못지않게 꾸미고 거기에 반드시 왕을 모실 생각인 것 같으니 서경에서 바쁠 것입니다."

묘청을 만나려면 결국 서경에 가야 했다. 그러나 묘청을 만나러 서경에 가는 것은 개경의 조정으로 하여금 그와 하나처럼 보게 할 구실이 될 게 뻔했다. 지상은 그들에게 그런 구실을 주기 싫었다.

"묘청 스님과는 연락이 잘 닿는지요?"

"이미 한 배를 탔습니다. 저도 어떻게든 왕께서 대화궐을 본궁이자 나라의 궁으로 삼으실 수 있게 힘을 보탤 생각입니다."

수한은 작지 않은 일을 쉽게 말했다. 이미 묘청과 뜻을 함께하기로 확고히 한 것 같았다. 지상은 어딘가 모르게 허해지는 마음을 가다듬었다.

"스님께서 이쪽으로 오실 일은 전혀 없겠습니까?"

"글쎄요, 왕께서 늦어지신다 싶으면 모시러 내려올 수도 있지 않겠습니까?"

그럴 경우라면 묘청은 능히 내려올 수도 있을 것 같았다.

"그런 경우를 미리 알게 된다면 제게도 알려주시길 부탁드려도 되겠습니까?"

수한은 잠시 지상의 얼굴을 살펴보는 듯하더니 이내 웃었다.

"그게 뭐 어려운 일이겠습니까? 그렇게 하지요."

지상은 감사를 표하고 돌아섰다. 태의감을 나서려는데 수한의 목소리가 뒷덜미를 잡았다.

"왜 함께하지 않으십니까? 그것이 서경 백성들의 소망인데……."

지상은 수한을 돌아보았다. 수한은 별다른 기색을 얼굴 밖으로 내지 않고 있었으나 지상은 섭섭해하는 느낌을 받았다. 수한의 그런 모습보다 그가 한 서경 백성들의 소망이란 말에 지상은 가슴이 먹먹해졌다.

"묘청 스님과 저, 그리고 기거주, 그렇게 셋이 힘을 합쳐 왕을 서경에 모신다면 대동강도 기뻐서 춤을 추지 않겠습니까? 그렇게 서경이 흥한다면 반드시 왕과 이 나라도 흥하지 않겠습니까?"

지상은 순간적으로 설득당했다.

방법이 어떻든 간에 일단 왕을 서경으로 모시는 것이 모든 일에 우선하는 것처럼 여겨졌다. 그렇게 되면 다른 일들은 저절로 바로잡힐 것만 같았다. 설사 바로잡히지 않더라도 그때 가서 능히 바로잡으면 될 것이란 생각이 유혹처럼 따라붙었다.

유혹이 맞았다. 유혹임을 느낀 순간 지상은 그것을 떨쳐 내려 애썼다. 참은 과정에 있는 것이지 결과에 있는 것이 아니다. 결과부터 끌어놓고 과정을 맞추는 것은 대동강 물을 거꾸로 흘리려 함과 같을 것이다. 다른 일도 아니고 나랏일을 그렇게 해서는 안 된다. 나랏일은 참으로 해야 한다. 지상은 기어코 유혹을 떨쳐 냈다.

지상은 얼굴에 억지미소를 만들어냈다. 그리고 수한에게 다시 예의를 보이고 태의감을 물러 나왔다.

지상은 걸었다. 걸음마다 어지러운 생각이 조금씩 털려 나갔다.

서경 백성들의 소망과 어찌 다르다고 할 것인가. 지상은 분명히 그들과 같은 소망을 갖고 있었다. 그렇기에 묘청과 함께할 수가 없었다. 왕이 스스로 결정을 내리게 해야지 결정을 지어놓고 왕을 거기에 끌어 앉히려는 것부터가 도대체 안 될 일이었다. 안 될 일이 소망이 되어서는 더욱 안 될 일이었다.

하지만 왕을 끌어서라도 서경에 앉히고 싶은 건 대개의 서경 백성들의 소망일 것이다. 그 소망에 바탕한 대물린 한과 염원을 지상이 모를 수가 없었다. 누구보다도 잘 알았다.

눈앞이 뿌옇게 흐려졌다. 결국 눈물이 나왔다. 대동강 물과 함께 흐르는 서경 백성들의 마음은 곧 지상에겐 어머니의 젖이나 다름없었다. 지상은 그 젖을 먹고 마시면서 크고 자랐다. 지상은 그 마음과 그것들이 품은 소망을 그리면서 울면서 걸었다.

48 그물

아침부터 건덕전 앞뜰에서 우렁찬 통곡 소리가 울려 퍼졌다. 통곡 소리의 임자는 놀랍게도 부식이었다. 부식은 머리를 풀어헤치고 소복을 입은 채 건덕전 앞뜰에 퍼질고 앉아 대성통곡을 멈추지 않았다.

내시들이 놀라고 당황해서 이리저리 뛰었고, 곧 편전으로 들게 하라는 왕명이 전달되었다. 그러나 부식은 편전에 들지 않았고, 통곡 또한 멈추지 않았다. 손으로 땅까지 쳐댔다.

결국 왕이 앞뜰까지 나왔다.

"한동안 조용하다 싶더니 새아침부터 무슨 경황인지 모르겠구나."

왕의 꾸짖음 섞인 말에 부식이 비로소 울음을 삼키면서 말했다.

"신, 기다리고 또 기다렸나이다. 하온데 어찌 서경의 일에 대해 일언반구도 없으십니까?"

왕이 시치미를 뗐다.

"무엇을 말함인가?"

부식은 다시 울음을 섞으며 목소리를 높였다.

"황제라 칭하고 연호를 새롭게 하며 금나라를 치자는 미치고 망령된 무리를 감싸시고 장차 어찌하시려는 것입니까? 그런 무리를 놓고도 신을 비롯한 조정의 신하들을 따돌리시니 신 등이 어찌 차마 왕을 섬기고 나랏일을 살피는 자들이라 할 수 있겠습니까? 신이 나라의 녹을 받아먹고 나랏일을 하는 자가 맞긴 맞사옵니까?"

부식의 목소리는 점점 피를 토하듯 했다.

"안의 허물이 바깥의 화를 불러들이는 법입니다! 온 나라를 굽어 살펴서 작은 허물 하나라도 일일이 제거하고 나라를 단정히 해야 할 판에 오히려 허물을 키워 밖의 화를 돋우고 계시니 종묘와 사직의 위태로움이 오늘인 듯 내일인 듯만 합니다! 입 안이 바짝 마르고 허리가 끊어질 듯하여 차마 견디기 힘들고, 장차 화가 닥쳐오는 꼴은 도저히 볼 수 없으니 차라리 이 자리에서 신을 죽여주옵소서!"

부식은 다시 대성통곡을 터뜨렸다. 내시들은 고개를 떨어뜨렸고, 왕은 침묵했다.

울음이 섞여들었다. 임원애와 이지저를 비롯한 대신들이 미리부터 울면서 달려와 부식의 뒤에 차곡차곡 무릎을 꿇었다. 그들은 울면서 합창했다.

"죽여주시옵소서."

편전 앞은 졸지에 울음바다를 이뤘다. 우는 자들은 나라 살림의 맨 위에 선 재신과 추신들이었다. 왕의 용안에 고통이 어렸다.

"내 그들의 말에 답하지 않았다."

울음이 잦아들었다. 왕이 반복했다.

"그들의 말에 단 한 마디도 대꾸하지 않았다. 그런데 그대들에게 달리 무슨 말을 하라는 것인가?"

부식이 울음을 삼켰다.

"그것조차도 신 등을 불러 상의를 하셔야 마땅한 일이 아니옵니까?"

"나는 그들의 말을 듣지 않았다. 따라서 그대들과도 상의할 말이 없다."

부식이 울부짖었다.

"그런데 어찌 대금에 맹세의 표문을 올리길 한없이 미루고 계시옵니까?"

왕은 말이 막힌 듯했다.

"대금에서 군신의 맹세를 서약하는 표문을 요구하길 한두 번이 아닙니다. 신 등을 정녕 나라의 공복으로 여기신다면 그를 미루고 계신 연유를 말씀해 주십시오. 종묘와 사직의 존망이 걸린 일이옵니다."

왕은 또다시 침묵했다. 부식은 왕의 침묵을 견디지 못했다.

"정녕 그들에게 기대를 걸고 계신 것이옵니까? 그들과 함께 대금을 쳐서 누를 수 있다고 보고 계시는 것이옵니까?"

왕이 고함쳤다.

"아니다!"

왕은 떨었다. 부식 등을 잡아먹을 듯이 노려보면서 소리가 날 정도로 떨어댔다.

"내가… 짐이 그들에게 꼭 자손만대로 충성하겠다는 표문을 올려야 한단 말이냐? 선대 누구도 하지 않은 일을 내가 해야 한단 말이냐?"

"오늘과 같았다면 누구라도 그리하셨을 것이옵니다. 백성들의 안녕을 가장 먼저 헤아리는 성군의 도리이옵니다."

떨어대는 왕의 눈에 물기가 비쳤다.

"짐은 성군 아니다. 어려서는 외할아버지에게서 눈칫밥 먹으면서 자랐고, 왕이 되어서는 외할아버지이자 장인 되는 자와 그 무리의 발호에 내내 떨면서 지냈다. 이제 또다시 짐에게 저 위엣 나라에게 떨어대란 것이냐? 못하겠다. 짐은 성군 아니다. 못한다."

부식이 토하듯이 울부짖었다.

"넘으시옵소서! 만 백성들을 굽어 살펴 반드시 넘으시옵소서!"

"넘으시옵소서!"

대신들이 울부짖음을 보탰다. 왕이 결국 주저앉았다. 곧 왕이 하늘을 우러러 울부짖었다. 대신들의 통곡을 왕의 포효와 같은 울부짖음이 꿰뚫었다. 왕의 울부짖음은 하늘에 닿은 듯했다.

한낮이 넘어가는 즈음에 부식이 금에 보낼 표문을 지어 올렸다. 부식은 누구의 글인지 알리지 않았다.

삼가 돌이키건대 황제 폐하께서는 그 지극한 덕은 역대의 제왕보다 높고, 큰 신의는 천하에 신임을 받아 빛을 떨치시니, 사해(四海)가 모두 폐하의 발아래에 엎드려 큰 나라는 그 위엄을 두려워하고, 작은 나라는 그 혜택을 바라보고 있습니다. 저희 작은 나라는 한 모퉁이에 끼어 있으면서, 진인(眞人)이 일어났다는 말을 듣고 모든 지역보다 먼저 조회하고 하례하여 죄를 면하고 포상을 받았습니다. 모든 조그만 연고를 생략하시고 특별하게 대우하시며, 변경의 땅을 떼어주시고 공물 바치는 법식을 일러 주셨으니, 귀국 조정이 다시 다른 사연을 말씀하시지 않는데 속국이 감히 딴마음이 있겠습니까. 엄중한 명을 거듭 내리시니 어찌 감히 공손히 받들지 않겠습니까. 군신(君臣)의 의리로 맹세하옵고 자손만대를 이어 변경 제후의 직책을 닦겠습니다. 충신(忠信)한 마음을 밝은 해를 두고 맹세하리니, 만일 변함이 있으면 장차 하늘이 저희를 멸할 것입니다.

왕은 읽지 않았다. 표문은 금을 향해 떠났다.
그리고 비가 내렸다. 비는 며칠을 쉼없이 내렸는데 누군가가 비에 핏빛이 내비친다고 해서 한바탕 수선이 있었다. 비는 검붉은 황토를 머금고 있었다. 곳곳에 내가 되어 흐르는 빗물이 붉었다.
비가 그칠 때쯤 도성 밖 남문 어림에서 한 떼의 무자리가 징과 꽹과리를 쳐대면서 소란을 부렸다. 감문위 수졸들이 창을 꼬나 쥐고 달려나가 쫓아 버리자 관 하나가 덩그러니 남았다. 관 속엔 평온하게 잠든 듯한 시신이 한 구 누웠는데 알아보는 사람이 없었다. 남문의 수문장이 오래된 노인들을 불러 모아 물었고, 한 노인이 시신의 임자를 금문우객 곽여라고 했다. 수문 장은 놀라서 수졸들에게 관을 성안으로 들이게 했다.

 곽여의 시신은 상서예부로 옮겨졌다. 선왕이 스승처럼 모셨던 곽여였 다. 비가 내리는 동안 일체의 일을 중단하고 아무도 만나지 않았던 왕이 중 광전을 나서 상서성 예부까지 몸소 나왔다. 소식을 듣고 먼저 달려온 지상 이 예부의 예관들과 함께 왕을 맞았다.

 왕은 곽여의 시신 앞에서 잠시 무릎을 꿇고 앉았다. 선왕을 그리는 듯했 다.

 왕은 지상을 주상(主喪)으로 삼고 곽여의 장례를 치르게 했다. 예부시랑 을 지냈던 언이가 와서 예관들과 함께 장례를 도왔다. 지상은 조문을 바치 고 곽여의 죽음을 애도하는 산재기(山齋記)를 지어 올렸다.

　鶴背登眞　乘白雲於杳莫
　螭頭記事　披紫詔之丁寧
　年踰七十　不雜中壽之徒
　功滿三千　必被上淸之召
　而出入先生之門　其來久矣
　況對揚天子之命　無所辭焉

학을 타고 등선하여 흰 구름을 노니니 바라봄마저 아득하고,
비석에 생전의 일들을 기록하니 그 조화로움이 간곡하구나.
나이가 이미 칠십을 넘었으니 삶이 다하지 못함이 아니며,
공덕이 삼천을 채우니 반드시 하늘의 부름을 받으심이로다.
선생의 문에 드나든 것이 그 유래 오래거든,
하물며 하늘의 명을 우러르매 말하지 못할 것이 없도다.

곽여는 약두산 동산재 옆 양지바른 곳에 묻혔다. 지상은 약식으로 칠 일 밤낮을 곽여의 동산재에서 거처하며 곽여의 무덤을 지켰다. 밤에는 약두산 어딘가에서 백령의 울음소리가 들려오는 듯도 했다.

칠 일째 되던 날 밤에 그녀가 찾아왔다. 그녀는 언제나 그랬듯이 귀신처럼 지상의 앞에 나타났다. 그녀는 또한 언제나처럼 그 모습 그대로였다.

그녀는 입을 열지 않았지만 처음으로 많은 말을 했다. 그녀의 말은 귀로 들려온 것이 아니라 그저 어딘가에서 들려왔다. 그것은 언어가 아니었으나 의식하는 순간 언어가 되었다.

그녀는 죽어서 태어났다. 호흡이 없었으며 울지도 않았고 체온은 식어 있었다. 그러나 눈을 말똥말똥 뜨고 있었으며 눈동자가 움직였다. 그녀는 태어날 때부터 이 세상 사람이 아니었다. 산고의 고통에 더해 그녀의 어머니는 혼절했고, 아버지 관이 그녀를 지켰다. 그녀는 그것을 기억했다.

그녀는 깊고 어두운 곳에 옮겨져 사람들에게 보이지 않게 됐다. 아버지

관만 간혹 들여다보고 갔다. 관은 쌀가루를 빻아 만든 묽은 죽을 들고 들어와 그녀에게 떠먹이려 했다.

네가 먹을 건 이거밖에 없다. 이거 안 먹으면 너는 정말로 죽을 거다.

관은 그녀의 움직이지 않는 입을 벌리고 그 안으로 죽을 조금씩 흘려 넣었다. 그녀는 관이 너무 애절하고 간절하여 받아먹었다. 간혹 죽에 물방울이 떨어져 섞였다. 관이 흘리는 눈물이었다. 그녀는 그것을 기억했다.

그녀는 태어나기 이전을 기억했고 또 그 이전도 기억했다. 그녀는 그것을 잊지 않기 위해 스스로 몸을 죽여서 태어났다. 새로운 몸이 그 몸에 맞춰 이전의 기억을 없애 버린다는 것을 태어나기 전에 알았기 때문이다.

그녀는 힘들어하는 아버지가 너무 미안해서 자기를 보살펴 줄 사람을 찾았다. 눈만 움직여서 천지사방을 훑었다. 곽여가 보였다. 그녀는 아버지 관으로 하여금 곽여를 데려와 자기를 보이게 했다.

곽여는 그녀를 살펴보고 몇 걸음 물러나서 큰절을 아홉 번 올렸다. 그리고 그녀를 안고 그녀 부모의 집을 나왔다. 아버지 관만 곽여가 이제 그만 들어가시라는 말을 열두 번 할 때까지 멀리 따라 나와 그녀를 배웅했다.

곽여는 그녀를 업고 이 산 저 산을 돌았다. 천지음양과 화수목금토의 기운이 절로 그녀에게 깃들어왔다. 곽여는 간혹 젖이 불은 아낙들을 만나면 부탁해서 그녀에게 젖도 먹였다. 그녀의 퍼렇게 죽은 몸에 차츰 화색과 온기가 돌았고, 살갗엔 윤기가 흘렀다. 그렇게 삼 년간을 천지간을 돌았다.

그녀는 되살아나는 몸을 느끼면서 후회했다. 천지간에 특별한 것은 없었다. 이전의 기억과 인간의 생로병사를 미리 알았다고 달라질 건 없었다.

부모의 사랑을 받으며 처음부터 새롭게 사람과 세상을 알아 나가는 것이 차라리 부럽고 그리웠다.

천지간을 살아가는 사람은 무수히 많았지만 그들은 모두 한 그물에 걸린 물고기와 같았다. 그 눈에 보이지 않는 그물이 모든 사람을 하나처럼 엮고 있었다. 모두가 제각각이었지만 한 사람에게 나머지 모든 사람의 영혼이 깃들었고, 서로서로 그럼으로써 그들은 결국 하나였다. 모든 사람이 한 사람이었고 한 사람이 모든 사람이었다. 예외가 없었다. 아무리 날고 기어봤자 사람인 이상 그 그물을 벗어날 수 없었다. 그 무수한 객체 중에 누구누구가 나서서 주인이 되느냐가 한 사람과 전체 사람을 이끌고 시대와 역사의 표정과 몸짓을 결정하고 있었다. 극단적으로는 단 한 사람이 모두를 죽일 수도 있었고 살릴 수도 있었다.

죽음은 그 그물에서 잠시 벗어남이었고, 삶은 다시 그 그물에 합류함이었다. 누구로 무엇으로 태어나든 큰 상관이 없었다. 다시 삶을 확보한 이상 하나이자 모두와 같은 한 사람으로 고스란히 되돌려진 것에는 변함이 없었다. 지난 생을 기억하고 한 생을 계속 잇는 것이나 새롭게 다른 생을 잇는 것이나 결국 근본적으로는 차이가 없었다.

그녀는 눈에 보이지 않는 그물의 임자를 내내 찾아다녔다. 죽어서 태어난 것이 억울해서, 부모의 사랑에 부대끼지 못한 것이 억울해서 이를 악물고 모든 사람들을 하나처럼 엮어버린 그물의 주인을 찾아다녔다.

따로따로 놀기를 즐기는 크고 작은 패거리와 집단들, 그것들을 엮은 인위적인 씨줄과 날줄은 숱하게 봤다. 그것들은 이미 가짜라는 것을 알았기에 그녀의 관심 밖이었다. 그녀는 태어나기 이전부터, 인간이 되기 이전부터 가장 밑바닥에서 원래부터 동작하고 있던, 단 한 사람도 예외를 두지 않는 근원의 씨줄과 날줄을 찾아다녔다.

그러는 사이 그녀도 모르게 그것에 엮여 버렸다. 엮여든 그녀에겐 아버지가 걸려 있었고, 곽여가 걸려 있었으며, 지상이 걸려 있었다. 그녀는 내내 그물 밖에 있었다고 믿었으나 그녀마저도 또 다른 그물에서 예외가 될 수 없었고, 그 또 다른 그물이란 게 결국 같은 그물이었다.

"그것이 하늘이었다. 내겐 이제 너 하나 남았다. 네가 죽으면 나도 그만 죽으려 한다. 다시 태어날까 말까는 그다음에 생각할 것이다."

그녀의 마지막 말은 꿈결에 틀림없는 말로써 들었다. 문득 눈을 떴을 땐 날이 밝았고, 그녀는 사라지고 없었다.

지상은 가만히 눈을 뜬 채 자기가 엮여 있는 그물에 함께 엮인 사람들을 볼 수 있는 데까지 봤다. 멀리 갈수록 알 수 없었고 낯설었다. 그러나 그들이 더 이상 남이 아니라는 것은 알았다. 그들은 또 다른 나였고 나는 또 다른 그들이었다. 다만 끝까지 뻗어가지 못했다. 그리고 그 그물에서 지상은 결코 부식과 묘청의 모습을 발견할 수 없었다.

결국 지상이 딛고 있는 것은 하늘이 만든 그물이 아니라 지상 자신이 만든 인위적인 그물이었다. 그럼에도 부식과 묘청이 함께 있기를 바라는 마음은 조금도 없었다. 그들의 그물에 엮이고 싶은 마음은 더욱 없었다.

지상은 자기의 그물도 하늘이 만든 그물의 일부라고 신념했다. 다만 불완전한 것이라고, 하나의 인간일 수밖에 없기에 어쩔 수 없다고 스스로를 변명했다. 지상은 곽여의 봉분 앞으로 나가 마지막 인사를 올리고 약두산을 내려왔다.

그사이 왕은 탄핵 상소를 받은 최홍재를 삭탈관직하거나 유배 보내는 대신 좌천시켜 서경으로 보냈다. 최홍재를 보내 대화궐 중수를 명한 것이었다. 지상은 왕의 그물에 뛰어들기로 했다.

49 팔성당

 서경에 닿아서 지상은 비로소 숨을 쉬는 것 같았다. 을밀대에 올라 한눈에 서경을 둘러보며 지상은 오래도록 멀리 집을 떠났다가 어머니의 품으로 돌아온 못난 아들이 된 기분이었다.
 임원역이 있던 자리에 올라앉은 대화궐은 가까이 가지 않아도 쉽게 보였다. 이미 지은 건룡전과 팔성당 외에 제법 여러 곳에 뼈대가 세워졌고, 뼈대들엔 어김없이 목공들과 인부들이 달라붙어 움직이고 있었다. 모두 서경의 백성들일 터이다.
 큰일에 사고가 없을 수 없었다. 각지에서 목재와 석재를 구하는 중에 죽은 사람들이 이미 많았고, 옮기는 중에, 쌓는 중에도 사고가 있었다. 지상은 가슴이 답답해졌다. 대화궐은 서경에서 따로 떨어져 저 혼자 허공에 떠 있는 듯 낯설어 보였다. 몸보다는 뼈대가 많은 대화궐은 언뜻 사람을 잡아먹는 괴것처럼 흉물스러워 보였고, 어머니의 품에 안긴 듯한 넉넉하고 편안한 기분을 깨끗이 거두어가 버렸다.

지상은 금수산 자락을 따라 대화궐에 가깝게 걸음을 가져갔다. 서경에 다녀오겠노라 왕께 직접 청했고, 허락을 받았다. 어떤 식으로 묘청과 담판을 지을지 아직 결정이 되진 않았다.

최홍재가 건룡전에서 나와 목공들과 인부들을 아래로 불러 내리는 모습이 보였다. 해가 서녘에 걸려 있었다. 어두워지기 전에 일을 마무리시키는 건 그나마 다행이었다. 최홍재를 보니 봉심은 대화궐에 있을 것 같지 않았다.

팔성당 앞으로 우르르 몰려드는 자들이 있었다. 모두 군장을 갖추고 창검으로 무장한 군병들이었다. 수백여 명은 족히 되어 보였다. 그들은 팔성당 넓은 앞뜰에 사방으로 나누어 섰다. 네 무더기의 군병들 앞엔 장군 차림의 무관이 한 명씩 섰다. 지상은 무엇을 하는 것인가 싶어 눈을 가늘게 떴다.

팔성당에서 한 무리가 걸어나왔다. 묘청과 참지정사 문공인, 동지추밀원사 임경청을 비롯한 개경 조정의 관료들이었다. 문공인과 임경청 등은 아예 대화궐에서 거주하는 모양이었다.

묘청이 사방을 지키고 선 군사들의 한가운데에 서고 문공인과 임경청 등의 관료들이 팔성당 앞에 늘어섰다. 최홍재가 나타나더니 문공인의 옆에 섰다. 어느덧 어두워지고 있었다.

사방의 군사들 사이로 네 명의 군병이 기다란 삼베 끈을 들고 묘청을 향해 달렸다. 묘청에게 모이는 네 개의 삼베 끈의 반대편 끝은 어디쯤인지 보이지 않았다. 네 개의 삼베 끈은 묘청의 손에 쥐어졌다. 어디선가 기합이 터져 허공을 울렸는데 묘청의 입에서 터져 나온 것인 듯했다.

군병들의 맨 앞줄이 둘러가며 촛불을 밝혔다. 네 개의 흰 삼베 끈이 너울거렸다. 묘청이 네 개의 삼베 끈을 쥐고 묘하게 발을 옮기며 움직이고 있었다. 그러면서 이따금씩 기합과 함께 삼베 끈을 크게 떨쳤다. 그럴 때마다 네 개의 삼베 끈은 크게 출렁이며 군병들의 머리 위를 넘어 서로 자리를 바꿨다. 어둠 속에서 그 모습은 매우 기묘하고 신비해 보였다. 끝을 알 수 없는 긴 삼베 끈이 서로 꼬이지 않고 자리바꿈을 하는 것도 신기했지만, 삼베 끈들이 너울거리고 서로 교차하며 그려내는 흰 선의 움직임이 흡사 혼령과 혼백들의 춤사위 같았다.

묘청의 움직임은 점점 커지고 격해졌다. 군병들이 띄엄띄엄 횃불이 밝혀 들었고, 나머지는 창과 칼을 빼 쳐들었다. 창날과 칼날이 불빛에 날을 번득였고, 그 위를 흰 삼베 끈들이 너울너울 날았다. 이윽고 엄청난 기합과 함께 네 개의 삼베 끈이 묘청을 향해 달려들 듯 어둠 속을 날았다. 길이를 알 수 없는 네 개의 삼베 끈은 묘청을 향해 흰 실뱀처럼 모여들면서 어느 순간 불이 붙어 기다란 네 개의 불뱀이 되었다. 네 개의 불길은 묘청의 손바닥 위로 꼬리를 말고 모여들어 활활 타올랐다. 묘청은 손바닥의 불덩이를 위로 쳐들고 웅얼거렸다. 웅얼거림이 지상의 귀에까지 들릴 정도였다. 묘청의 중얼거림은 차츰 삭아드는 불덩이와 함께 조금씩 잦아들더니 이내 조용해졌다. 군병들이 들고 있는 횃불들만 보였다.

곧 횃불들이 흩어지고 군병들도 흩어졌다. 이어 팔성당에 불이 밝혀졌고, 팔성당 앞에는 어느 덧 묘청과 최홍재, 문공인 등의 대신들과 관료들뿐이었다. 묘청은 그들에게 뭐라고 말을 하는 듯했고, 그들은 듣기만 하는 것 같았다. 지상이 보기엔 그들은 단지 묘청에게 홀린 바보들 같았다.

지상은 시전의 장 노인 집을 향하면서 마음이 더욱 무겁고 답답해졌다.

장 노인의 마전은 예전 그대로였다. 지난번 대화궐을 짓기 전, 왕의 첫 서경행에 따랐을 땐 미처 들러보지 못했다.

장 노인은 안채 안방에 앉아 있었다. 늙을 만큼 늙어 지상을 잘 알아보지 못하는 듯했다. 서길이 귓속말로 뭐라고 말해주자 그저 고개를 끄덕이기만 했다. 서길은 서경에는 없는, 전시와 같은 유사시에만 자리가 생기는 대장군으로 치사(致仕)하고 장 노인의 집에서 아들처럼 그를 수발하고 있었다.

서길도 이미 육십이 넘은 노인이었다. 다만 지난 세월을 말해주듯 눈빛만은 아직 형형했다.

"불안해서 왔는가?"

서길은 마치 지상이 왜 왔는지 알고 있는 것처럼 물었다. 지상이 쳐다보자 서길이 다시 말했다.

"나도 불안하게 보고 있는 중일세. 사랑채에 봉심이하고 애들이 모여 있을 걸세."

지상이 일어서자 서길이 지상을 올려봤다.

"어쨌거나 서경은 묘청 스님과 수한이를 지지하고 성원하고 있다네. 그들은 하루라도 빨리 대화궐을 완공하고 왕만 모시면 된다고 믿고 있어."

"그러나 진정한 서경인은 바로 장 노인과 서 낭장 같은 분들이지요."

지상은 서길에게 답하고 안방을 나섰다. 뒤에서 서길의 목소리가 들렸다.

"자네도 있지."

지상은 사랑채로 향했다. 사랑방에서 불빛이 흘러나오고 있었고, 불빛에 건장한 그림자들이 비쳤다.

지상은 기척을 내서 문을 열게 할까 하다가 그냥 열었다. 얼굴과 얼굴들이 모두 지상을 향했다. 김신과 김치 형제, 유위후, 유한후 형제, 그리고 낯선 얼굴들이 방 안에 빽빽했다. 그중 봉심이 있었다.

"언제 왔는가?"

봉심이 놀라 물었다.

"조금 전."

지상이 끼어들어 앉자 잠시 묘한 침묵이 흘렀다. 지상은 그 침묵에서 많은 말을 듣는 듯했다. 봉심이 침묵을 깼다.

"바닷길을 이용해서 제에 건너갈 방법을 논의하는 중이었네."

지상은 듣기만 했다.

"비록 그들과 멀리 오래 떨어져 왔다 해도 고구려를 깨우면 반드시 통할 것이라고 하네. 자네도 잘 아는 얘기이지 않은가?"

봉심의 말은 마치 왜 진작 그런 얘길 해주지 않았느냐고 섭섭해하는 것처럼 들렸다. 지상이 아무 대꾸도 않자 김신이 봉심의 말을 받았다.

"자네 역시 고구려가 살아나야 고려를 구할 수 있다고 당연히 생각하고 있지 않은가?"

지상의 바로 옆에 앉은 유위후가 지상의 손을 잡았다.

"모든 일엔 때가 있는 것인데 지금이 그때 아니겠나? 군신 간을 대대로 맹세하는 표문이 갔음을 듣고 서경엔 울화가 난 사람들이 한둘이 아니네. 서경이 일어나 동북과 서북 양계를 움직이고 제에서 호응한다면 능히 금나라의 오만방자함을 응징할 수 있지 않겠나?"

지상은 더 침묵하지 않고 물었다.

"묘청 스님이 대화궐 팔성당 앞에서 삼베 끈을 휘두르며 춤추는 것은 무엇입니까?"

"보았나?"

김신이 대답했다.

"팔신과 팔성의 기운을 끌어 모아 대화궐의 기를 북돋고 다스리는 것이며 제의 팔신과 호응하는 의식이네. 그것을 본 사람들은 모두 그렇게 믿게 되니 또한 실제로 그렇게 되지 않겠는가?"

지상이 말했다.

"제는 이미 남입니다."

사랑방의 공기가 일시에 굳어들었다. 지상은 아무도 보지 않고 그저 한 뼘 눈앞에 초점을 두고 말을 이었다.

"제와 함께 금을 공격한다는 것은 거짓이고 헛것입니다. 묘청 스님의 천인술법과 삼베 끈 춤이 거짓이고 헛것인 것과 같은 이치입니다. 그것들을 제쳐 놓고 왕을 모시는 얘기가 처음부터 다시 되어야 하며, 그렇게 할 수 있어야만 비로소 서경을 말하고 고구려를 말할 수 있을 것입니다."

"변절자!"

지상의 말이 끝나기가 무섭게 한 무관이 자리를 차고 일어나며 지상을 향해 고함쳤다. 낯설고 젊은 얼굴들은 대개 그와 얼굴이 같았다.

"묘청 스님과 백수한이 서경과 하나처럼 움직이며 일을 다 만들어가고 있는데 당신 따위가 무슨 서경삼절……!"

그 젊은 무관은 말을 끝내지 못했다. 빽, 소리와 함께 입에서 피를 뿜으며 벽에 머리를 박았다가 방바닥에 나뒹굴었다. 봉심이 칼집째 칼을 휘둘러 입을 가격한 것이었다.

봉심이 눈을 치뜨고 일어났다.

"말은 들으라고 있는 것이다. 말을 말이 아닌 걸로 받는 놈은 저놈처럼 될 것이다."

젊은 무관들이 당황하고 놀란 얼굴로 봉심과 김신 등을 번갈아 보았다. 김신과 김치, 유위후 등은 그저 묵묵히 자리에 앉아 있었다. 그들이 침묵을 지키는 데엔 다른 무관들은 감히 반발은커녕 대꾸도 어려웠다.

봉심이 지상에게 물었다.

"나도 묘청의 천인술법이니 삼베 끈 잡고 춤추는 그런 것을 아주 같잖게 보고 있다네. 하지만 제와 서경 사람들이 같은 고구려의 후손들이라 들었는데 그것을 남이라고 말하는 자네의 말을 납득하기 어렵네."

팔성당 319

봉심은 묘청에게 아예 호칭도 붙이지 않았다. 그러나 제와 호응해서 금을 치자는 데엔 전율하고 있었다. 지상은 봉심을 이해했다.

"고구려의 후손이 서경과 제에만 있는 것이 아니네. 여진도 고구려의 후손이고 거란도 고구려의 후손이네. 일찍이 거란이 고구려 땅을 되찾겠다는 명분으로 우리를 쳐들어온 일을 알고 있을 걸세."

봉심의 눈이 흔들렸다.

"우리가 제를 같은 고구려의 후손이라고 말하면서 함께 여진을 공격하자는 건 철저하게 우리 생각일 뿐이네. 제의 입장에선 거란이나 여진이나 우리나 아무 차이가 없네. 과연 고구려의 후손임을 명분으로 삼자면 서경이 제와 여진, 거란과 동맹하여 이 땅의 아래, 신라와 백제의 후손들을 쓸어버리고 다시 고구려를 세우자고 하는 게 차라리 실현 가능한 얘기네. 하지만 그것마저 말이 되는 얘기겠는가?"

봉심은 거대한 무엇에 짓눌린 듯한 얼굴이었다. 김신 등도 아무 대꾸를 하지 못했다.

"거란과 여진과는 진작 남이 되었듯 제도 이젠 남이라네. 그들이 거란인이고 여진인이며 제지인이듯 우리도 고려인일 뿐이네. 싸우든 동맹을 맺든 그들과 다시 옛날처럼 하나가 되고자 하는 것은 벌써 너무 멀고 어려운 얘기네. 이미 하나였던 하늘은 갈가리 찢어졌고 그들은 제각각 서로 다른 하늘을 보고 있을 따름이네. 서경은 온전히 스스로 이 땅에서 바로서야 하고 또한 그렇게 할 수밖에 없네."

지상은 봉심만을 바라보았다.

"서경에 왕을 모시는 일은 반드시 참이어야 하네. 거짓은 안 되네."

봉심은 지상의 눈에 붙잡힌 듯 눈의 초점을 움직일 줄을 몰랐다. 지상은 비로소 다른 이들을 둘러보면서 봉심의 눈을 풀어주었다. 모두 꿀 먹은 벙어리가 되어 있었다. 김신 등은 물론이고 젊은 무관들도 반박할 의지는 조금도 없는 듯했다.

"자네, 오늘 밤 어디서 자려나?"

밖에서 서길의 목소리가 들려왔다.

서길은 지상이 밖에서 자지 못하게 했다. 지상은 서길과 장 노인과 함께 안방에서 잤다. 지상은 불규칙적인 장 노인의 맥 없는 호흡과 간혹 코골이를 하는 서길의 숨소리를 들으면서 뜬눈으로 밤을 넘었다.

"묘청 스님을 만나자면 할 수 없이 자네가 대화궐로 가야 할 걸세."

지상이 일어나서 의관을 갖추는 것을 보고 서길이 말했다. 묘청은 이미 서경의 누구도 오라 가라 할 수 없는 존재가 되어 있었다.

서길은 장 노인을 잠시 살피고 지상에게 덧붙였다.

"봉심과 함께 가게. 자네를 오해하는 사람이 이미 서경에 많다네."

봉심은 사랑방 툇마루에 나와 앉아 있었다. 지상이 마당에 내려서자 봉심이 일어섰다. 봉심은 먼저 대문가에 섰다. 함께 가자는 뜻이었다.

이른 아침이라 길엔 사람이 많지 않았다. 한참을 걷다가 봉심이 먼저 입을 열었다.

"언제 내 눈이 흐려졌는지 잘 모르겠는데……."

봉심은 말꼬리를 흐리더니 지상을 보고 웃었다.

"어젯밤 사이에 갑자기 맑아진 것 같아. 마치 그동안 날이 계속 흐렸는데 오늘에야 비로소 개인 것 같다고나 할까."

지상은 마주 웃었다.

"듣기 좋은 소식이군."

대화궐엔 아침부터 목공들과 인부들이 달라붙어 뼈대를 튼튼히 하는 일에 여념이 없었다. 뼈대에 달라붙은 자들은 목공을 제외하곤 젊은 장정들이었는데, 갑주를 벗고 막옷을 입은 군병들 같았다. 노역을 나온 서경의 일반 백성들은 주로 아래에서 나무와 돌덩이, 흙, 기와를 옮기고 쌓으면서 윗일을 돕고 있었다. 개미처럼 오가는 그들은 수백 명은 쉽게 넘어 보였고, 얼굴은 밝지 않았다.

이따금 고함을 치고 지시를 하는 자는 조광이었다. 최홍재나 서경의 대신, 관료들은 보이지 않았다.

봉심은 조광이 서경의 분사병부 시랑이 되어 실권을 쥐고 있으며, 묘청의 심복 중의 심복이라고 귀띔했다. 그사이 조광이 어쩌다가 지상과 봉심을 쳐다봤고, 곧바로 움찔했다. 봉심이 지그시 바라보자 조광은 급히 몸을 돌려 건룡전으로 달려갔다. 마치 나쁜 놈을 발견하고 어른에게 고자질하러 가는 아이 같았다. 지상과 봉심은 건룡전을 향해 걸었다.

건룡전에서 문공인과 임경청 등이 나왔다. 그들이 지상을 쳐다보자 지상은 허리를 숙이고 읍을 했다.

"기거주가 아닌가? 왕명을 받잡고 온 것인가?"

참지정사 문공인이 다가와서 지상에게 물었다.

문공인은 곧 문공미였다. 스스로는 맨 앞에 설 줄 모르는 천상 관료형이고, 이자겸, 한안인, 김부식 등 어느 쪽으로도 분명치 않다 싶었더니 묘청에게 안착한 것 같았다. 한안인과 엮인 일로 유배되어 있던 그를 불러올려 준 부식이 못마땅해하는 모습이 눈에 보이듯 했다.

"주상의 허락을 얻어 묘청 스님을 보러 온 것입니다."

지상이 답하자 동지추밀원사 임경청이 끼어들었다.

"왕께선 편안하신가?"

"성군이시니 백성들 모두가 편안해질 때까진 먼저 편안할 수 없다십니다."

지상의 대답에 모두 얼굴이 굳었다. 문공인이 왕이 계신 남쪽 하늘을 우러러 눈물을 글썽이며 탄식하더니 지상을 보고 애써 밝게 웃었다.

"대화궐이 제 모습을 갖추면 그럴 날이 가깝지 않겠는가?"

지상은 대꾸하지 않고 묘청이 어딨냐는 질문을 재차 하듯 고개를 돌려 주위를 더듬었다.

봉심의 몸이 퍼뜩 굳는 것이 느껴졌다. 뒤늦게 묘청이 최홍재, 조광과 함께 전룡전을 나서고 있었다.

"서경이 낳은 우리 서경 신동께서 어쩐 일로 이제야 오셨는가?"

묘청이 큰 목소리로 웃음을 터뜨렸다.

지상은 물끄러미 묘청을 쳐다보기만 했고, 그때 최홍재와 봉심의 눈길은 서로 엇갈렸다. 지상은 묘청을 바라보고 있었지만, 오히려 봉심을 의식했다.

"대화궐을 올린 뒤 신동이 처음 오는 것이니 팔성신도 기뻐 춤을 추시는구나. 이리 오시게."

묘청은 큰 소리와 웃음을 멈추지 않고 팔성당을 향했다.

지상은 바로 따라가지 않고 돌아보면서 봉심과 최홍재를 한꺼번에 눈에 넣었다. 봉심은 아무렇지도 않은 얼굴이었고, 최홍재는 문하성 기거주가 왜 왔답디까 하면서 문공인에게 말을 걸고 있었다. 누가 먼저든 한쪽이 마음을 먹고 말을 걸지 않는 한, 둘 사이엔 영원히 어떤 대화도 없을 것 같았다.

지상은 태연하고 무심할 수 있는 봉심의 태도에 마음이 놓였다.

"오지 않고 무엇 하시는가?"

묘청이 팔성당 앞에서 기세를 낮추지 않고 있었다. 현란한 벽화가 그려진 팔성당을 등진 묘청에게선 대화궐에 모인 사람들은 물론 마치 만인을 딛고 선 듯한 풍모가 뻗치고 있었다.

지상은 어쩔 수 없이 주눅이 드는 느낌을 보면서 묘청을 향했다. 봉심이 뒤따랐다. 대신들도 움직였다.

"아니, 신동만 오시게. 다른 분들은 거기 그냥 계시오."

대신들은 주춤했으나 봉심은 못 들은 것처럼 지상을 따랐다. 묘청이 얼굴을 찡그렸다. 조광이 달려와 봉심을 붙잡았다.

"두 분이서 할 얘기가 있는 것 같소."

"알고 있다."

봉심이 딱딱하게 대꾸하자 조광이 엉거주춤 소매를 잡은 손을 놓았다.

"그러니까 내가 팔성당 앞을 지키려고 한다. 그것뿐이다."

봉심은 의도한 듯한 억지를 드러내면서 묘청과 지상에게서 좀 떨어져서 팔성당 입구에 자리를 잡고 섰다. 봉심은 태연했고 조광은 붉으락푸르락했지만 더 잡을 처지가 못 되는 것 같았다.

"자네가 선 곳이 호국백두악태백선인실덕문수사리보살(護國白頭嶽太白仙人實德文殊師利菩薩) 앞이다. 네가 팔성당을 지키는 것이 아니라 그가 너와 우리는 물론 이 나라를 지키는 것임을 알라."

묘청이 봉심에게 근엄하게 말했다.

흰 구름을 어깨 아래에 둔 정체를 알 수 없는 인물이 한 손으론 땅을 가리키고 위로는 하늘을 받친 채 눈을 반쯤 아래로 깔고 봉심을 내려다보고 있었다. 묵직한 암채와 붉은 주칠을 두텁게 머금고 금방이라도 살아서 벽을 뛰쳐나올 듯한 사실적인 색채감이 섬뜩하도록 압도적이었다. 햇빛을 빨아 먹기도 하고 튕겨내기도 하면서 신비로운 느낌마저 주는 벽화의 주인은 흡사 천신의 현신인 듯했다. 봉심은 벽화의 위용에 눌린 듯했다.

"팔성신을 먼저 뵙는 게 순서 아니시겠는가?"

묘청이 만족한 듯 지상에게 말하고 팔성당을 돌았다. 지상은 묘청의 뒤를 따랐다.

팔성당은 거대한 팔각의 대전이었고, 각 외벽마다 거대하고 기괴한 느낌이 우선인 그림들이 하나씩 자리를 차지하고 있었다. 지상이 보기엔 그 그림들은 비록 거대하고 압도적이었지만 기괴했다. 어쩌면 그 기괴함이 거대함과 어울려 압도적인 느낌을 주는 것일지도 몰랐다.

묘청이 소개하는 벽화의 주인, 이른바 팔성신들은 일단 하나같이 이름이 너무나 길었다. 묘청은 팔성당을 돌면서 용위악육통존자실덕석가불(龍圍嶽六通尊者實德釋迦佛)에 월성악천선실덕대변천신(月城嶽天仙實德大辨天神), 구려평양선인실덕연등불(駒麗平壤仙人實德燃燈佛), 구려목멱선인실덕비바시불(駒麗木覓仙人實德毗婆尸佛), 송악진주거사실덕금상색보살(松嶽震主居士實德金剛索菩薩), 증성악신인실덕늑차천왕(甑城嶽神人實德勒叉天王), 두악천녀실덕부동우바이(頭嶽天女實德不動優婆夷)라고 팔성신을 일일이 소개했다. 뜻을 알 수 없는 긴 이름들까지 보태지니 감히 팔성신을 부정하거나 거부할 만한 자가 없을 것 같았다.

지상은 묘청의 크기와 넓이를 인정했다. 다만 거기에 사람이 들어 있지 않는 한 제아무리 크고 넓어도 아무짝에 쓸모가 없다는 사실을 거의 필사적으로 붙잡고 기억했다. 그만큼 막상 바로 눈앞에서 대하는 팔성당의 거대함과 위압감은 어지럽고 혼란스러웠다.

"들어오시게."

팔성당을 한 바퀴 두른 묘청은 곧바로 안으로 들어갔다. 지상은 주저없이 묘청의 뒤를 따라 들어갔다.

50 고백

 불과 한 대(代) 전에 그들은 빼앗긴 땅을 돌려달라면서 대대로 부지지간과 군신지간의 충성을 서약했다. 바로 선왕 때의 일이다. 일전에 선왕의 스승이셨던 분의 죽음을 보고 불현듯 그 사실을 깨달았다. 그때의 부자지간의 맹세와 서약은 고작 삼십여 년이 조금 더 흐른 오늘날 뒤바뀐 군신의 맹세가 되어 이미 국경을 넘었다. 다른 말 할 것 없이 짐의 부덕과 문약의 소치다. 그러나 그들도 해낸 일을 우리가 해내지 못한대서야 말이 되겠는가. 짐의 대에 적어도 선왕 때만큼이라도 회복하기를 소망하나, 이루지 못한다 한들 그 또한 짐의 모자람일 것이니 한할 일은 못 될 것이다. 다만 차대, 차차대로 이어서라도 반드시 회복하고 이루어야 할 일이다. 이것을 반드시 기억하라.

묘청은 지상이 건네준 왕의 교지를 읽으면서 입가에 점점 짙은 미소를 그렸다. 이내 다 읽기를 마쳤는지 크게 웃었다. 언뜻 광기가 어린 듯한 묘청의 웃음이 팔성당 내전을 쩌렁쩌렁 울렸다.

팔성당 안의 전면은 거대한 제단이었다. 제단의 한가운데엔 장정이 열 명은 들어앉아도 될 것 같은 거대한 향로가 놓여 있었고, 일찍이 본 적이 없는 굵직한 홍촉이 줄을 이었다. 그 뒤는 팔성신 목조각들이 병풍처럼 둘러서 있었다. 목조각 또한 하나처럼 거대했으며 두터운 채색을 입혀 하나하나가 금방이라도 살아 움직일 듯했다. 그런가 하면 천장에서부터 오채를 먹인 색색의 삼베들이 줄줄이 늘어지고 둘러쳐져서 제단의 뒤를 신비롭게 했고, 몇 개의 삼베는 제단의 앞쪽 삼방으로 뻗쳐 내려 양 측면과 출입구가 있는 앞면의 벽에 닿았다. 그 삼면의 벽엔 역시 팔성신이 서로 돌아가며 벽화 속을 점령하고 있었고, 벽면의 아래쪽을 두르며 괴롭게 신음하면서도 사악한 표정을 잃지 않는 온갖 야차상이 즐비했다.

묘청의 웃음소리 덕분에 지상은 다시 한 번 팔성당 안을 둘러보게 되었고, 보는 것만으로도 어지럼증을 느꼈다.

"왕께서 나와 뜻이 같으시고 그 뜻을 신동께서 가져오셨으니 드디어 우리는 뜻의 일치를 본 것인가? 이제 작은 문제마저 사라졌구나."

"제대로 읽지 못하신 모양입니다."

지상이 차분하게 대꾸하자 묘청의 얼굴에서 웃음기가 사라졌다.

"왕께선 서두르지 않으시겠다는 뜻을 알리는 것입니다."

묘청이 눈을 부릅뜨고 다시 왕의 교지를 펼쳐 들었다.

"왕께서는 금으로 군신서약 표문이 떠난 뒤 마음을 잡지 못하고 어지럽기만 하신 까닭에 한동안 중광전을 나서지도 않으셨습니다. 그러던 차에 금문우객의 시신을 들이고 문득 선왕을 그리시니 다시 마음이 일어나서 홍재를 이곳에 보내 대화궐 중수를 명하셨던 것입니다. 한데 막상 그러고 나니 마음이 더욱 어지럽고 혼란스러워져 더욱 어쩔 줄을 모르게 되셨다더군요."

묘청의 눈이 지상의 얼굴에 꽂혔다.

"붙잡을 게 책밖에 없어서 책을 잡으셨답니다. 숱한 신하들을 젖혀두고 몇 날 며칠을 옛 책을 쌓아놓고 파가며 혹서 거기에 길이 있을까 하셨다 하니 오죽 간절하고 쓸쓸하셨겠습니까."

지상은 격해지려는 감정을 다스렸다.

"오기 전에 말씀하셨습니다. 그 오래된 글과 문자들 속에서 나라가 흥하려면 백성을 자식처럼 여기고, 망하려면 백성을 초개같이 여긴다는 단 한 문구를 건져 내셨다고. 그 문구를 붙잡고 주문처럼 외고 또 외니 조금 견딜 것 같으시답니다."

묘청은 지상의 얼굴에서 눈을 떼지 않은 채 교지를 거두었다.

"스님의 방법은 서경과 맞지 않고 이 나라와 맞지 않으며 무엇보다 주상과 맞지 않습니다. 그 사실을 직접 알려주고자 여기 온 것입니다."

바람이 있을 수 없는 곳인데도 묘청의 승포가 바람에 펄럭이듯했다.

"받아들이시면 왕을 다시 보실 수 있을 것입니다. 그러나 지금과 같다면 다시는 여기서 왕을 보실 수 없을 것입니다. 내가 막을 것이기 때문입니다."

지상은 목소리을 낮추고 또박또박 힘을 실었다. 묘청은 눈을 흡뜬 채 움직이지 않았다. 다만 점점 커져서 팔성신만 해지는 것 같았다.

"내가……."

묘청이 입을 뗐다. 첫마디는 목소리가 쉬어서 나왔다. 그러나 다음은 벼락같이 터져 나왔다.

"내가 나 혼자 힘으로 이러는 것으로 보이시는가? 누대로 이 땅을 살아온 조상과 선열들의 혼과 영령을 모으고 묘향, 금강, 오대, 백운, 두류, 구월, 칠갑과 백두에 깃든 팔성신의 빛을 얻어 하늘의 뜻을 세우고 행하는 것이다. 갈수록 천치(天痴)들이 많아져 하늘의 일이 뜻 같지 않은데 그대마저도 천치였던가?"

지상은 묘청의 벼락을 견뎠다.

사람의 그물에 어찌 산이 없고 강이 없고 자연이 없을까. 산과 강과 자연은 그대로 하늘의 또 다른 모습일 것이다. 묘청의 말은 틀리지 않았다. 그러나 사람 하나하나도 결국 하늘의 모습이었다.

"다만 스님에겐 사람이, 백성들이 없습니다. 있어도 스님의 발아래에 있을 뿐입니다. 스님은 홀로 너무 높은 데에 계십니다."

지상은 팔성당의 아래를 두른 야차상들을 둘러보고 묘청의 얼굴에서 눈을 멈췄다.

"백성들이 저 야차들은 아니지 않습니까?"

팔성당 천장에서부터 늘어진 삼베 끈들이 너울너울 춤을 추었다. 팔성신들이 살아 움직였고 야차들이 허리를 펴고 일어섰다. 묘청은 그것 모두를 움직이듯 그 한가운데에서 저절로 커졌다 작아졌다를 반복하며 지상을 노려보고 있었다.

지상은 돌아섰다. 오색과 칠채의 삼베 끈들이 달려들어 목을 감고 팔다리, 몸통, 발목을 휘감았다. 거대한 흡인력이 등에 빨판처럼 달라붙는 듯했다.

"내가 무엇을 더 할 수 있겠습니까."

지상은 그물에 함께 걸려 있는 사람들을 모두 보았다.

"이제 스님의 처분을 두 눈 크게 뜨고 지켜볼 따름입니다."

지상은 그들의 힘을 얻어 기어코 팔성당을 나섰다.

묘청의 웃음이 들려왔다. 이전에 들어본 적 없는 비통하고 처절한 웃음이 팔성당 안을 가득 메우고 있었다.

그때까지 팔성당 앞을 그대로 지키고 있었던지 봉심이 다가왔다. 봉심은 걱정스러운 얼굴로 지상을 살피더니 앞장서며 길을 잡았다. 지상은 봉심의 뒤를 따랐다.

지상은 벼락을 맞은 듯 멈춰 섰다.

거대한 전각 대전의 형태를 다 갖추어가던 뼈대 한 채가 막 와르르 무너지고 있었다. 뼈대에 달라붙어 뚝딱거리던 목공들과 인부들이 함께 내려앉

왔고, 그 아래서 잡일을 하던 노역군들이 깔렸다. 지축을 울리는 듯한 굉음에 고통과 울음에 찬 비명이 뒤섞였다. 건룡전 앞의 대신들과 조광이 놀라서 달려갔고, 다른 곳에서 일하던 자들도 그쪽으로 몰려들었다.

사고가 수습되는 데엔 한나절이 걸렸다. 다친 사람이 수십이었고 깔려 죽은 자가 이십에 가까웠다.

"사방 다섯 자 크기의 머릿돌을 심고 요철을 내어 아름드리 통나무 기둥을 몇 개 박아 세웠는가. 일부러 무너뜨리려 해도 무너질 수 없는 게 어찌……."

문공인이 탄식했으나 죽은 사람들을 돌아오게 할 힘은 없었다.

서경의 관인들이 달려왔고, 노역을 나온 사람들의 가족들이 몰려들었다. 한쪽에 가지런히 정리해 뉘인 시체들 쪽에서 대성통곡이 줄을 이었다. 다친 자들과 그의 가족들은 감히 울음을 내지 못했다.

묘청은 보이지 않았다. 팔성당 제단에서 팔성신과 소통하는 데에 여념이 없는 모양이었다.

"가세."

지상은 힘없이 말하고 앞장섰다. 봉심이 옆으로 붙었다.

대화궐 밖엔 구경 나온 사람들이 가득했다. 그들 속에서 서길이 황급히 다가와 지상과 봉심을 사람들 없는 쪽으로 이끌었다.

"사고가 자네 때문이라고 원망하는 사람들이 많네. 빨리 돌아가야겠네."

서길의 말이었다. 봉심은 어이없어했으나 지상은 아무 내색도 하지 않았다.

 금수산 줄기가 동남쪽으로 뻗어 내린 고갯마루에 김치와 유한후가 말 세 마리를 데리고 기다리고 있었다.
 "김 낭장과 유 별장이 바래다줄 것이네."
 서길은 지상에게 말하고 봉심은 잡았다.
 "어르신께서 많이 이상하시네. 오래지 않을 듯하니 자네가 곁을 지켜야겠네."
 장 노인의 천수가 다해가는 모양이었다. 봉심은 뭘 해야 좋을지 잊어버린 것처럼 꼼짝을 못했다. 지상은 봉심을 다독여 주고 말에 올랐다. 김치와 유한후가 지상의 좌우에 섰다.
 고갯마루를 내려오다 돌아보니 봉심이 꼼짝도 않고 물끄러미 바라보며 서 있었다.

 밤이 깊었다. 개경은 죽은 듯이 잠들어 있었다.
 지상은 개경에 닿자마자 입궐하여 내시부에 알려 늦게라도 알현을 청했다. 곧 중광전 침소에 불빛이 희미하게 밝혀졌고 들라는 명이 왔다.
 "……."
 듣기를 마친 왕은 아무 말이 없었다. 지상은 부복한 채 옥음을 기다렸다.
 "짐도 무엇이 바른 길인지 모르겠구나."
 한참 만에 내쉬어진 왕의 탄식은 깊었다. 그 깊이에 눌려 감히 대꾸할 말을 찾지 못하는데 왕이 물었다.

"태사를 만나본 그대의 의견은 무엇인가? 이전과 이후에 달라짐이 있는가?"

지상은 머리를 조아렸다.

"무리가 따르고 걸림이 있다면 하느냐 마느냐는 나중으로 제쳐 놓고 미루심이 가한 줄 아옵니다. 서경행은 미루소서."

"태사는 오라, 부식은 가지 마라, 그대는 미루라……. 그대가 그나마 짐을 편케 하고 있으나 짐에겐 그것마저도 힘들구나."

"신의 본심은 대왕 마마를 서경으로 모시는 것이옵니다. 하오나 서경에 가면 당장 무슨 일이 이루어지고 달라질 것처럼 하면서 모실 수는 없습니다. 다만 적신들의 발호로 상처 입은 왕권을 회복하고, 금의 기세에 눌린 나라의 기틀을 다시 다지며 민심을 새롭게 다독이기엔 개경보다 서경이 더욱 합당하다고 신념하고 있을 뿐이옵니다."

"그대의 말이 숨김없게 들린다. 솔직하게 말해주어서 고맙구나."

왕은 치하하더니 문득 눈을 들어 허공을 더듬었다.

"내가 스스로를 보자면 누구도 탓할 수 없다. 서둘러 왕권을 회복하고 서둘러 나라의 힘을 되찾고자 하는 건 태사가 아니라 내게서 나오는 것이다. 그 급함은 여전히 적신들의 발호에 기인한 악몽을 떨쳐 내지 못하고, 금과 뒤바뀐 나라의 힘을 인정하지 못하고 있는 까닭이다. 이토록 나약하고 못났으니 내게 일국의 왕이자 만백성의 어버이가 될 자격이 있다고 할 수 있겠는가?"

말미쯤에서 지상을 바라보는 왕의 눈에 물기가 어렸다. 지상은 황망히 머리를 조아렸다.

"종묘와 사직이 영원할 것이라 믿으시옵소서. 크고 멀리 보시옵소서. 폐하는 이미 성군이시옵니다."

"그대가 고맙다. 내 어리석음과 못남을 내보이니 한결 낫구나."

왕은 눈물을 글썽이면서 미소 지었다. 지상은 북받치는 울음을 억누르고 삼켰다.

"내 어리석음과 못남을 오늘에서야 비로소 바로 보았으니 어찌 다시 쓰겠는가. 백성들의 마음인 줄 알고 태사와 부식과 그대를 고루 살피면서 때를 기다려 보겠노라."

"망극하옵니다."

지상은 바닥에 이마를 붙였다.

"먼 길 급히 다녀왔으니 가서 그만 쉬도록 하라. 내일 일찍 서경에 승선을 보내 참변을 당한 백성들과 그 가족들을 보살필 것이니 그대는 그 일을 너무 마음에 두지 말도록 하라."

중광전을 나온 지상은 건덕전 앞뜰에서 이중부를 만났다. 이중부가 지상을 기다렸던 듯했다.

"봉심은 만나보셨습니까?"

지상은 장 노인 때문에 봉심과 함께 오지 못한 것만 간략하게 말해주었다.

"그랬군요."

이중부는 주저거리면서 더 할 말이 있는 기색이었다. 지상이 쳐다보자 이중부는 조심스럽게 눈치를 살폈다.

"내의께서 만나보고 싶어하십니다만……."

지상은 묘청과 만나고 온 걸 수한이 궁금해할 만하다고 여겼다. 그러나 지금으로썬 할 말이 어려웠다.

"달라진 게 없으니 특별히 드릴 말씀이 없다고 전해주십시오."

이중부는 당황한 듯했다. 그러나 돌아서는 지상을 잡지 못했다. 지상은 궐을 나와 곧장 집으로 왔다. 행랑채의 여종이 눈을 비비면서 대문을 열어주었다.

지상은 조용히 안방에 들어 잠든 명경과 아들을 바라보고 앉았다. 옷을 갈아입을 생각도 잊었다. 늦게 얻은 몸 약한 아들은 제 어미의 품속을 벗어나 이불 밖으로 사지를 드러내고 입을 벌린 채 자고 있었다. 지상은 명경이 깨지 않도록 조심스럽게 아들을 이불 속으로 집어넣고 잘 덮어주었다.

왕과 나눈 대화는 귀하고도 귀했다. 집에도 왔고 처와 자식은 편히 잘 자고 있다. 그럼에도 한 가닥 불길함이 오히려 선명해지는 것은 무슨 까닭인지 알 수 없었다.

51 파국

거센 바람이 불고 빗방울이 횡으로 날았다. 집집마다 문을 꼭꼭 닫아걸었으나 바람과 비가 허락을 구하지 않은 손님처럼 문과 문들을 들이쳤다. 미친 것 같은 비바람을 뚫고 북방에서 한 장의 장계가 날아들었다.

승선(承宣) 김신(金信)이 와서 양계(兩界)의 군사들을 서경으로 불러들이고 있는데 미심쩍은 바가 적지 않으니 왕명을 확인해 주소서. 김신이란 승선을 알지 못하는 사람들부터가 많은데 의심하는 자들은 불문곡직 잡아가두니 감히 묻기 어렵습니다.

지상의 집 대문을 요란하게 두들기는 소리가 비바람 소리를 넘었다. 오 주사가 문을 열어주었다. 거센 비바람에 대문이 나자빠지듯 젖혀졌다.

"기거주가 안에 있습니까?"

비에 흠뻑 젖은 수한이었다. 오 주사는 급히 수한을 집 안으로 들이고 온 몸으로 밀어서 대문을 닫아걸었다. 마루까지 나온 지상은 수한을 불러 올렸다. 수한은 해쓱하게 질려 있었다. 유래없는 비바람 때문만은 아닌 듯했다.

"서경이 반역했소."

지상은 그 자리에 주저앉았다.

수한의 흰 얼굴에는 물기가 가득했는데 빗물인지 눈물인지 분간이 어려웠다.

"나라 이름이 대위(大爲)고 연호는 천개(天開)이며 이미 천견충의군(天遣忠義軍)이라 하여 하늘이 보냈다는 군대를 꾸몄다 하오. 묘청 스님이 그리 나올 줄은 몰랐습니다."

지상은 눈을 감았다.

"서경의 친구들이 급히 알려온 사실이오. 나보고 일이 그리 되었으니 몸을 빼내 서경으로 돌아오라고 하나 이것은 진실로 내가 바란 바가 아니니 통탄을 금할 수가 없습니다."

수한은 터져 나오려는 울음을 억누르는지 뒷말은 쥐어짜듯 했다.

지상은 눈을 떴다. 오 주사는 마당에서 비를 맞으면서 그대로 서 있었다. 엉거주춤한 상태로 움직일 줄을 모르는 것이 너무 놀라서 반쯤은 넋이 나간 듯했다. 지상은 오 주사를 손짓해 불렀다.

"올라오십시오."

오 주사는 홀린 듯이 마루로 오더니 맥없이 걸터앉았다. 그리고는 망연해서 지상을 바라보았다.

"이 일을 어쩌면 좋은가……."

지상은 대답할 수 없었다. 아무것도 말할 수 없었다.

"먼저 진위를 알아야 할 일입니다. 크게 알리지 마시고 서경에 사람을 보내 알아보소서."

부식이 목소리를 죽이고 낮게 아뢰었다.

"가짜 승선을 보내 군사를 불러 모은다면 더 볼 것 없지 않은가?"

왕이 물었다. 부식은 침착하게 말을 이어 나갔다.

"거짓 명으로 불러 모은 군사를 당장 하나처럼 쉽게 움직이긴 힘들 것입니다. 개경엔 이군과 육위가 있으니 저쪽의 뜻을 확실하게 파악한 연후에 대처해도 늦지 않을 것입니다."

"경이 놀랍도록 침착하구나. 그리하겠다."

"내시 유경심과 조진약, 황문상 등을 보내소서. 내시들 중엔 그들이 믿을 만할 것이옵니다."

왕이 받아들였다.

편전에서 왕을 독대하고 나온 부식은 뒤늦게 밀고 올라오는 흥분에 호흡을 가다듬었다.

"너희가 스스로 파국을 자초하는구나."

비바람이 그치지 않고 있었다. 부식은 제멋대로 펄럭이는 의관을 여며 잡았다.

유경심 등이 서경을 다녀오는 데엔 사흘이 걸렸다. 그사이 비는 그쳤는데 바람은 여전히 거셌다.

"왕께서 납시면 대위국의 첫 황제로 맞아들이고, 납시지 않으시면 반드시 변란이 있을 거라 하였습니다."

유경심 등이 받아온 전갈은 간단했다.

왕이 재신들과 추신들을 모두 편전으로 불러들였다. 서경의 일이 반역으로 규정되는 데엔 그리 오랜 시간이 걸리지 않았다.

평장사인 부식과 참지정사 임원애, 그리고 추부승선 김정순이 주축이 되어 병부에서 토벌 계획을 논한 다음 왕께 알렸다. 왕은 교지를 내려 부식을 토벌군 대원수로 삼고, 중군과 좌우군 삼군을 편성할 것을 지시했다.

"서경의 백성들 또한 모두 나의 적자(赤子)들이다. 머리만 치고 백성들은 다치지 않게 하라."

왕의 옥음은 고통으로 떨려 나왔다.

부식은 임원애를 중군수로, 동생 김부철을 좌군수로, 그리고 지어사대사 이주연을 우군수로 삼고, 그 휘하 막료들을 구성케 하여 다시 교지를 내려 받았다.

윤언이는 임원애의 중군에 막료로 포함된 것을 알고 기가 막혔다. 언이는 잠시 몸을 빼내 지상의 집을 찾았다. 서경에서 천견충의군이란 이름의 군대가 개경을 향해 진격을 시작했다는 소문이 돌고 있었다. 개경의 모든 집은 대문이 꽉꽉 잠겼고, 길엔 사람 하나 얼씬거리지 않았다. 지상은 집에 있었다.

"기거주의 심정 이해하고도 남음이 있습니다. 저 또한 마지막까지 묘청에게 기대를 걸었던 사람으로서 황탄스럽기 그지없습니다."

언이는 탄식했다.

"참지정사 임원애가 저보고 서경 토벌에 함께 가자 합니다. 부식에게 밉보인 걸 이번 기회에 만회하지 않으면 후환이 걱정된다는 것입니다."

"가십시오."

지상은 입을 열었다. 목소리가 쉬어서 나왔다.

"가서서 서경의 백성들을 지켜주십시오. 그들은 아무 잘못이 없습니다."

언이는 안쓰러운 얼굴로 지상을 살펴보고는 일어섰다. 언이가 보기에 지상은 모든 것을 체념하고 있었다.

"기거주께서 옳았다는 것을 이 언이가 잘 알고 있습니다. 다녀올 동안 보중하십시오."

언이는 인사를 하고 돌아갔다. 지상은 언이를 배웅하지 못했다.

조그만 손이 목을 간질였다. 아들이 뒤에서 지상의 목을 껴안고 매달렸다. 명경이 옆에 앉으며 지상의 손을 꼭 잡았다.

"별일없을 거예요. 개경의 군사가 훨씬 많으니 이외로 쉽게 진압되고 금방 원래대로 돌아갈 거예요."

오 주사는 자기 방에 틀어박혀 꼼짝도 하지 않았다. 간간이 깊은 탄식만 흘러나왔다. 지상은 오 주사의 탄식 소리를 들으면서 명경과 아들을 안았다.

마당에서 헛기침 소리가 들렸다. 습명이 들어와 있었다. 습명은 고개를 돌려 무안해했다.

지상은 명경과 아들을 놓아주고 일어섰다. 습명이 지상을 쳐다봤다.

"어른께서 잠시 보자시는구려."

지상은 명경을 돌아보았다. 명경의 얼굴에 불안과 두려움이 어렸다.

"별일 아니실 겁니다. 서경으로 가기 전에 잠시 사정을 들어보고 싶어하시는 것 같습니다."

습명이 변명했다. 명경에게 말하는 것 같았다. 지상은 습명을 따라 집을 나섰다.

습명은 앞장서서 묵묵히 걸었다. 뒤를 따르며 지상도 아무 말 하지 않았다.

황성의 주작문에 막 이르렀을 때 지상은 허리를 불칼로 지지는 고통을 받았다.

희디흰 칼날이 허리춤 깊숙이 박혀 있었다. 칼날이 쑥 빠져나가고 검붉은 핏물이 왈칵 뿜어졌다. 다음으로 등이 갈라지는 아찔한 충격이 몸을 때렸다.

묘청이 극단으로 치달아 버린 순간 승리자는 부식이 되었다는 걸 진작 알았다. 조정과 개경의 모든 힘은 부식에게 집결될 것이고, 부식은 가능한 한 서경의 모든 것을 뿌리째 뽑을 것이란 예감도 진작 가졌다. 묘청과 부식은 둘 다 지상의 예감을 배반하지 않았다.

지상은 무릎을 꿇었다.

앞서 가던 습명이 돌아보더니 기절초풍했다.

"너, 너희들… 어른께서 불러오라 하셨는데 무슨 짓을……."

세 명의 군사였다. 둘은 이미 지상의 몸에 칼질을 한 상태였고 나머지 한 명이 무릎을 꿇고 앉은 지상의 목을 내려쳤다. 지상은 찰나간에 명경과 그녀를 떠올리며 앞으로 고꾸라졌다.

그녀는 앞에서 기다리고 있었고, 명경은 뒤에서 아들놈을 안고 울고 있었다. 지상은 그 사이에서 서서히 잠들어 갔다.

궐 안으로부터 주작문을 향해 대군이 진군해 오고 있었다. 맨 앞은 부식이었다.

습명은 눈물로 부식을 우러르며 주저앉았다. 부식은 근엄했다.

"개경에다 서경의 가장 질긴 싹들을 놓아두고 갈 수는 없는 일 아니냐."

보군 십여 명이 누군가를 거칠게 잡아끌고 나타나 먼저 주작문을 나섰다. 끌려오는 자는 백수한이었다.

수한은 지상의 시체를 보더니 잠시 굳었다가 이내 하늘을 올려다보며 처연하게 웃었다.

수한의 몸에 보군들의 칼이 사정없이 떨어졌다. 수한은 얼굴에 표정을 만들어내지 않고 칼들을 받았다. 지상의 근처에 쓰러진 수한의 얼굴은 어쩌면 평온해 보였다.

성문 앞의 죽음은 그게 끝이 아니었다.

지상에게 칼질을 했던 세 군졸이 동시에 폭풍을 맞은 듯하더니 칠공으로 피를 뿜으며 나뒹굴었다. 봉심이 그들의 피를 뒤집어쓰고 악귀처럼 나타났다.

부식이 천둥처럼 고함쳤다.

"궁수!"

활을 든 궁수들이 부지런히 달려나와 주작문을 막으면서 봉심에게 활을 겨눴다. 그사이 봉심은 수한을 벤 보군들을 베어 넘기고 있었다.

장 노인의 죽음을 보자마자 서경의 일이 터져 장례도 치르지 못하고 개경으로 달려온 봉심이었다. 닿자마자 지상의 집에 들렀다가 바로 쫓아온 길이었다.

순식간에 십 수 명의 목숨을 잡아먹은 봉심의 몸이 먹이를 본 호랑이처럼 부식을 향해 튀었다. 부식의 고함이 급했다.

"쏴라!"

화살들이 공기를 찢으면서 날았다. 거리가 멀지 않아서 시위를 떠난 화살은 일제히 일직선을 그리며 봉심의 몸에 박혀들었다. 봉심은 부식을 향해 더 움직여 가지 못했다.

봉심은 떨어대면서 몸을 바로 폈다. 화살들이 연달아 더 날았다. 봉심은 고슴도치가 되었다. 부식을 노려보던 봉심의 눈은 아래도 떨어져 지상의 시체에서 멎었다. 봉심은 그렇게 고슴도치가 되어 꼿꼿이 선 채로 죽었다.

"치워라. 그들의 죽음은 서경을 평정하고 돌아온 연후에 함께 고할 것이다. 토벌은 이미 시작된 것이다."

보군들이 달려나와 시체들을 거두었다.

부식은 들려가는 지상의 시체를 바라보았다. 피가 없었다면 언뜻 잠든 자를 옮기는 듯했다. 지상의 얼굴에도 수한의 얼굴에도 죽음에 대한 절망과 고통이 보이지 않았다. 그중 한 놈을 유달리 따르던 놈은 아예 선 채로 죽었다.

부식은 문득 시 한 수를 읊었다.

雨歇長堤草色多
送君南浦動悲歌
大洞江水何時盡
別淚年年添綠波

비 개인 강둑 풀빛 짙푸른데
님 떠나보낸 남포에 슬픈 노래 흐르네.
대동강 물이 언제나 마를 손가,
해마다 이별의 눈물들 더하는 것을.

"과연 요망한 시로다······."
부식은 중얼거리고는 서경을 향했다.

52 만남

뭘 보고 있니?

그래도 소년은 움직일 줄을 몰랐다.

하늘은 파란 빛에서 차츰 붉은빛으로 물들어갔다. 구름은 유유했으며 강물은 연신 시퍼런 혀들을 날름거렸고 줄지은 산이 강물과 함께 흘렀다. 바람은 간간이 불었다. 바람은 잊을 만하면 산과 강이 맞닿은 깊숙한 어디선가에서 일어나 내달려왔다. 강둑의 잡풀들이 바람의 형체를 보여주듯 흔들렸다.

모든 것이 움직이고 있었다. 강둑 위에 앉아서 소년만이 홀로 움직이지 않았다.

뭘 보고 있니?

소년은 바람의 속삭임으로 착각하는 모양이었다.

여자는 더 묻지 않고 소년의 옆에 섰다.

또다시 바람이 불어왔다. 바람은 여자를 먼저 핥고 소년도 마저 핥고 내달려갔다.

바람엔 원래 목소리가 없었다. 다만 소년의 코끝에 여자의 체향을 남겼다. 냄새는 목소리보다 강했다. 소년이 돌아보았다.

소년의 눈에 여자가 비쳤다.

여자는 머리카락에서부터 얼굴과 몸으로 이어져 내리는 곡선이 유연하고 날씬했다. 그 곡선 안에 담긴 이목구비와 분위기는 선이 분명했고, 어쩐 일인지 전체적으로 남자 이상의 무게감에 위압감마저 풍겼다. 그 모순된 느낌은 여자를 현실에서는 만날 수 없는 특별한 존재처럼 여겨지게 했다.

소년은 잠깐 여자에 대한 궁금증을 눈가에만 떠올렸을 뿐 이내 얼굴에서 표정을 지워 버렸다.

"뭘 보느냐고 물었습니까?"

소년은 그제야 바람과 함께 흘러버렸던 여자의 목소리를 기억해 낸 듯했다.

여자는 대답 대신 흐리게 미소 지었다. 긍정이었다.

소년은 원래대로 돌아갔다. 또다시 움직임을 잊어버린 듯한 소년의 눈엔 정확한 초점이 없었다.

"저 강물과 함께 흐르지 못하는 것들을 보고 있습니다."

여자의 눈이 풀잎처럼 흔들렸다. 그러나 그녀의 입술에 걸렸던 흐린 미소는 오히려 진해졌다.

"어렵구나."

소년은 여자를 쳐다보지 않았다.

"강물도 함께 멈추지 않길 바랄 뿐입니다."

여자의 눈이 반짝였다. 관심이 흥미로 발전하는 분위기였다.

"강물이 멈출 리야 있겠니? 그보다는 흐르지 못하는 것들을 흐르게 하는 게 낫지 않을까?"

소년이 다시 여자를 돌아보았다.

"제가요?"

소년의 눈은 아직 오지 않은 앞날을 더듬듯 막연해져 있었다.

여자는 웃었다.

"볼 줄 아는 사람이 해야 하지 않겠니? 내 눈엔 뭐가 흐르지 못하고 있는지 보이지 않는걸."

소년의 눈에 여자가 담겼다. 소년은 여자를 찬찬히 살펴보았다. 그제야 여자의 정체를 파악해 보려 하는 것 같았다.

"제가 할 수 있을까요?"

이윽고 소년은 여자를 앞날을 물어도 좋을 사람으로 판단한 듯했다.

"나보단 네가 더 잘 알겠지."

여자는 현명했다.

소년의 얼굴이 붉게 물들었다. 어느 덧 석양이 소년의 머리통 너머 서녘 끄트머리에서 붉은 호흡을 토해내며 꿀떡거리고 있었다.

여자는 미소를 거두지 않고 눈망울이 그윽해져서 소년을 살폈다. 말하기보단 듣기를 원하는 것 같았다.

"함께 흘렀으면 좋겠다는 생각을 합니다. 저 강물 위에서 멈춰 버린 영과 혼들이……."

소년은 각오한 듯 말했다.

여자의 얼굴에서 미소가 사라졌다. 여자는 소년에게 조금 놀란 듯했다.

"보이니, 그런 것들이?"

소년의 눈에서 초점이 사라졌다. 소년의 눈은 아득해졌다. 그 눈이 젖어 갔다. 소년의 눈엔 잠시 만에 눈물이 가득 고였다.

"아직 잘 모르겠습니다. 아직은 잘… 이요……."

소년은 두 눈 가득 눈물을 글썽이며 말했다. 목소리가 떨렸고, 갈데없는 십여 세 소년의 모습이었다.

여자는 순간적으로 어떤 안타까움에 휩싸인 듯했다. 여자가 갑작스럽게 소년의 머리를 와락 안았다. 소년의 머리가 여자의 가슴에 묻혔다. 소년은 저항하지 않았으나 어깨가 들썩였다. 여자의 품속에서 울음이 터진 것 같았다.

여자는 소년을 꽉 껴안은 채 머리를 쓰다듬었다.

"미안하구나. 아직 어린애일 뿐인데……."

여자는 소년을 안은 채 소년이 바라보던 강물을 주시했다. 그녀인들 서경의 한가운데를 유유히 가로지르는 대동강을 모르지는 않았다. 채 십여 세밖에 되어 보이지 않는 소년에게 너무나 깊은 것을 물었는지도 몰랐다.

그녀는 고개를 들어 한숨을 쉬었다.

석양은 이미 숨을 거두었고, 낙조가 마지막처럼 땅거미에 저항하고 있었다. 그런들 땅거미는 이미 허공 가득 스며들어 낙조의 여백마저 야금야금 잠식해 갔다.

여자는 소년이 자라서 멈춰 버린 것들을 흐르게 하기를 기도했다.

〈끝〉